# Alas de furia

Primera edición: enero de 2022
Título original: *Wings of Fury*

© del texto Emily R. King, 2021
© de la traducción, Elena González García, 2022
© de esta edición, Futurbox Project, S. L., 2022
Todos los derechos reservados.
Esta edición en castellano ha sido posible mediante un acuerdo con Amazon Publishing,
www.apub.com, en colaboración con Sandra Bruna Literary Agency.

Diseño de cubierta: Edward Bettison Ltd.
Adaptación de cubierta: Taller de los Libros
Corrección: Alexandre Denis López Calvo

Publicado por Wonderbooks
C/ Aragó, 287, 2.º 1.ª
08009, Barcelona
info@wonderbooks.es
www.wonderbooks.es

ISBN: 978-84-18509-24-7
Thema: YFH
Depósito Legal: B 543-2022
Preimpresión: Taller de los Libros
Impresión y encuadernación: Liberdúplex
Impreso en España – *Printed in Spain*

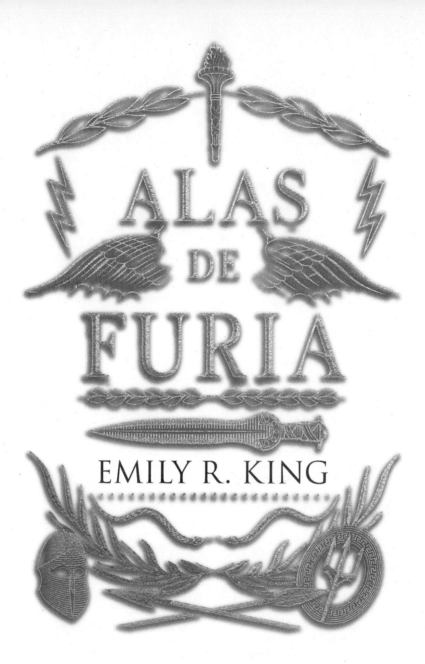

# ALAS DE FURIA

## EMILY R. KING

Traducción de
Elena González

wonderbooks

*Para mamá.*
*No querrías que me hiciera un tatuaje con tu nombre,*
*así que te dedico esto:*
*MI MADRE ES BRUTAL.*
*¡Te quiero!*
*(Tal vez quieras saltarte el capítulo dieciséis).*

# CASAS DE LOS TITANES

### PRIMERA CASA
Cronos y Rea
Palacio de Eón, Monte Otris

### SEGUNDA CASA
Ceo y Febe
Torre de la sabiduría, Pilar del Norte

### TERCERA CASA
Crío y Euribia
Fortaleza de la Luna Azul, Pilar del Sur

### CUARTA CASA
Hiperión y Teia
Mansión de Coral, Pilar del Este

### QUINTA CASA
Jápeto y Clímene
Fortaleza de Dimmet, Pilar del Oeste

### SEXTA CASA
Oceanus y Tetis
Fortaleza Almirante, ubicación desconocida

Esta es una historia que solo las mujeres conocen.
Porque, cuando los hombres de la Edad de Oro
contaron sus historias de victoria y sacrificio,
no se les ocurrió preguntar a las mujeres por las suyas.

# PRÓLOGO

Mi madre me contó que los hombres hablaban de la Era Dorada como una época de paz y felicidad para todos. Las historias que han llegado hasta nuestros días alardean de haber experimentado una tranquilidad general donde la vida era dichosa, llena de abundancia, bendecida con crecimiento espontáneo y en la que los hombres eran libres de alma y corazón. Sin embargo, las mujeres de nuestra época contaban un relato muy diferente.

Pensé en las palabras de mi madre mientras los golpes en el portón se intensificaban. Las vestales se apresuraron hacia el patio bajo la luz de la antorcha que iluminaba sus expresiones de pánico.

—Han venido a por ella —dijo la matrona Prosimna.

—¿Y las niñas? —preguntó una vestal.

La matrona nos hizo señas para que saliéramos de la cocina, donde mis dos hermanas mayores y yo acabábamos de poner la mesa para la cena.

—Seguidme, chicas. Rápido. —La matrona nos guio a través del patio hacia el cobertizo como si un astado dios del río nos pisara los talones—. Todas adentro. Cleora, esconde a tus hermanas.

—Sí, matrona superiora —contestó mi hermana.

Cleora, Bronte y yo entramos en el estrecho cobertizo y nos agachamos apiñadas; me puse entre ellas dos. Tenía once años, tres menos que Cleora y dos menos que Bronte. Nos acomodamos en esa pequeña estancia que nos dejaba poco margen de movimiento.

Los golpes de la puerta eran cada vez más urgentes.

—¡Por orden de la Primera Casa, abran! —bramó un soldado.

La matrona Prosimna cerró la puerta del cobertizo, limitando mi visión a una pequeña rendija, y se dirigió rápidamente al portón de entrada. Sus vestales formaron una fila tras ella y permanecieron tan inmóviles como la estatua de piedra de Gea acunando el mundo en su vientre que se alzaba en el centro del patio. Los hábitos blancos de las vestales ondeaban a la altura de sus tobillos. El cabello les caía en capas cortas. La corona de laurel de la matrona, símbolo de su alto rango, se alojaba en sus cortos y grises tirabuzones.

—Cubríos —dijo.

Las vestales se colocaron los velos. Las máscaras de pudor, hechas de rígido lino dorado, representaban varias bestias y criaturas. Los velos no tenían agujero para la boca, solo para los ojos. El pico de la máscara de pavo real de la matrona ocultaba sus labios mientras hablaba.

—Representamos a Gea, Protogonos de la tierra, y actuamos en su ilimitado nombre con lealtad, virtud y mo... —Los golpes de la puerta interrumpieron a la matrona—. Moderación.

Mis hermanas y yo nos bajamos los velos. Como todas las chicas de seis años o más, llevábamos las máscaras de pudor en todo momento. No nos las habíamos quitado desde que nuestra madre llegara a casa la noche anterior después de haber servido en el Palacio de Eón y nos instara a huir de la ciudad hacia el Templo Madre.

La matrona se puso firme.

—Dejadlos pasar.

Dos vestales retiraron la barra de hierro de la puerta doble y esta se abrió. Los soldados entraron en fila con los brillantes petos reluciendo a la luz de las antorchas sobre quitones que les llegaban hasta la rodilla. Moví la cabeza para mirar a través del hueco cómo los nueve hombres se dispersaban para registrar el patio, la cocina y los establos.

Me apreté contra mis hermanas para ver mejor.

—¡Altea —susurró Cleora—, por una vez en tu vida, estate quieta!

No era fácil quedarse quieta, pero intenté hacer lo que mi hermana decía.

La matrona Prosimna unió las manos.

—Divino día, general. ¿En qué podemos ayudarle?

El tosco general, reconocible por su capa escarlata, la miró a ella y a las otras mujeres.

—¿Dónde está la sirvienta Stavra?

—No está aquí —contestó la matrona—. Solo estamos las vestales.

—¡Stavrva Lambros! —bramó el general. Su voz retumbó contra los muros del templo. Un par de soldados volvieron de los establos y lo informaron. El general se dirigió a la matrona—. ¿Dice que Stavra no está aquí? ¿Entonces qué hace su caballo en sus establos?

La matrona Prosimna separó las manos y las volvió a unir con más fuerza.

—A veces los viajeros dejan sus caballos…

El general la empujó contra la fila de novicias que había detrás de ella y desenvainó la espada.

—Diga la verdad, mujer. Venimos en nombre del Todopoderoso, del Dios de Dioses.

La matrona tembló ante la referencia a nuestro gobernante.

—Última oportunidad —amenazó el general—. ¿Dónde está Stavra?

La matrona Prosimna le sostuvo la mirada. El general acercó la hoja hasta su pecho. Ella permaneció inmóvil y no habló. Él levantó la espada para cargar en su contra.

—¡Décimo!

Madre apareció al otro lado del patio. Stavra Lambros era una mujer alta y de hombros anchos, cuya belleza llamaba la atención allá donde iba, que rompía las normas por no llevar el velo. Nos había advertido de que Décimo podía perseguir a nuestra familia. No era la primera vez que nos topábamos con el general, un hombre tosco, bruto y gruñón, de mofletes rojizos que se le unían con la papada, mientras esperábamos a las puertas del palacio a que madre terminara sus tareas de sirvienta.

—¡Prendedla! —dijo.

Dos soldados se abalanzaron sobre ella. Madre extrajo un puñal de entre los pliegues de su falda. Décimo hizo una señal a sus hombres para que permanecieran alejados.

—Esta es la casa de Gea —dijo Madre—. Mi familia ha solicitado refugio con la madre de todos los dioses.

—Los dioses antiguos deben devoción a los titanes —replicó Décimo. Dio un paso hacia adelante, y luego otro y otro hasta detenerse justo al límite de su zona de ataque—. Has sido convocada por el Todopoderoso. Ven con nosotros o pagarás con tu vida.

Madre se mantuvo en posición de ataque, con fuego en su mirada. Décimo la agarró de la muñeca y le retorció el brazo por encima de la cabeza. Ella gritó y soltó el arma. Él la atrajo hacia sí y sostuvo la espada junto al delicado tendón de su garganta. Ella levantó la barbilla y escupió. Décimo echó la cabeza hacia atrás, con saliva goteando de sus pestañas.

—Puta desvergonzada.

Se inclinó y la golpeó en la cara con la empuñadura de la espada. A Madre se le pusieron los ojos en blanco y se desplomó en sus brazos.

Emití un jadeo ahogado. Cleora me cubrió la boca con la mano, presionando mis labios temblorosos. El cobertizo apestaba a orina. Bronte debió de hacérselo encima. La matrona Prosimna se arrodilló ante el general.

—Perdónela —suplicó—. Hágalo por sus hijas.

Décimo le pasó el cuerpo inerte de Madre a otro hombre.

—Ponla en mi caballo.

Su subordinado se llevó a mi madre a través del portón.

Los otros hombres acosaban a las vestales, arrancándoles las máscaras y las faldas para hacerlas gritar, y despojando a tres mujeres de sus velos. Un soldado besó a la fuerza a una mujer mientras Décimo observaba la escena indiferente.

El fuego de la ira ardía en mi interior. El Dios de Dioses daba y tomaba con una abundancia desenfrenada. Como titán y gobernante de la Primera Casa, el mundo entero le pertenecía. Pero mi mamá no era propiedad de nadie.

Me zafé del abrazo de Cleora y salí del cobertizo. Bronte se alejó de la puerta abierta mientras Cleora me agarraba. Conseguí soltarme y cogí la daga. El general me vio aparecer cuando me disponía a atacarle.

La hoja de mi arma rozó su antebrazo derecho. Emitió un jadeo cavernoso que pareció beberse todo el cielo nocturno. La matrona Prosimna corrió hacia delante para agarrarme, pero Décimo fue más rápido y me golpeó tan fuerte que salí volando hacia la estatua de Gea y caí a sus pies.

Aterricé de costado y me quedé sin respiración. El velo se me había caído. Intenté alcanzarlo, no obstante, Décimo aplastó el rígido lino y mi mano contra el suelo. Apretó el pie con más fuerza, implacable ante mi gemido de dolor.

—Eres la hija pequeña de Stavra, Altea.

—Deja a mi mamá.

—¿Suplicas por ella aun cuando te aplasto los dedos? —Retiró el pie de encima de mi mano y me inspeccionó con avidez—. Con ese pelo oscuro, esa piel dorada y esos hermosos y grandes ojos, tu belleza superará incluso a la de tu madre —levantó la voz para dirigirse a la matrona—. ¿Altea ha sido etiquetada?

—¿Disculpe, general?

—¿La ha reclamado algún hombre?

—Aún no, pero…

—Volveré a por ella cuando haya alcanzado la madurez. No trate de ocultarla o atraerla a su redil de fanáticas o me encargaré de que el Todopoderoso se entere de que no exhibe su insignia alfa y omega en el portón principal, y desmantelará este «templo» ladrillo a ladrillo. —Décimo se frotó el corte del brazo, llenándose el dedo de sangre y luego pasó la yema ensangrentada entre mis labios—. Volveré a por ti, gatita.

Mientras salía por el portón, con el resto de la comitiva tras él, me limpié la boca y escupí en el suelo. La matrona Prosimna corrió junto a mí.

—Altea, niña inconsciente. —Miró a mis hermanas—. ¡Se supone que teníais que vigilarla!

—Lo he intentado —replicó Cleora.

—Pues has fracasado —espetó la matrona.

El suave llanto de Bronte llegó desde el cobertizo. Cleora consoló a nuestra hermana a pesar de sus propias lágrimas. Ninguna de las dos me miró.

Me puse en pie y cojeé hasta el portón. Los hombres se retiraban hacia el crepúsculo con nuestra madre, que yacía en el caballo de Décimo como si de un saco de grano se tratara.

Habían pasado diez meses cuando un par de soldados entraron en la habitación que compartía con mis hermanas invadiendo la estancia con un coro de respiraciones pesadas y pies arrastrados. Sus uniformes de bronce, con los símbolos alfa y omega de la Primera Casa en el pecho, brillaban a la luz de la luna creciente. Si bien ambos eran demasiado delgados para tratarse de Décimo, estaba tensa.

Bronte y Cleora dormían en una cama compartida al otro lado de la habitación. Dado que no teníamos más familia a la que acudir, las vestales nos habían acogido. La matrona Prosimna era una matriarca severa que dejaba poco tiempo para otra cosa que no fueran las tareas del hogar. No había bailado —mi actividad comunitaria favorita— desde nuestra llegada. Fingí que dormía en mi pequeña cama junto a la puerta mientras los hombres dejaban a una mujer junto a mí en el fino colchón. No logré ver demasiado, pero sí pude apreciar su delicado cuerpo. Entonces los soldados retrocedieron y un rayo de luna le iluminó la cara.

«Mamá».

Los hombres se marcharon dejando tras de sí una estela de rápidos pasos. Esperé a que mi madre hablara o se moviese. Con mucho cuidado de no asustarla, le toqué la mano.

—¿Mamá?

Su respiración se tornó más profunda y pausada, y su pecho se agitó en un llanto mudo. Desde que fuera arrestada, habíamos rezado día y noche a Gea para que nos la devolvieran. La mayoría de las mujeres que el Todopoderoso se llevaba no volvían a ser vistas. En las puertas de sus casas aparecía una bolsa de doscientas monedas de plata, como si el valor de un alma pudiera pesarse con dinero. Un alma mortal, claro. Los titanes se apreciaban más allá de todo límite. Aunque eran monstruos, creían encontrarse por encima de las estrellas.

Madre me cogió la mano y la apretó. Yo me di la vuelta para abrazarla, pasando el brazo por su cintura, y me quedé boquiabierta al ver su vientre hinchado.

—¿Mamá? —susurré de nuevo, esta vez con la voz impregnada de pánico.

—El bebé es fuerte —dijo con voz ronca—. No podré aguantarlo mucho más. Intentaré quedarme contigo y con tus hermanas. Lo intentaré, pero...

Pero su vientre mortal no estaba preparado para dar a luz a un titán.

En ocasiones, las mujeres que el Todopoderoso dejaba encintas acudían al templo en busca de ayuda. Las uniones entre un dios y un mortal siempre llevaban a la procreación. El parto llegaba y, con él, la tragedia.

Madre se llevó las manos al vientre.

—Escucha con atención, Altea, mi estrella fugaz. Gea otorgó muchos talentos a las mujeres. Somos fuertes, más fuertes que cualquier monstruo. Los débiles titanes nos temen y tratan de controlar esa fuerza, sin embargo, el amor de una mujer son sus alas. Podemos elevarnos por encima de todo, incluso de los dioses.

De pronto, el vientre se le hinchó y la piel y los músculos se endurecieron. Apretó los dientes para acallar el dolor, pero este encontró una vía de escape a través de un gemido agónico.

Unas vestales se precipitaron dentro de la habitación trayendo consigo mantas y un balde de agua caliente. Ante sus exclamaciones de alarma, Bronte y Cleora despertaron y parpadearon con asombro. Una de las vestales las instó a levantarse y nos sacaron de la estancia.

—Altea se queda —dijo Madre, aferrándose a mi mano.

Intercambié una mirada de sorpresa con mis hermanas mayores y unos instantes después fueron expulsadas al pasillo.

Madre emitió un grito que fue como una salvaje liberación de agonía. La matrona Prosimna y la cocinera, Acraea, entraron y yo me aparté para que pudieran trabajar.

—El bebé viene deprisa —dijo Acraea.

—Entonces nosotras lo seremos aún más —replicó la matrona.

Madre gritó de nuevo mientras empujaba. Yo había oído que los bebés titanes llegaban al mundo de la misma manera en la que vivían: con la furia de un trueno; pero nunca había presenciado un parto. Lo cierto era que nunca había visto de cerca a uno de esos monstruos.

Mi madre volvió a gritar. Yo pegué los omóplatos a la pared, incapaz de recordar la última vez que había estado tan quieta. La estancia olía a humedad, a sudor y a algo más antiguo, más primario. Madre apretó, pero su cuerpo ejercía la misma fuerza sobre ella.

Los segundos se convirtieron en minutos.

En largos, largos minutos.

Las vestales la instaron a empujar de nuevo, a pesar de la sangre… y más sangre. El mayor chillido hasta el momento desgarró la garganta de Madre, con las piernas temblando y la cara contraída por la agonía. El siguiente grito fue ahogado por un llanto más agudo.

Se echó hacia atrás y las lágrimas de dolor se convirtieron en suaves sollozos de alivio. La matrona limpió al bebé y lo levantó para que todas lo vieran.

—Una niña —anunció.

El bebé no parecía haber sido engendrado por un monstruo. Los titanes podían medir hasta siete metros y medio de altura. El Todopoderoso era el más grande de todos: llegaba a los quince metros. Aun así, los titanes eran más humanos que las primeras creaciones de Gea, los cíclopes o los hecatónquiros: demonios con cincuenta cabezas y cien manos. El bebé tenía el tamaño de un mortal recién nacido, con el mismo número de dedos en las manos y los pies, y los ojos en el sitio correcto. Su única peculiaridad era su espesa y rizada melena negra que hacía que pareciera que llevaba un peluquín de lana.

Quizá no parecía un monstruo porque solo lo era a medias.

Madre emitió un quejido y su sudoroso rostro empalideció. El hedor de la sangre fresca se convirtió en algo más oscuro, en una especie de descomposición que inundó mis fosas nasales. La niña dejó escapar otro llanto. La matrona Prosimna pasó la bebé a Acraea y, luego, ella y la otra vestal se centraron en mi madre. Con los labios apretados y blancos, no dijeron ni una palabra.

Madre extendió una mano en mi dirección. Me acerqué lentamente. Normalmente caminaba con ligereza, de puntillas, como si estuviera a punto de emprender el vuelo, en cambio, ahora no era capaz de levantar los pies del suelo.

16

Mi madre me agarró la mano con una fuerza extraordinaria.

—Altea, aún eres una niña, pero pronto serás una mujer, y eso conlleva enormes bendiciones y cargas. —Apenas podía escucharla por encima del llanto de la bebé, así que simplemente asentí—. La hermandad velará por ti. Hazle caso a la matrona y escucha a la diosa. No olvides tu valor como mujer, Altea. Tú y tus hermanas os necesitáis las unas a las otras. Júrame que las protegerás.

—¿Yo, mamá? ¿No deberían Cleora o Bronte...?

—Tu destino es guiar y proteger a tus hermanas. La familia no abandona a la familia. ¿Me juras que cuidarás de ellas?

—Lo juro.

—Bien, mi estrella fugaz. —Me dio unas palmaditas en la mano y la soltó—. Recuerda tus alas.

Acraea colocó al bebé envuelto en pañales junto a mi madre y las envolvió a las dos con una manta. Mi madre apoyó su frente en la del sonrosado bebé, como hacía a menudo con mis hermanas y conmigo. Decía que era para memorizar nuestro olor, nuestro tacto y la forma de nuestras almas.

Mamá tarareó su canción de cuna favorita, una lúgubre melodía sobre la aflicción de Gea con respecto a sus monstruosos hijos, atrapados en el Inframundo. La niña mamaba del pecho de Madre mientras la matrona se dedicaba a detener el goteo de sangre en el suelo. Stavra terminó de cantar la canción de cuna, y después recostó la cabeza hacia atrás y cerró los ojos. La recién nacida se quedó dormida en sus brazos y ambas quedaron en silencio.

—¿Mamá? —pregunté.

Acraea tocó el hombro de mi madre y escuchó su respiración. La matrona levantó las manos ensangrentadas y se frotó la frente con el dorso de una, esperando. Tras lo que pareció una eternidad, Acraea inclinó la cabeza.

—Gea, recibe a tu hija —dijo con la voz quebrada.

—Gea, acoge a Stavra al otro lado de las puertas del sol y en la tierra de los sueños —oró igualmente la matrona Prosimna.

Las lágrimas inundaron mis ojos. Parecía tan tranquila... como si estuviera durmiendo. Pero tenía un aspecto demasiado vacío, demasiado inmóvil.

La matrona Prosimna abrió la ventana para que entrase aire. Las novicias dejaron al bebé con su madre y limpiaron el suelo con trapos.

—Era demasiado hermosa —dijo Acraea.

—Debería haber llevado el velo —replicó otra novicia.

La matrona Prosimna asintió con gravedad.

—Esto es lo que pasa cuando una mujer no va con cuidado.

Cerré las manos y apreté los puños.

—¡Mi mamá no ha hecho nada malo! Esto es obra del Todopoderoso. De él y de su bastardo.

—Shh —dijo la matrona—. Vas a despertar al bebé.

La niña dormía a pesar de estar rodeada de muerte. En ese momento era pequeña y frágil, pero crecería y ejercería su derecho de nacimiento. Era un engendro: mitad humana, mitad titánide.

Un monstruo al completo.

La cogí en brazos y corrí hacia la ventana. Una vez allí, no supe qué hacer. Solo sabía que mi madre había muerto y que alguien tenía que pagar por ello.

—Suelta al bebé, Altea —dijo la matrona.

—¡Ha matado a mi mamá!

La matrona Prosimna levantó las manos, aún teñidas con la sangre de mi madre.

—Stavra descansa en paz. Deja que su alma se marche con los dioses.

—A los dioses les da igual lo que pase con su alma —dije—. Hemos rezado día tras día para que regrese sana y salva, y aun así se ha ido.

—Que la diosa te perdone por tu insolencia —siseó la matrona—. Deja de decir ridiculeces y dame al bebé.

—El mundo no necesita otro titán —repliqué.

—Ella es inocente. —La matrona se dio unas palmaditas en el pecho, a la altura del corazón—. ¿Qué harás para honrar la memoria de tu madre? ¿Cuidarás de tus hermanas? ¿De todas tus hermanas? ¿O romperás tu promesa a Stavra cuando su cuerpo aún sigue caliente?

Miré al cuerpo de mi madre y luego a través de la ventana del segundo piso. La niña dormía plácidamente, su ignorancia era inconmensurable. ¿Acaso no sabía que todo estaba perdido? ¿No sabía que mamá —nuestra mamá, mi mamá— no volvería nunca?

—¿Quién le hablará de su madre? —insistió la matrona mientras cruzaba lentamente la estancia en nuestra dirección—. ¿Quién le contará lo valiente y fuerte que era tu madre?

La recién nacida se agitó levemente y emitió un gemido, como un conejillo.

La matrona Prosimna se detuvo justo al alcance de mi mano.

—La bebé no es tu enemiga, Altea. Es tu hermana. Tu familia.

Miré a la niña con más atención. Su nariz era demasiado grande para su cara. Yo solía quejarme del tamaño de mi propia nariz. Bronte y Cleora a menudo se burlaban de mí por su anchura. La nariz del bebé tenía la misma forma y las mismas proporciones que la mía. Tal vez fuera medio titán, pero también era medio mortal.

Mitad de mi sangre.

Mi otra mitad.

—Deberías ponerle un nombre —dijo la matrona.

—¿Ponerle nombre?

—Sí, hija. Necesita un nombre.

Ningún titán engendrado por el Todopoderoso merecía un nombre. Aun así, me pregunté cómo la habría llamado mi madre.

Unos pasos resonaron en el pasillo. La puerta se abrió y entraron tres soldados. El que iba a la cabeza —un hombre con la cara larga y angulosa, como la de una rata— observó el cuerpo sin vida de mi madre y luego centró su atención en mí.

—Dame al bebé —dijo.

La matrona se interpuso entre nosotros.

—Su lugar está aquí, con su familia. Nadie tiene por qué saber que ha sobrevivido. Juro por el infinito nombre de Gea que ninguna de nosotras se lo dirá a un alma.

Cararrata se acercó mientras balanceaba sus prominentes hombros y empuñaba su espada.

—Guárdate tus promesas, matrona. La niña se viene con nosotros.

—La estáis condenando a muerte —replicó ella—. El Dios de Dioses acabará con ella, como hace con todos sus hijos.

—No es nuestro deber cuestionar la voluntad del Todopoderoso.

Apartó de un empujón a la matrona y se dirigió hacia nosotras.

Las palabras de mi madre aparecieron en mi mente.

«Protege a tus hermanas».

Me precipité hacia la ventana abierta para llegar a la cornisa. Los largos brazos de Cararrata se abalanzaron sobre mí. Yo me moví ligera sobre las puntas de los pies y me escabullí por el tejado inclinado mientras él me perseguía.

Sujeté con más fuerza a la recién nacida y giré en la esquina del tejado. Los establos del patio iban paralelos al templo. La cornisa que tenía delante terminaba en un hueco entre dos picos. Como no tenía miedo a las alturas, crucé. Trastabillé sobre una teja suelta y me tambaleé hacia atrás. Caí de culo sobre el tejado inclinado y me deslicé. El aire se agitó a mi alrededor y aterricé sobre un montón de heno.

La niña se quejó en mis brazos. Le pedí que se callara y la acuné.

Bronte y Cleora se asomaron a la ventana del gineceo del segundo piso y me miraron boquiabiertas. Cararrata buscó un camino seguro para bajar del tejado. Me deslicé por el heno hasta el suelo y cojeé con el tobillo dolorido hacia el portón de entrada.

Un soldado emergió de entre las sombras. Era más grande que los demás, tenía la cara afeitada y el pelo liso y marrón oscuro le caía por la espalda. Me detuve a la espera de que desenvainara la espada. Frunció el ceño.

—¡Angelos, coge al bebé! —gritó Cararrata.

El soldado vino en mi dirección.

—Dame al bebé y me encargaré de que estés a salvo.

—No —dije.

Angelos abrió los brazos para coger al bebé. Me aparté con un movimiento brusco, lo que provocó que se despertara. Aunque tenía los ojos cerrados, empezó a gimotear. Él volvió a abalanzarse sobre ella. Le di una patada en la rodilla y pasé a toda velocidad.

—¡Corre! —gritaron Bronte y Cleora al unísono.

Me dirigí hacia el portón. Dos soldados con las espadas en ristre salieron corriendo del templo y me bloquearon la salida.

Cararrata desechó la idea de bajar del tejado y volvió hacia la ventana.

—¡Traedme al bebé! —ordenó antes de desaparecer.

Los soldados que bloqueaban el portón de entrada se adelantaron un tanto. Me giré y descubrí que Angelos estaba detrás de mí.

Abrió los brazos hacia la niña con expresión solemne. Su voz iba a juego con sus ojos compasivos.

—Tienes que dejarla ir.

La niña emitió un alarido.

Otro soldado me rodeó por detrás y trató de arrancármela de las manos. La sujeté con todas mis fuerzas tratando de no hacerle daño, pero me la arrebató de un tirón. Le golpeé en la espalda con los puños.

—¡Déjala! —chillé.

Me empujó con fuerza. Volví a torcerme el tobillo quejumbroso, esta vez con un crujido seco, y el dolor me hizo caer al suelo.

Cararrata salió del templo y vio que habían conseguido su objetivo. Silbó y los soldados se reunieron, a excepción de Angelos, que permaneció a mi lado. Me tendió la mano para ayudarme a levantar, pero me puse en pie sin su ayuda, con el tobillo palpitando.

La recién nacida lloraba sin parar.

—¡Es mi hermana! —supliqué.

—Lo siento —musitó.

—¡Angelos, nos vamos! —gritó Cararrata.

Angelos dudó unos instantes antes de unirse al grupo de hombres y se pusieron en marcha. El llanto de la niña se perdió entre el estruendo de los cascos de los caballos en aquella noche con olor a jazmín.

Me derrumbé en el suelo entre lágrimas, con los brazos flácidos a los lados del cuerpo.

Mamá se había ido, igual que mi nueva hermanita.

Se había ido antes incluso de tener siquiera un nombre.

# 1

Llevé los cubos con agua desde el estanque a través del ralo bosque. Dos horas antes del amanecer, ya había fregado la cocina y el suelo de la zona común con agua hirviendo. Ahora, el sol llegaba a su cénit por el este y me dolía la espalda de tanto frotar a gatas las marcas de hollín de alrededor de la chimenea.

El arroyo cercano rugía por el torrente de agua del deshielo que se precipitaba por la ladera de la montaña. En primavera, el bosque por fin tenía un respiro después de la cruda neblina invernal, las hamadríades de los árboles dormitaban hasta que el amanecer desmontaba su trono rosáceo y se rendía a la luz del día. En los casi siete años que llevábamos viviendo en estas colinas, había llegado a conocer los numerosos y escarpados senderos que atravesaban los frondosos rincones. Había recorrido cada hondonada y pasado bajo cada rama con cuidado de no molestar a las indolentes hamadríades. El agua se deslizaba sobre los bordes de los cubos y caía sobre mis pies embarrados. Debería haber reducido la velocidad para no desperdiciar más agua, pero las asas se me clavaban en las palmas y me rugía el estómago. Reponer el suministro de agua era mi última tarea de la mañana antes de poder comer.

Unos viajeros se acercaron por el sendero en mi dirección. Se trataba de un grupo de hoplitas —soldados ciudadanos pobres, agricultores y artesanos que decidieron tomar las armas en defensa de su patria—. El camino era demasiado estrecho para ellos y para mí, así que me adentré en la maleza e incliné la cabeza de manera que el pelo me cayera hacia delante y ocultara mi rostro desenmascarado.

—Divino día —dijo un hombre al pasar.

Me estremecí. Su voz no me resultaba familiar. Aún algo recelosa, miré por el rabillo del ojo. De vez en cuando me encontraba con hombres del pueblo cercano para un breve revolcón junto al estanque; sin embargo, estos hombres no me sonaban de nada.

Una niña muy guapa y sin máscara, de no más de trece años, montaba en uno de los caballos con las manos atadas frente al jinete que lideraba la comitiva. Estaba segura de que se trataba de una ofrenda para el Todopoderoso. Tal vez era una de sus hijas o una niña que le habían comprado a una familia pobre. Era difícil saber qué circunstancias la habían llevado hasta ahí. Era, simplemente, otra chica que solo valía doscientas monedas de plata.

Aunque se suponía que ya debía estar de vuelta, esperé a que el grupo desapareciera por el sinuoso camino antes de volver a cargar los cubos de agua.

El recinto del templo estaba rodeado por el follaje primaveral, los muros exteriores albergaban un dormitorio de dos pisos donde se alojaban las novicias, su oratorio y sus espacios de trabajo. Dentro del patio, que albergaba el dormitorio en forma de «U» —además de la cocina, los establos y las dependencias externas—, se encontraba el templo propiamente dicho: una modesta estructura de piedra con columnas sobre una base de escaleras y un precipicio ornamentado. En el patio se encontraba la adquisición más reciente, de hace cinco años: una estatua del Dios de Dioses, que posaba desnudo con los brazos a los lados y la barbilla levantada en gesto desafiante. Esta figura, junto con la bandera de la Primera Casa colgada en la puerta principal, era la mínima muestra de devoción que se exigía a cualquier hogar en el territorio de Tesalia.

Cuando por fin llegué, el tobillo malo me palpitaba. Desde que me lo rompiera de niña, el hueso no se había curado bien y a menudo me dolía cuando pasaba mucho tiempo de pie o caminaba demasiado. Una fila de vestales salió del templo después de las oraciones matutinas a la estatua de Gea. Ya habían dejado la ofrenda diaria de fruta o de pan ante la escultura del Todopoderoso. Él siempre iba primero.

—Divino día —murmuré mientras me dirigía a la cocina al aire libre.

Acraea estaba amasando pan con la ayuda de dos esclavas. Mis hermanas trabajaban junto a ellas: Bronte molía el grano y

Cleora atizaba el fuego. Ellas también se habían levantado temprano. Cleora se ocupaba de la cocina y del fuego, mientras que Bronte barría los silenciosos pasillos y cuidaba del jardín. Junto al fregadero había un montón de verduras recién recogidas a la espera de que Bronte las limpiara y cortara. El escaso desayuno de pan duro y vino, del que iban picando a la vez que trabajaban, estaba en el plato y en el cáliz que compartíamos. Menos platos que lavar, decía Cleora. Siempre encontraba la manera de reducir nuestra carga de trabajo.

Coloqué los cubos junto al fuego y los vertí, uno primero y otro después, en las grandes ollas para hervir. Finalmente, cuando por fin tuve un momento de tranquilidad, estiré la espalda.

Cleora se quedó mirando el movimiento de las llamas.

—Llegas tarde —dijo.

—O ha amanecido muy pronto —repliqué.

Bronte resopló. Me uní a ella en la mesa de trabajo y estiré el brazo para alcanzar un trozo de pan sin levadura de nuestro plato del desayuno. Me dio un golpe en la mano.

—No olvides rezar —dijo.

Murmuré una breve oración de agradecimiento y me metí el pan en la boca.

—Estás asquerosa —dije mientras frotaba una mancha de suciedad en la frente de Bronte. Tenía el pelo rubio y liso lleno de trocitos de romero.

—Tú hueles a cerdo —contestó con la nariz arrugada.

—Y tú a hierbajo.

Acraea se rio de nosotras desde donde amasaba en la segunda mesa de trabajo. Ella no era como las otras vestales estiradas que se unieron a la hermandad de Gea en su infancia y mantenían las distancias. Acraea había hecho el voto de virginidad más tarde, tras huir de un matrimonio concertado años atrás. Se limpió las manos en el delantal y me lanzó un saco de arpillera.

—Ve a Otris a por higos y aceitunas de borgoña —dijo—. Lo necesitamos para el pan de la ofrenda.

—Dije que ayudaría con las reparaciones, y tengo que limpiar los establos. También me toca vigilar al rebaño.

Siempre tenía una larga lista de cosas que hacer. En tanto que Bronte y Cleora realizaban tareas fijas, yo me ponía con lo que fuera necesario en cada momento, que solía ser lo que nadie más quería hacer. Había estado esperando tener un día a solas en el campo para practicar con mi lanza y mi escudo lejos de las miradas de desaprobación de la matrona.

—Las esclavas te harán tus tareas del hogar y Bronte vigilará a las ovejas —replicó Acraea.

—¿Por qué no va ella al mercado y yo vigilo las ovejas?

—Los perros salvajes mataron a dos corderos ayer. Ella es mejor con el arco.

Advertí la tenue sonrisa de Bronte. Para ella, vigilar las ovejas también suponía un descanso lejos de la autoritaria matrona.

—Necesitamos esos ingredientes —añadió Acraea.

El pan de la ofrenda se preparaba con motivo del Festival de la Primera Casa, el aniversario del derrocamiento de Urano por parte del Todopoderoso, su hijo. Las aceitunas y los higos, que representaban la sangre que Urano derramó sobre la tierra, debían ponerse a remojo en vino durante al menos cinco días antes de poder preparar la masa. La gente de todo el mundo horneaba el pan en honor al Dios de Dioses. El día de la celebración no sería lo mismo sin esta receta, pero, aun así, no me gustaba que eso supusiera traspasar mis compromisos.

Además, viajar a la ciudad significaba que podía encontrarme con Décimo. Siempre estaba pendiente de él. Todas lo estábamos. A veces creía que se había olvidado de mí, pero la etiqueta grabada a fuego en mi nuca no me permitía olvidarlo.

—Acraea, ¿cuándo nos vamos? —pregunté mientras me recogía el pelo cobrizo oscuro con un trozo de cuerda.

—La matrona dice que la necesita aquí —replicó Cleora, que se ocupaba cuidadosamente del fuego.

Alcé las cejas en un gesto de sorpresa.

—¿Voy sin acompañante?

—Ya tienes dieciocho años —dijo Acraea—. Eres lo bastante mayor para ir sola a pasar el día a la ciudad.

Yo solía remarcar mi edad para justificar mi independencia, sin embargo, me sorprendió que Cleora permitiera esto. A ella no le gustaba nada que fuera por ahí a mi aire. La matrona debía de haber insistido. Cogí el saco de arpillera.

—De acuerdo.

Cleora se enderezó y finalmente me miró.

—¿Dónde está tu velo?

—Arriba, en nuestro dormitorio.

Sus ojos color ámbar centellearon.

—¿Has salido con la cara al descubierto? ¿Te han visto?

—No ha pasado nada —dije mientras daba un sorbo al vino del cáliz que compartíamos. Cleora me agarró de la muñeca y casi me lo tiro encima.

—¿Quién te ha visto? —preguntó.

—Los hoplitas no me prestaron atención. —Alargué el brazo para coger un trozo de pan con la mano que me quedaba libre, pero se desplazó y me cortó el paso.

—Tómatelo en serio —dijo—. ¿Te dijeron algo?

—Solo saludaron al pasar.

—Altea —se quejó—. ¿Cuántas veces tengo que decirte que no abandones el recinto con la cara descubierta? Ve a por el velo. No te vas sin él.

La habitual sobreprotección mandona de Cleora resultaba irritante. Por supuesto, no tenía pensado ir a la ciudad sin la máscara de pudor. No era tan estúpida.

—¿Puedo comer primero? Dioses.

—Esa lengua —intervino la matrona.

Todo el mundo se quedó inmóvil salvo Bronte, que estaba ocupada moliendo trigo, absorta en su propio tarareo. Cantaba para sí misma tan a menudo que a nadie le pareció extraño que no respondiera a la aparición de la matrona Prosimna en la puerta de la cocina.

—No blasfemes en la casa de Gea —dijo la matrona.

La diosa no estaba presente para ofenderse, pero preferí callarme.

—Altea no quería decir nada con eso —dijo Cleora soltándome la muñeca.

—Exijo una disculpa de tu hermana —replicó la matrona.

—¿Altea? —Cleora me apremió con un codazo.

Rehuí la mirada. No sentía haberme ido de la lengua.

—Altea —dijo Bronte con tono amable—, deberías disculparte.

Tal vez fuera puntilloso por mi parte, pero el hecho de que mis hermanas mayores me dieran órdenes fue demasiado en ese momento. Todavía me dolían las manos y la espalda de hacer las tareas, y el estómago me rugía pidiendo más comida. Durante casi siete años, había trabajado muchas horas cada día para la hermandad. ¿En qué momento me ganaría el derecho a hablar sin tener que medir mis palabras?

—Quizá necesite más trabajo para evitar la holgazanería —dijo la matrona.

¿Desayunar era holgazanería?

—Altea está muy agradecida por todo lo que nos proporciona —replicó rápidamente Cleora—. No ha comido aún y ya sabe que se pone de mal humor cuando tiene hambre. Iré a por su velo.

Salió veloz de la cocina.

—Las demás, volved al trabajo —ordenó la matrona Prosimna—. Bronte, ¿no deberías estar marchándote al campo?

Bronte miró la pila de hierbas que tenía que lavar y cortar.

—Cleora me pidió que la ayudara aquí antes de...

—Tu hermana se las arreglará sola. Se te necesita en otra parte.

Bronte dejó lentamente el mortero y se topó con la mirada de la matrona. Mi hermana disimulaba tan bien su desprecio que a veces olvidaba que no era la única que apenas toleraba nuestra vida en el templo.

—Sí, matrona —dijo Bronte con cierto deje de burla.

La matrona Prosimna me dedicó una última mirada con los labios apretados y salió hecha una furia.

Acraea retomó el amasado del pan y sacudió la cabeza.

—Tú sí que sabes cómo animar una mañana, Altea.

Bronte se frotó los restos de grano de las manos.

—La terquedad de mi hermana pequeña podría levantar a los gigantes del inframundo.

—Tú tampoco llevas el velo cuando vas al pozo —espeté.

—Yo voy con cuidado de no ser vista, ¿eh? —me chinchó—. Ya sabes cómo se siente Cleora con respecto a que abandonemos el templo.

Cleora no había salido desde que se llevaran a nuestra madre. Aunque ya tenía veintiún años y era una mujer adulta, el hecho de que no habláramos de su autoimpuesto aislamiento del mundo exterior era una regla no escrita.

Bronte le mostró el cuenco de grano molido a Acraea.

—Creo que está bien así.

—Perfecto —contestó Acraea.

Bronte molía el grano mejor que nadie en el recinto del templo. Se ajustó el collar dorado con el ceño fruncido.

—¿Deberíamos comprobar cómo va Cleora?

Estaba claro que se refería a mí.

Apuré el vaso de vino y luego cogí los dos últimos trozos de pan y me los comí mientras subía por las escaleras.

Cuando llegué, Cleora estaba estirando mi colcha. Nuestra pequeña habitación apenas era mejor que las de las esclavas, si bien Cleora había aportado un toque hogareño: había pintado violetas y azafranes amarillos a lo largo de la base de las paredes de cerámica lisa, pulido las baldosas, colocado nuestras escasas pertenencias en estanterías, y organizado y guardado la ropa en arcas de cedro. La lira de nuestra madre era el objeto más destacado de la estantería y, en la pared de enfrente, estaba el telar familiar.

Era un lugar bastante reducido para las tres, no obstante, Cleora lo cuidaba bien. Era una chica delgada pero fuerte debido a sus tareas levantando pesadas ollas de agua y transportando troncos para alimentar el fuego siempre activo del fogón de la cocina, y se movía con una calculada gracia que irradiaba templanza. No era bailarina —aunque tocaba muy bien la lira—, pese a ello, su compás interno era hipnótico. Verla trabajar era fascinante, como observar las olas del mar, constantes y resueltas.

—Lo siento —dije.

—¿Ahora te disculpas? —Cleora tiró de la colcha con sacudidas enérgicas—. La matrona no tiene tanta paciencia.

—Ya se le pasará.

Ambas sabíamos que, si no estuviera Cleora para enseñar a las esclavas de la cocina, o sin Bronte y sin mí ayudando en la preparación de la comida, la matrona Prosimna tendría dificultades para alimentar a las cincuenta vestales que vivían allí. Nos habíamos vuelto indispensables, en especial Cleora, cuya habilidad para llevar un hogar compensaba con creces su reticencia frente a las tareas externas.

—No encuentro tu velo —dijo—. Tiene que estar por alguna parte… Ah, aquí está.

Sacó mi máscara de pudor de debajo de la cama y se sentó frente a la ventana con vistas al monte Otris. Nuestro antiguo hogar, la ciudad de Otris, se encontraba al pie de la cima de la montaña y se extendía por sus pedregosas laderas. Me senté junto a Cleora, tan cerca que pude oler el aceite de almendras que se había aplicado en su pelirroja y ondulada melena.

Me tendió la máscara.

—Sé que odias llevar el velo, Altea, pero hoy no te lo quites.

—No debería tener que ocultarme cada vez que pongo un pie fuera.

—Hablas como mamá —suspiró Cleora.

—Mamá tenía razón en muchas coas —dije.

—Tal vez, aun así, debemos estar agradecidas por lo que los dioses nos han dado.

Las mujeres no estaban condenadas a vivir de migajas de felicidad, pero sospeché que a Cleora le inquietaba que Décimo me viera en la ciudad. No quería preocuparla más.

—No me quitaré el velo.

Me ató las cuerdas detrás de la cabeza. De las aberturas de los ojos salían unos penachos que parecían mechones de pelo, o unas llamas, según la interpretación que se hiciera de la exquisita pieza de artesanía. Había pertenecido a nuestra madre y, antes de ella, a nuestra abuela.

—Deja de moverte.

—Me pica la nariz.

—¿Por qué no puedes estarte quieta?

—Sí que puedo.

Arrugué la nariz para rascármela contra el interior de la máscara, y no me moví.

—Ya está. —Cleora pasó el dedo por la cicatriz de mi nuca. Fue necesaria la intervención de cuatro novicias para sujetarme, y otras cuatro para sujetar a mis hermanas cuando la matrona me marcó a fuego la marca en forma de «U» en la piel—. ¿Te sigue doliendo?

—Solo en el orgullo. —Me reacomodé el pelo para cubrir la marca.

—Tengo que volver a la cocina. Hay que hacer el pan.

Miré de reojo a Cleora. Su voz cansada y sus ojos inyectados en sangre me preocupaban. No había dormido bien la noche anterior. Siempre le pasaba cuando se acercaba el aniversario de la muerte de mamá. Mañana se cumplían siete años. Madre seguía muy presente en nuestras mentes.

—¿Por qué no te acuestas? —dije—. Le diré a Acraea que no te espere hasta esta tarde.

—Me viene bien trabajar. Tener la casa en orden me da paz.

Cleora apoyó su frente en la mía. Se trataba de una muestra de afecto tan antigua como el tiempo, de cuando solo existía Gea, la Protogonos de la tierra, y aún nada vivía en esta. Urano, el Protogonos del cielo, se elevó, azul zafiro y lleno de estrellas, y apoyó su frente contra la de ella. Aquella unión de los primeros dioses formó la primera familia, y la familia lo significaba todo.

Me giré.

—¿Quieres algo de la ciudad?

—Solo que vuelvas sana y salva. Dile a Acraea que ahora bajo. Y… ¿Altea? Trabajo muy duro para hacer de esto nuestro hogar. Por favor, mantén la calma con la matrona.

Sentí un nudo en la garganta. Quería que tuviéramos nuestro propio hogar, solo para nosotras tres, lejos de aquí, pero Cleora trataba de hacer de este nuestro refugio. No quería ponerlo en peligro por ella.

—Me portaré mejor —dije, y bajé lentamente las escaleras que llevaban a la cocina.

El régimen de las esclavas para preparar las comidas ya se resentía por la ausencia de Cleora. Las muchachas holgazaneaban bebiendo vino y charlando. El fuego de la chimenea menguaba, no se había molido más grano y la masa parecía haber sido moldeada en panes por un cíclope.

Llevé la cesta de comida hasta los establos. El burro había sacado la cabeza para comer hierba fresca del jardín a través de una abertura de la valla del corral.

—Bronte te va a pillar —dije mientras tiraba de él para que volviera dentro—. Espero que no hayas comido nada venenoso.

Había una sección del jardín que estaba reservada a propósitos médicos. Bronte conocía todas las plantas, si bien para mí todas eran iguales. Coloqué las alforjas al burro y me subí. Este sería más lento y menos cómodo que la yegua de la matrona; con todo, dudaba que Prosimna me hiciera el favor de prestarme su caballo.

Acraea me sorprendió antes de que me fuera y metió un bulto en la cesta. De cerca, pude ver la marca de la quemadura de su frente que, por lo general, quedaba oculta tras un flequillo de pelo gris. Sin embargo, la etiqueta de la nuca con la que la marcaron de joven, a causa del marido del que más tarde huyó, casi se había desvanecido. Desenvolvió con discreción el cuchillo de carne para que lo viera.

—Mantente alerta —dijo.

Quería asegurarle que no tenía de qué preocuparse, que las posibilidades de que me encontrara con Décimo eran escasas, pero no pude. Mientras cruzaba el portón y subía por el sendero a través del silencioso y sombrío bosque, deseé haber traído también mi lanza y mi escudo. A las mujeres no se les permitía portar tales formas de defensa.

Saqué el cuchillo de cocina de la cesta, me lo escondí entre los pliegues de la falda con una mano y agarré las riendas con la otra. Las doncellas solían viajar en pareja, aunque el cobijo de la compañía era una ilusión. Lo único que garantizaría mi seguridad sería un filo.

# 2

Tomar un atajo acortaría el desplazamiento a la ciudad, pero nunca viajaba hacia el este sin dejar de pensar en mi madre.

En una bifurcación, desmonté y guie al burro por un sendero que discurría entre cipreses y sicomoros moteados. La primavera estaba en pleno esplendor en la región noreste de Tesalia: cada arbusto y cada árbol exhibía un tono verde brillante.

Las hamadríades que viven en los cerezos silvestres y moreras me estudiaban al pasar. Sus rostros se confundían con la áspera corteza, sus brazos se enroscaban en las ramas y sus cuerpos serpenteaban alrededor de los curvos troncos. Los espíritus del bosque eran bondadosos si no se les molestaba.

Pasé por encima de las raíces y me agaché por debajo de las ramas para no molestarlas. El terreno se ablandó hasta convertirse en suelo arenoso, más propicio para enterrar a los muertos y, además, perfecto para los olivos que marcaban la entrada al cementerio.

El musgoso santuario estaba salpicado de lápidas en forma de columna. Me detuve frente a dos de ellas, una más corta que la otra, y apoyé la mano en la más alta.

—Hola, mamá.

En la lápida había grabadas cinco pares de alas y la frase: «La familia no abandona a la familia». La piedra más pequeña estaba sobre la tumba vacía de nuestra medio hermana, de quien nadie había vuelto a saber desde que los guardias me la arrancaron de los brazos. No había día en que no pensara en ella, me preguntara cómo la habría llamado mi madre e imaginara la vida que habría vivido.

Aunque no estuviera allí enterrada, se me encogió el corazón al agacharme frente a su tumba vacía y escarbar sacando la tierra a puñados. Tras la muerte de Madre, recibimos una carta oficial de agradecimiento y pago por su servicio a la Primera Casa a título de doncella de honor. El Todopoderoso decía que sus cautivas eran honorables, como si su secuestro fuera una noble vocación.

La carta que quemé.

La bolsa de monedas que enterré.

Ahora desempolvaba la bolsa. Hace años, cuando mis hermanas y yo enterramos las monedas, nos prometimos que solo las gastaríamos en una cosa.

—Mamá, voy a sacarnos de aquí. Ha llegado el momento.

Cleora estaba demasiado cómoda en el templo, y demasiado comprometida con la hermandad. Si nos quedábamos más, no querría marcharse jamás. No obstante, el motivo principal era el tiempo. Décimo no tardaría en regresar a por mí.

Tras atarme la bolsa al cinturón, volví a colocar la tierra en su sitio y la cubrí con musgo de forma que nadie advirtiera el cambio. Cleora o Bronte habrían rezado una oración por el bienestar de las almas de nuestra madre y nuestra hermana, pero yo renuncié a Gea hace mucho tiempo.

Guie al burro más allá de las hamadríades que me seguían con la mirada y retomé el camino. Continuamos el empinado sendero de grava y rodeamos la garganta de la montaña.

El sol caía con fuerza y caldeaba el día. Desde el valle llegaba una brisa fresca, si bien aquellas ráfagas no impedían que el velo se me pegase a la cara. Me comí unos trozos de queso por debajo de la tela. La máscara me picaba, pero, aun así, no podía quitármela por si me encontraba con otros viajeros.

Los secuestros se habían multiplicado en los últimos años. Nadie había plantado cara al Todopoderoso, ni siquiera sus cinco hermanos, titanes que dirigían sus propias casas, o su esposa Rea, una titánide. No había estado en Otris desde el otoño pasado, antes de que la temporada de lluvias hiciera peligroso viajar por esos caminos tan empinados, pero se rumoreaba que Rea pasaba más tiempo en la Fortaleza de la Luna Azul, en el sur, con su hermano Crío, jefe de la Tercera Casa, que en el Palacio de Eón con su marido.

Al girar en la siguiente curva, el mar Egeo apareció en el horizonte. La brillante extensión azul cerúleo salpicada de islas pertenecía a la Sexta Casa. El titán Oceanus era el más alejado de sus cinco hermanos. Su reino acuático era el único que no formaba parte de los dominios de la Primera Casa. Madre nos contó una vez que una tribu de mujeres habitaba una de las islas de Oceanus y que vivían sin muros de piedra ni velos. Parecía el paraíso.

Muy por encima de mí, como una sombra en el atardecer, se alzaba el muro exterior de Otris, en la cima de la montaña. Volví a meter el cuchillo en la cesta y conduje al burro hacia la multitud de gente que esperaba su turno para cruzar las puertas de la ciudad.

Un par de soldados montaban guardia e interrogaban a varios grupos e individuos sobre el motivo de su visita. Pararon a la mayoría de las mujeres, que necesitaban el permiso de un pariente masculino para salir de casa. Giré el cuello descubierto para que los guardias vieran mi etiqueta, prueba de que tenía dueño. Las etiquetadas se consideraban dóciles y menos propensas a viajar sin permiso.

—Divino día —dijo un guardia mientras indicaba mediante gestos que entrara.

Me incorporé a la corriente de personas que se agolpaban en las estrechas calles. Un denso aroma de carne sucia, excrementos de animales y orinales vacíos —todo ello bajo el ardiente sol— invadió mi nariz. Nada apestaba tanto a civilización como la ciudad.

Me adentré en Otris y llegué al colorido distrito del mercado. Las pálidas chozas de yeso y tejado rojo se encontraban rodeadas de casetas y tiendas de retales. La calle estaba a rebosar de clientes que regateaban con los comerciantes. Los perros y gatos callejeros husmeaban en busca de sobras. En el ágora había de todo: montones de cestas de especias, rollos de brillante seda, cualquier tipo de pescado fresco, carne curada, quesos, verduras y frutas variadas, coloridas alfombras e incluso juguetes para niños.

Até el burro a un poste frente a una taberna, recogí mis cosas y me dirigí al puesto más cercano. Estaba repleto de tubérculos de invierno y la primavera aportaba una gran cantidad de judías, alcachofas, espinacas y remolacha. No pude evitar detenerme frente a un plato de pasteles de miel, almendras y nueces. Mamá los preparaba para nuestros cumpleaños. Eran las delicias favoritas de la familia.

Una doncella desenmascarada chocó conmigo al coger unos higos.

—Disculpe —susurré. Tenía la barbilla, las mejillas y la frente cubiertas de cicatrices de quemadura. Las marcas en forma de rejilla de su piel seguían un patrón demasiado preciso para ser aleatorias.

Esta chica había resultado minuciosamente —e intencionadamente— herida.

La última vez que Acraea volvió a casa desde la ciudad, mencionó que las familias que realizaban rituales de quemaduras habían aumentado. Los padres estaban preocupados por los secuestros del Todopoderoso que afectaban a sus hijas más hermosas, así que la desfiguración de las jóvenes aumentaba su popularidad. Acraea nunca me explicó del todo cómo había logrado escapar con una única quemadura en la frente hace tantos años, solo me dijo que Gea la había ayudado. A día de hoy, los hombres pagaban un precio más alto por una mujer estropeada que por una chica guapa con velo. Algunas jóvenes tenían tanto miedo de ser secuestradas o de quedarse solas que se mutilaban a sí mismas.

—¿Qué puedo hacer por usted? —espetó el mercader.

Traté de centrarme. La chica de las cicatrices había desaparecido y mi zurrón seguía vacío.

—¿Tiene aceitunas borgoña? —pregunté mientras iba cogiendo higos.

—No quedan, pero tengo de estas.

Acraea enviaría una nube de tábanos tras de mí si volviera a casa con aceitunas negras. Regateé con el comerciante por los higos, de manera que bajara el precio lo suficiente como para comprar dos pasteles de miel, y luego continué.

Conocía bien mi ciudad natal. A veces echaba de menos el aroma de la leche de cabra y la verbena fresca por la mañana, pero nunca echaba de menos a los soldados, apostados en cada esquina observando a los habitantes con miradas inquisitivas. Me recordaban a Décimo y a la noche en la que se llevaron a mi madre. Un par de soldados merodeaban más adelante, así que atajé por un callejón a fin de evitarlos y salí frente al Palacio de Eón.

Todos los titanes vivían en mansiones. Esta era la más grande, la vivienda divina más grandiosa e impresionante del mundo. Una edificación digna del jefe de la Primera Casa, el Dios de Dioses.

El Palacio de Eón podía verse desde todos sus dominios. Se había construido en la cima de la cordillera y su forma parecía una suave continuación de la cima. Al erigirse sobre el precipicio de la rocosa cumbre, los paredones exteriores se elevaban abruptamente sobre un punto triangular, y su singular chapitel se clavaba en el cielo. Los escarpados muros se abrían en arcos superficiales y en altas entradas que formaban hornacinas. Las almenas y las murallas dividían la estructura en niveles, y las amplias terrazas con parapetos servían de división. Una franja de nubes rodeaba la cima y ocultaba parte de la corona nevada donde ondeaba la bandera de la Primera Casa, la insignia alfa y omega del Todopoderoso sobre un fondo de rayas azules y blancas. Se decía que nadie, salvo los dioses, podía atravesar el umbral de nubes detrás del cual se encontraba el gran salón superior.

Las puertas, cinco veces más altas que cualquier hombre, se alzaban ante mí. Alrededor de la entrada se habían colocado ofrendas de abundancia: cestas llenas de frutas y quesos que se pudrían al sol del mediodía. Una vez a la semana, los recolectores de basura lo echaban todo en un carro y se lo llevaban para dárselo a los cerdos. Las puertas crujieron cuando los guardias abrieron para dejar pasar a los soldados que se acercaban con carros llenos de barriles de vino. El Todopoderoso solía cenar néctar y ambrosía, el alimento de los dioses, aunque también le gustaba el vino.

A través de las puertas abiertas, vi a dos jóvenes que descansaban bajo frondosos albaricoques. Iban de azul, el color favorito del Todopoderoso para sus doncellas de honor. No era de extrañar que Rea pasara la mayor parte de su tiempo en el sur. Las traiciones de su marido eran demasiado descaradas. O tal vez a las doncellas de honor solo se les permitía vagar por los terrenos del palacio porque Rea no estaba presente para protagonizar un ataque de celos. Se rumoreaba que, en algún lugar de la ciudad, había una fosa común sin marcar donde se enterraba a las doncellas de honor del Todopoderoso, en su mayoría muertas en misteriosas circunstancias. Después de que Rea abandonara el palacio, la frecuencia de estas muertes disminuyó drásticamente.

Las doncellas de honor me vieron, observaron las puertas abiertas y, con ello, la oportunidad de escapar, pero no lo hicieron. El Dios de Dioses no necesitaba encadenar a sus prisioneros. El miedo las mantenía retenidas.

La entrada se cerró detrás del último carro con un golpe estremecedor. Esperé a que los espectadores se dispersaran y luego escupí.

«No es mi dios. No es mi gobernante».

Atravesé el ágora, a medida que la fuerza del viento aumentaba. Los mercaderes se apresuraron a atar sus tiendas y asegurar sus mercancías. El cielo de la montaña se tornó más oscuro con una velocidad digna de los arrebatos de la matrona Prosimna. Aun así, el repentino cambio de tiempo no era motivo para volver a casa. Las tormentas sacudían las cimas de las montañas día y noche. A veces, Helios, el dios del sol que recorría el cielo con su carro dorado cada día, se encaprichaba de las oceánidas, las ninfas hijas de Oceanus. Cuando este se enteraba de que Helios miraba lascivamente a sus hijas, una tormenta se desataba sobre el océano y los vientos acababan tocando tierra. Las decisiones de los dioses afectaban a los mortales cada día, lo cual resultaba bastante agobiante.

La búsqueda de aceitunas borgoña me condujo de nuevo al ágora y a atravesar el distrito del mercado. Finalmente renuncié a encontrarlas y me dispuse a realizar un recado personal.

De camino, pasé por la palestra, donde se enseñaba y practicaba la lucha libre. Los hombres trabajaban duro entrenando en el estadio. Cada dos años, los equipos de los mejores luchadores de la Primera, Segunda, Tercera, Cuarta y Quinta Casa se reunían aquí para competir. Conocía las reglas básicas del juego, pero las mujeres no estaban autorizadas a entrar en la palestra.

Llegué al puesto del pescador. La caseta estaba rodeada de cubos de ostras, almejas y mejillones, y del toldo colgaban peces plateados. El viento azotaba el cartel contra la tela de la tienda:

La cara del pescadero se iluminó.

—¡Bronte!

—Casi. Soy Altea.

—Con el velo puesto, te pareces a tu hermana.

Bronte y yo éramos altas, pero ahí se acababan las similitudes. Ella tenía ojos color avellana y yo, grises. Ella tenía el pelo rubio y yo, caoba cobrizo.

—Me alegro de verte, Proteo.

—¿Qué puedo ofrecerte? —preguntó—. Tengo pulpo fresco capturado esta misma mañana.

Me sujeté el velo mientras otra ráfaga nos empujaba.

—Me preguntaba si sabes de alguien que venda un barco.

—Yo mismo vendo un barco. ¿Quién es el comprador?

—Yo.

Proteo salió de detrás del mostrador para susurrar:

—Las mujeres no podéis tener propiedades. Ya lo sabes.

—Entonces no le diré a nadie que soy una mujer.

La panza se le agitó en una carcajada.

—Ni un ciego cometería ese error.

—¿Y si se tratara de un hombre muy amable que vendiera el mejor pescado de toda Tesalia?

Proteo se quedó boquiabierto.

—Por ti, haré una excepción. Le daré tu nombre al capitán del puerto. ¿Sabes navegar?

—Todavía no. —Le pasé la bolsa con el dinero—. Doscientas monedas de plata.

—El barco vale doscientas setenta y cinco —dijo.

Se me cayó el mundo encima. No tenía nada más de valor, excepto el brazalete de mamá. Cleora había heredado la lira de nuestra madre, Bronte su collar y yo un brazalete con unas cabezas de leona. Eran sus posesiones más preciadas, pero madre nunca querría que pusiera un brazalete por delante de mis hermanas.

—¿Cuánto vale esto? —pregunté mientras deslizaba el brazalete por mi brazo.

Proteo hizo un gesto para que me detuviera.

—Quédatelo. Les debo un favor a tu madre y a tu padre por haber ayudado a mi hermana hace mucho tiempo.

La gente casi nunca mencionaba a mi padre, Tasos. Falleció cuando yo era muy pequeña. Altea y Bronte recordaban algunas cosas de él, aunque muy poco.

—¿Qué hicieron mis padres…?

—Un momento.

Proteo se alejó para atender a una mujer mayor que se quejaba de su selección de marisco.

Una ráfaga de aire me arrancó el velo. Me lo sujeté mientras esperaba a Proteo, pero se estaba haciendo tarde y ya disponía de todo lo que había venido a buscar excepto las aceitunas. Le hice un gesto de despedida y emprendí el camino de vuelta a la taberna. Todo el cuerpo me vibraba y sentía los pies ligeros.

«He comprado un barco».

Fui prácticamente bailando por el camino y hasta llegar al patio delantero donde la gente se agolpaba alrededor de un escenario. Un grupo de actores estaba representando *La caída de Urano*. Iban por la parte en la que el Todopoderoso acepta la hoz adamantina de Gea. La hoz de cerámica pintada que sostenía el actor era una representación mediocre del adamante, un metal muy raro, duro y sin brillo. Otros actores interpretaban a los hermanos del Dios de Dioses: Coeus, Crío, Hiperión y Jápeto. El único que no aparecía representado era el sexto hermano, Oceanus, que se negaba a unirse a ellos para derrocar a su padre, lo que había provocado que ahora fuera un paria.

Las máscaras de los actores reflejaban bien la personalidad de cada hermano titán: la de Coeus, el intelectual, tenía apariencia de un búho; la de Crío, el vidente, estaba cubierta de estrellas; la de Hiperión, la luz de los cielos, tenía un gran sol; y Jápeto, la lanza de la mortalidad, era un casco de guerrero. Para deleite del público, los cuatro hermanos sujetaron a su padre, el cielo, desde los pilares terrestres donde habitaban —norte, sur, este y oeste— mientras el Todopoderoso blandía la hoz y castraba a Urano. Este se derrumbó en el suelo entre gritos de agonía, y el Todopoderoso alzó la hoz sobre su cabeza. El público aplaudió.

Se me encogió el estómago. Así fue como nuestro gobernante llegó al poder, a través de la traición, la violencia y el derramamiento de sangre. Eones atrás, cuando este derrocamiento tuviera lugar, el Todopoderoso era conocido por otro nombre, uno que ahora no se usaba. Los miembros de la Primera Casa hacían representaciones durante todo el año y, aunque esta producción era bastante decente, la obra oficial se realizaba durante el Festival de la Primera Casa, cuando titanes de todo el mundo se reunían en la ciudad para celebrar el triunfo del Todopoderoso. Durante quince días, Otris se inundaba de visitantes que venían a celebrar, beber y disfrutar.

La multitud se movió y dejé de ver el escenario. Me abrí paso a través del público hasta llegar a una carpa blanca que no había visto nunca, medio escondida en un callejón entre los destartalados edificios. El cartel de la fachada rezaba:

## ORÁCULO. ¿QUÉ TE DEPARARÁ EL DESTINO?

Las vestales no creían en los oráculos. La matrona Prosimna decía que el destino era poner nuestras vidas al servicio de Gea. Mi madre, sin embargo, pensaba que era el propio destino el que nos guiaba. A veces, la noche de su muerte era demasiado confusa y dolorosa para recordarla, aunque otras veces rememoraba sus palabras con cruda simpleza:

«Tu destino es guiar y proteger a tus hermanas».

Un soldado con barba y pelo largo salió a toda prisa del oráculo. Llevaba una cesta. Miró a derecha e izquierda para comprobar que nadie lo hubiera visto y, luego, se alejó atropelladamente.

Otra ráfaga de aire me golpeó y tiró de mi ropa y de mi velo. Me agarré la máscara cuando las cintas se aflojaron y la cogí antes de que me la arrancara. Como no podía deshacer el nudo sin quitarme la máscara, hice otro para asegurarla y volví al burro.

Mientras metía las cosas en las alforjas, otra ráfaga amenazó con arrancarme la máscara de nuevo. Dejé caer el zurrón para cogerla y los higos se cayeron y rodaron alrededor de mis pies. Me agaché para recogerlos con una mano, mientras me sujetaba el velo con la otra, pero un gran puño los agarró primero.

Levanté la mirada. El soldado que había salido del oráculo se irguió en toda su altura, que era bastante mayor que la mía.

Sus anchos hombros se estrechaban hacia una esbelta cintura y unas fuertes piernas. Una corta barba castaña cubría su esculpida mandíbula y su prominente mentón, lo que hacía difícil determinar su edad. Con todo, sin duda era mayor que yo. Las suaves puntas de su pelo se enroscaban alrededor de las orejas enmarcando su rostro y acentuando sus ojos ambarinos. Me resultaba familiar, pese a que no adivinaba por qué.

—Deja que te ayude —dijo mientras se ponía detrás de mí.

Me había desatado la máscara sin permiso. El cuchillo estaba en la alforja del otro lado del burro, demasiado lejos de mi alcance. El corazón me retumbó contra el pecho cuando retiró las cuerdas y retrocedió. Bajé las manos, con el velo bien sujeto.

—Divino día —dijo a modo de despedida mientras recogía su cesta de aceitunas borgoña.

—Espere. ¿Dónde las ha encontrado? He buscado por todas partes. Ninguno de los comerciantes a los que he preguntado tenía.

Entrecerró los ojos y luego extendió la cesta.

—Toma. Son tuyas.

—¿No las quiere?

—Me las han regalado.

—Si son un regalo, debería quedárselas.

Sus labios se curvaron en una tímida sonrisa.

—Creo que eran para ti.

No entendí qué significaba eso, pero si me estaba regalando las aceitunas, no podía negarme.

—Te pagaré por ellas.

—Son un regalo, de mí para ti.

Pagarle por un regalo sería un insulto, así que acepté la cesta con un murmullo de agradecimiento y la guardé.

El soldado me estudió con la mirada de arriba abajo y luego volvió a mi cara. ¿De qué me sonaba?

—Deberías volver con tu marido —dijo.

—No estoy casada.

—Entonces, ¿estás prometida?

—Oh, no me voy a casar nunca.

—Pero estás marcada.

Me llevé la mano a la parte posterior del cuello, a la cicatriz en forma de «U».

—Siento haberme excedido —dijo—. Lo noté mientras te ataba el velo.

Discutir sobre mi etiqueta con un soldado era lo último que quería hacer.

—Estoy bajo la tutela de la hermandad de Gea.

—¿Eres una vestal?

—No. Vivo con ellas.

Frunció el ceño, confuso.

—Nunca te casarás, pero ¿tampoco eres una vestal?

Hice una mueca. Esas eran las únicas opciones de una mujer: entregarse a los dioses o a un hombre.

Un oficial del ejército salió de la taberna de al lado. Cuando distinguí sus rasgos de rata me di la vuelta. Se trataba del soldado que me había robado a mi hermana medio titánide: el brigadier Orrin —Cararrata—, la mano derecha de Décimo. Me empezó a picar la nuca. Supuse que Décimo saldría de la taberna, pero no apareció nadie más.

—Teo —llamó el brigadier—. ¿Qué haces ahí? Pensaba que estabas trabajando.

—He venido a tomar algo después de mi turno —contestó el soldado que me había dado las aceitunas, que se llamaba Teo, al parecer.

—Deberías haberme dicho que venías —dijo Cararrata—. Te habría esperado. Hace tiempo que no compartimos un barril de vino.

Teo ocultó su incomodidad tras una sonrisa torcida.

—Un descuido por mi parte —dijo—. Entendería que no tuvieras tiempo para uno ahora.

—Tengo que volver… —El brigadier Orrin le dio una palmada en la espalda—. Pero tengo tiempo para una más.

Teo me lanzó una mirada de despedida por encima del hombro y los dos hombres entraron en la taberna.

Monté en el burro con fingida parsimonia, a pesar de mis ganas de huir, y cabalgué hacia las puertas de la ciudad con un ojo vigilante por si veía a Décimo. Solo después de haber recorrido el camino y de haberme alejado de Otris respiré tranquila. Aun así, la cicatriz de la nuca siguió picándome.

## 3

Las luces del templo brillaban bajo el suave sol del ocaso. Devolví el burro al corral y llevé las provisiones a la cocina, con la espalda y el trasero doloridos. En la mesa de la esquina había docenas de barras de pan fresco listas para ser colocadas en cestas. Acraea estaba ocupada preparando el yogur en la mesa de trabajo mientras las esclavas cotilleaban y fingían barrer. Un grupo de vestales acababa de sentarse frente a un cordero asado y unas copas de vino con miel.

Las vestales se callaron cuando entré, me quité el velo y me solté el pelo. Ellas siempre comían primero, antes que las esclavas. Mis hermanas y yo no teníamos horarios fijos para comer. Aunque a veces cenábamos con las esclavas, normalmente esperábamos a que se hubieran terminado todas las tareas. Solo a partir de entonces podíamos convencer a Cleora para que se relajara. A veces, Bronte y yo comíamos primero y luego actuábamos para Cleora mientras ella cenaba. Yo bailaba y, entretanto, Bronte cantaba alguna cancioncilla tonta y Cleora sonreía. La veíamos feliz muy pocas veces.

—Qué bien, te has acordado de las aceitunas —dijo Acraea mientras descargaba las mercancías que había comprado.

—No tienes ni idea de lo difícil que fue encontrarlas.

—¿En serio? Aunque me suena haber oído hablar de una fuerte helada que había acabado con casi toda la cosecha.

Una de las esclavas habló:

—Me enteré de eso por una doncella en el estanque de riego. Dijo que Menecio y Epimeteo tuvieron una especie de discusión sobre cuál de los dos había preñado a una ninfa del bosque. Cuando se descubrió que Epimeteo era el padre, Menecio enfureció. La pobre ninfa huyó y se ocultó en un campo de olivos. Menecio envió una terrible helada y conge-

43

ló todos los árboles, y a la ninfa, acabando así con cualquier rastro de vida.

Habría estado bien saberlo antes de pasar horas buscando en el mercado.

Los hijos de Jápeto, titanes de segunda generación, se metían a menudo en trifulcas que afectaban a la humanidad. Una vez Menecio, conocido por su temeridad, y Epimeteo, conocido por su cabezonería, quemaron un bosque entero por una apuesta sobre quién podía atrapar una estrella fugaz y lanzarla más lejos.

—¿Dónde están Cleora y Bronte? —pregunté.

—Bronte aún no ha vuelto del campo —respondió Acraea, concentrada en el panal que estaba machacando en un cuenco.

—¿Y Cleora? —pregunté escudriñando la sala. Ninguna de las vestales me miró. Las esclavas iban atrasadas con los preparativos de las comidas de mañana, la mitad de las ollas seguían sin fregar y aún no se había servido la cena a todo el mundo. Bronte siempre apuraba al máximo su tiempo fuera, pero Cleora apenas salía de la cocina hasta que las raciones estuvieran terminadas y con todo ordenado.

—Creo que se ha reunido con la matrona —dijo Acraea mientras vertía la miel sobre el yogur.

Cleora no dejaba la cocina desatendida a la hora de la cena a menos que fuera importante. Volví a pensar en los acontecimientos de la mañana.

—¿Es porque he blasfemado? Ya me he disculpado. —No a la matrona, pero Acraea no necesitaba saberlo.

—No creo que sea por eso… Creo que están terminando con la lección de música.

La vaguedad de Acraea me hizo sospechar. Como segunda al mando en la cocina, siempre sabía dónde estaba Cleora y qué hacía. No era difícil seguirle la pista. Nunca salía del recinto del templo.

—Es un poco temprano para la lección —observé. ¿Y por qué, si la matrona se encontraba dando una lección a Cleora, no oía la lira?

Acraea agarró un lateral del cuenco, sus nudillos palidecieron hasta quedar blancos.

44

—Altea, no te precipites.

—¿Por qué dices eso? Ni que fuera Menecio.

Acraea agitó las manos pegajosas mientras murmuraba algo indescifrable.

Algo no iba bien.

Me dirigí hacia las escaleras.

—La matrona pidió que no se la molestara —dijo Acraea detrás de mí.

—¿Durante una clase de música? —Caminé más rápido.

—¡Esto es lo que Cleora quiere!

Subí los escalones de dos en dos y grité para que mi voz se colase por el hueco de la escalera delante de mí.

—¡Cleora, te necesitan en la cocina!

El gineceo donde las mujeres tejían e hilaban, y donde la matrona daba lecciones de música, estaba oscuro y vacío. Enfilé el pasillo hasta nuestro dormitorio. Tampoco había nadie.

La habitación de la matrona se ubicaba al final del pasillo. Crucé la puerta como una exhalación. Cleora yacía en el suelo frente a la chimenea, aparentemente inconsciente. La matrona sostenía un atizador al rojo vivo sobre la cara de Cleora.

Le quité el atizador de la mano.

—¿Qué estás haciendo? —grité.

El velo de la matrona Prosimna ocultaba su rostro, a excepción de sus ojos asustados.

—Tu hermana lo pidió. Le daba mucho miedo hacerlo ella misma.

El brazo me temblaba mientras sostenía el atizador por encima de la cabeza. Busqué daños en la cara de mi hermana, sin embargo, su pálida piel no tenía marcas.

—Agradece que no la hayas quemado o habría tenido que meterte esto por la garganta.

La matrona tragó saliva.

Tiré el atizador a un lado y me incliné hacia mi hermana.

—¿Cleora? Cleora, despierta. —Los brazos le colgaban a los costados. La sacudí, pero no se movió—. ¿Qué le has hecho?

La matrona Prosimna levantó la barbilla, su tono no era de disculpa.

—Pidió un sedante.

—¡Debería haberle dicho que no! ¡Al sedante! ¡Y a las quemaduras!

Me arrepentí de haber soltado el atizador. La matrona parecía respetarme más cuando lo sostenía.

—Le dije a Cleora que la llevaría a una enfermera con experiencia en cruces de castidad, pero ya conoces su miedo a salir del templo.

—¿Cruces de castidad? —La voz se me quebró hasta convertirse en un susurro desgarrado—. ¿Esas horribles cicatrices tienen nombre?

—Así las llaman en la ciudad. Deja de juzgar, Altea. Prácticas como estas han existido desde el principio de los tiempos.

—Mi madre no creería en este tipo de prácticas solo porque otros las consideran aceptables. Nos enseñó a pensar por nosotras mismas.

—Conoces a tu madre menos de lo que imaginas. —La matrona negó con la cabeza y no dio más explicaciones.

—Cleora se deja la piel por este lugar, ¿y así es como se lo agradecéis? Predicáis la lealtad, la virtud y la moderación, no obstante, mi madre era más devota de Gea de lo que usted será nunca.

La matrona Prosimna se quitó el velo dejando al descubierto su expresión de desdén.

—Las enseñanzas de Stavra no eran correctas.

—¿Correctas? —Señalé a mi drogada hermana—. ¡Lo que habéis hecho aquí no es correcto!

—Cleora vive con miedo. ¿Le vas a negar esa paz?

—Le negaré el dolor innecesario y una vida de arrepentimiento. —Miré a Cleora en mis brazos y la incorporé del suelo. El peso muerto de su cuerpo se hundió contra mí, por lo que tiré y la remolqué hacia la puerta con los pies a rastras.

La matrona Prosimna nos siguió hasta el umbral.

—Ya no sois unas niñas. La hermandad no puede protegeros para siempre.

Le lancé una mirada de desprecio por encima del hombro.

—No vuelva a acercarse a mi hermana.

Me temblaban los brazos y las piernas mientras arrastraba a Cleora por el pasillo hasta nuestra habitación. Levanté su cuerpo inerte sobre la cama, le apliqué agua tibia del lavamanos en la cara y le di unas palmaditas en las mejillas.

—¿Altea? —gimió mientras se despertaba y se protegía los ojos—. Oh, mi cabeza.

—Te mereces algo más que un dolor de cabeza. ¿En qué pensabas?

Cleora se hundió de nuevo en su almohada.

—No lo entenderías.

Me arrodillé junto a la cama y cogí su mano.

—¿Marcarte la cara…? Cleora, ¿qué diría mamá?

—Mamá seguiría con nosotras si hubiera tenido una cruz de castidad —susurró Cleora—. No quiero acabar como ella.

—No lo harás.

—No puedes garantizar eso. Ni para mí, ni para ti, ni para Bronte, ni para ninguna otra mujer.

—Cronos tendría que bajar de su montaña e ir a buscarte él mismo —dije con rabia—. Sería más probable que Urano escapara del Tártaro.

Cleora giró la cabeza y cerró los ojos.

—No deberías pronunciar el nombre del Todopoderoso. Trae mala suerte.

—No me callarán, Cleora. —Fruncí el ceño al tiempo que miraba por la ventana hacia el pico de la montaña, el palacio y las luces de la ciudad. Después de derrocar a Urano, Cronos había exigido que se le llamara «el Todopoderoso» o «Dios de Dioses» y prohibió el uso del nombre que le dieron su madre y su padre.

Le aparté el pelo de la cara a Cleora.

—Estaremos bien.

—No puedes prever el futuro, Altea.

—No, aunque yo… —Me abstuve de contarle lo del barco, pues quería esperar a que mis dos hermanas estuvieran presentes—. No sé lo que sucederá, pero puedo decirte lo que no sucederá. Te juro que Cronos nunca te tendrá.

Cleora hizo una mueca de dolor y, luego, apoyó la cabeza en mi hombro.

—Voy a unirme a la hermandad.

—¿Quieres ser una virgen vestal?

—Ambas sabemos que no tengo la intención de abandonar el templo. Ya acato sus reglas. Unirme es una opción.

Para mí no lo era. Yo no era virgen y nada cambiaría eso. Jurar lealtad a Gea requería pureza y el compromiso de vivir ahí el resto mis días. Casi podía entender la devoción de Cleora —ya respiraba en armonía con la hermandad y se esforzaba por contribuir—, pero ¿desfigurarse a sí misma? Jamás podría comprenderlo.

Recogí su máscara y se la tendí.

—La próxima vez que pienses en hacerte algo irreversible, recuerda que tienes el velo.

Cleora cogió su máscara. Se asemejaba a una criatura raramente representada: una abeja. La mayoría de los velos eran herencias familiares, en cambio, el de Cleora procedía del taller de un artesano. Madre dijo que durante el embarazo ella y Padre ojearon cientos de velos hasta que coincidieron en este para su primogénita. De las aberturas para los ojos salían dos pequeñas antenas. El perfil era esbelto, de barbilla puntiaguda, y su expresión era serena, lo que contrastaba con la seriedad habitual de Cleora. Nunca me contó por qué nuestros padres la habían elegido. Quizá no lo sabía.

Bronte empujó la puerta, se asomó al interior y entró.

—¿Qué ha pasado? La matrona está que echa humo. Le ha dicho a Acraea que deberíamos buscar otro lugar para vivir.

Cleora se cubrió los ojos y la cara con el brazo, y no respondió.

—Bueno… —Empecé, tratando de encontrar las palabras adecuadas—. Cleora mencionó que quería convertirse en una vestal y vivir aquí el resto de sus días. Y puede que yo haya reaccionado con demasiada fuerza.

Bronte levantó una ceja.

—La matrona está furiosa. Acraea está suplicándole que no nos eche.

—No es la primera vez que Prosimna nos amenaza —respondí.

—Esta vez lo dice en serio.

—¿De quién es este templo? —pregunté—. Prosimna actúa como si fuera la diosa al mando.

—Altea —dijo Cleora con tono débil—. No seas irrespetuosa.

Levanté las manos.

—Hablaré con Prosimna.

—No —respondió Bronte con firmeza—, solo lo empeorarás.

—No nos dirá que nos vayamos. —Estaba casi segura. Y si algo tenía claro era que Bronte no necesitaba escuchar la verdad de mi boca. Cleora debería contarle lo de la cruz de castidad.

—Cleora, ¿realmente te unirás a la hermandad? —preguntó Bronte—. Creía que las tres queríamos irnos cuando llegara el momento y formar nuestro propio hogar.

—Yo también —dije.

—Aún no lo he decidido— respondió Cleora con cuidado.

A mí me parecía que sí lo había hecho. Tal vez cambiara de opinión al enterarse de que existía una salida.

—Tengo noticias —dije. Cleora se destapó la cara y Bronte se enderezó atentamente—. He comprado un barco.

—¿Un barco? —contestó Bronte—. ¿Cómo?

—Lo pagué con las monedas de la muerte de mamá.

—¿El dinero de sangre? —dijo Bronte, atónita—. Altea, estarás de broma.

—En absoluto. ¿No ves lo que significa? Por fin podemos salir de aquí.

Cleora se quedó tan inmóvil que ni siquiera sabía si seguía respirando.

—¿Y adónde vamos a ir? —preguntó Bronte.

—A las islas del sur —Cuando Oceanus, el dios titán de los mares, fue repudiado por sus hermanos, Cronos aceptó un tratado para las rutas comerciales con las otras Casas, y para que su armada de trirremes navegara por los mares. El vasto territorio de océanos e islas de Oceanus se convirtió en un refugio para fugitivos y forajidos. Las islas del sur del mar Egeo eran el lugar ideal para buscar cobijo y empezar nuestra vida juntas, lejos de Décimo, la hermandad y Cronos.

—Pero ninguna de nosotras sabe navegar —señaló Bronte.

—Contrataremos un guía.

Cleora seguía sin moverse ni hablar, pero, aun así, respiraba. Bronte se mordió el labio inferior.

—¿Cuánto dinero nos queda?

—Proteo fijó un precio justo —respondí—. Pero los barcos en condiciones de navegar son caros.

—¿Cuánto? —insistió Bronte.

—Nada.

Cleora abrió la boca en un gesto de sorpresa.

—Oh, Altea. ¿Y cómo íbamos a permitirnos un guía o suministros para el viaje?

—¿O empezar una nueva vida? —añadió Bronte.

—Podemos hacerlo —insistí—. Podríamos hacer un intercambio o vender algo. El telar, tal vez. No creo que consigamos llevárnoslo.

Mis hermanas se callaron. Con un barco en condiciones de navegar, las posibilidades que se nos abrían eran innegables. Un rato después, Bronte habló.

—Yo tengo algunas monedas guardadas.

—¿En serio? —dijimos Cleora y yo al unísono.

—Las he escondido en la caja de instrumentos. Bajo la lira.

Abrí el estuche de madera. Pasé la mano por el brillante marco de caparazón de tortuga de la lira, con cuidado de no tocar las cuerdas, metí la mano debajo y saqué una pesada bolsa. Cleora me tendió la mano y se la pasé. La abrió y miró dentro.

—Bronte, ¿cómo has…?

—A veces, cuando me toca cuidar las ovejas, voy al pueblo a moler trigo —Esbozó una sonrisa incómoda y se ruborizó—. A los clientes mayores les gusta que cante mientras trabajo. La última vez que conté, llevaba ahorradas algo más de cien monedas. Sabía que, llegado el momento de partir, necesitaríamos nuestro propio dinero.

—¿Por qué no nos lo dijiste? —pregunté.

—Sin duda, algún día surgiría. Como dice Prometeo: «Me preparo porque un día llegará mi oportunidad».

La fascinación de Bronte por Prometeo comenzó de niña. Se vestía como un chico y salía a escuchar a los filósofos que citaban al dios del pensamiento durante sus debates callejeros. A menudo pasaba por delante de un mural que había en la ciudad del dios corpulento y con aspecto de oso.

Cleora se frotó las sienes.

—¿Podemos terminar de discutir esto pasado mañana?

El ambiente de la habitación cambió y se tornó una especie de resignación sombría. Mañana era el aniversario de la muerte de nuestra madre.

Bronte se quitó las sandalias, luego le quitó las suyas a Cleora y se acostó a su lado. Yo tenía hambre —como siempre—, pero me descalcé y me uní a ellas.

La noche se coló disimuladamente en el dormitorio y se acomodó en cada rincón. Teníamos los pies alineados al borde de la cama. Variaban en tamaño —al igual que nuestras narices; la mía era la más grande—, sin embargo, todas teníamos el mismo lunar en el talón derecho. Bronte los llamaba nuestras estrellas hermanas.

—No habría hecho el voto sin decíroslo antes —susurró Cleora.

—¿De verdad quieres convertirte en una vestal? —preguntó Bronte.

—Cuando mamá necesitó ayuda, vino aquí por un motivo.

Cleora quería que la hermandad la protegiera del Todopoderoso. ¿Acaso no entendía que las vestales no me protegerían de Décimo? No podía quedarme en el templo para siempre, pero no imaginaba mi vida sin mis dos hermanas...

—Mamá es la razón por la que me aficioné a trabajar en el jardín —susurró Bronte con la voz cargada de melancolía—. Lograba cultivar cualquier cosa.

—Gea la bendijo con munificencia —respondió Cleora.

Apoyé la cabeza en su hombro. De las tres, Cleora era la que más creía en la diosa. La fe le daba paz, por mucho que nuestros puntos de vista difirieran. Por mi parte, preferiría quedarme atrapada en un árbol como una hamadríade antes que unirme a cualquier hermandad en la que la matrona Prosimna estuviera al mando. De todos modos, no le robaría a mi hermana esa pequeña paz.

Estuvimos tumbadas, durante lo que me pareció una eternidad, dando vueltas al asunto de Décimo, del nuevo barco, y de mis responsabilidades. Finalmente, me levanté para comprobar si las esclavas habían terminado los arreglos y, entonces, recordé los regalos.

—Uf, Altea, vuelve a acostarte —dijo Cleora—. Estaba casi dormida.

—Ha aguantado más de lo que pensaba —comentó Bronte.

—Os he traído algo. —Me levanté, saqué los pasteles de miel del bolsillo de la capa y entregué uno a cada una.

—¿Dónde está el tuyo? —preguntó Bronte.

—Ya me lo he comido —mentí. Solo llevaba dinero para dos—. ¿Te acuerdas de los pasteles de mamá? Ojalá conserváramos esa receta.

—Era la receta de papá —dijo Cleora con la boca llena.

Bronte asintió.

—Cada año, hacía pasteles de miel para el cumpleaños de mamá. Después de su muerte, ella siguió haciendo para nosotras. Eran sus favoritos. —Bronte me pasó un tercio de su tarta—. Para ti.

—Pero...

Cleora también me ofreció un tercio de la suya.

—Cógelos —dijo.

Acepté las porciones y me las comí lentamente. La miel y las migas se me pegaron a los labios. Me los lamí para limpiarlos, al igual que las yemas de los dedos, saboreando hasta el último trozo. Cleora volvió a tumbarse con un quejido de cansancio. Bronte se acurrucó en su lado izquierdo y yo en el otro. Bronte tarareó una nana, la canción favorita de mamá.

Esos momentos de intimidad eran cada vez más escasos debido a las interminables tareas domésticas, pero eran mis favoritos. Cuando estábamos las tres juntas, parecía que nada malo podía pasar y que éramos capaces de conseguir cualquier cosa.

Cuando terminó la canción, Bronte habló en la oscuridad:

—¿A qué isla escaparíamos, Altea?

Cleora suspiró. No era el momento de insistir.

Pasé el brazo por encima de mis hermanas.

—No hace falta que lo decidamos esta noche.

Sin embargo, yo ya lo había planeado.

Era el momento de abandonar Tesalia.

# 4

Salir a hurtadillas del templo con la lanza y el escudo no se volvía más fácil con los años, pero había perfeccionado la técnica. Lo más difícil era salir del dormitorio sin despertar a nadie.

Me deslicé a través de la oscuridad, primero coloqué el escudo en el techo y luego introduje la lanza por la ventana. Cleora y Bronte yacían dormidas detrás de mí, respirando tranquilamente. Antes de acostarnos, Acraea había pasado una hora calmando a la matrona Prosimna y, más tarde, nos dijo que se nos permitía quedarnos con la condición de que mostrara más respeto a la matrona. Acepté, aunque no fregué el suelo de la cocina antes del amanecer por Prosimna o por su diosa, sino para que mis hermanas y yo tuviéramos un lugar donde vivir.

Subí al tejado, me arrastré hasta el borde y tiré la lanza y el escudo al heno que había debajo. Me colgué, con los pies por delante, y me dejé caer. Después de recoger el equipo, me dirigí hacia los establos. La fiel yegua de la matrona asomó la cabeza. Le di de comer un poco de trébol y cebada, luego la ensillé y la guie por el patio, a través de la puerta de la cocina, hasta la única salida que no era visible desde las ventanas del piso superior. Una vez fuera, monté en ella y recorrimos el sendero bajo la luz de la luna.

Selene, la diosa titánide de la luna de segunda generación, brillaba en todo su esplendor. Llegamos a Otris en un tercio del tiempo que solía tardar en burro. Oculté el rostro tras el escudo mientras nos acercábamos a las puertas de la ciudad, donde un par de soldados montaban guardia. La capa me cubría a mí y a mi pelo recogido. Si no nos miraban mucho, supondrían que era un hoplita.

—Buenas noches —dijo un guardia.

Gruñí.

—Es una buena noche para visitar la taberna —dijo el otro.

Esperaron mi respuesta. Volví a gruñir y se me quebró la voz, lo que sonó como una nota entusiasta de acuerdo. Se rieron y me dejaron pasar.

Remonté las oscuras calzadas y pasé por los puestos cerrados del ágora hasta llegar a la taberna. Los borrachos merodeaban alrededor de una puerta abierta de la que salía una melodía. Tamborileé el dedo al ritmo de la música. La tentación de detenerme a escucharla con una copa casi puede conmigo, pero seguí adelante.

El palacio desprendía un brillante resplandor que iluminaba las destartaladas chozas. La suave luz de las lámparas brillaba alrededor de los postigos cerrados, lo que daba profundidad a las sombras del callejón. Apenas se veía un alma. Encontré más perros callejeros que personas y, de las pocas personas con las que me crucé, ninguna era mujer.

Volví sobre mis pasos hasta la carpa del oráculo. Aunque no estaba segura de creer en el destino, mi madre dijo que mi destino era proteger a mis hermanas y juré que lo haría. Ahora, con la libertad casi al alcance de la mano, debía saber si persuadir a Cleora y a Bronte para que abandonaran la hermandad y se embarcaran hacia las islas del sur era la opción correcta. Mi madre no estaba para guiarme, pero tal vez un oráculo podría hacerlo.

El interior se encontraba oscuro y no se oía ningún ruido. Mis esperanzas se desvanecieron. Quizá mi destino era no pedir consejo a un vidente. Tal vez algún charlatán que quisiera estafarme me disuadiera de seguir mis instintos y guiar a mis hermanas a las islas del sur.

Una débil luz se encendió en el interior de la tienda, seguida de una voz:

—Altea Lambros, te estábamos esperando.

Me quedé clavada en el sitio. Por supuesto, un oráculo sabría que yo estaba ahí —había llegado en mitad de la noche en busca de conocimiento—, pero aun así tenía los nervios a flor de piel. ¿Un simple charlatán sabría mi nombre?

Dijera lo que dijera el oráculo, haría lo que considerara correcto para mi familia, aunque sentí la curiosidad suficiente como para acercarme y entrar.

La estancia era pequeña. Una cortina la separaba en dos habitaciones. Junto a la entrada había una mujer con una sola vela encendida en la mesa frente a la que estaba sentada. El alborotado pelo negro le caía sobre unos hombros delgados y delicados, y llevaba un vestido rojo que le llegaba hasta el suelo y rozaba sus descalzos pies. Una auténtica máscara de teatro de una cabra ocultaba su rostro, con una expresión congelada en una mueca de dolor. No tenía aberturas para los ojos, pero sí una raja para hablar. De la frente salían dos cuernos que se curvaban hacia fuera y hacia los lados como dos lunas crecientes.

—Bienvenida. —Poseía una voz gutural que no cuadraba con su piel juvenil y brillante—. Deja la lanza y el escudo. Aquí no los necesitas.

Tal vez podía ver a través de la máscara...

La apunté con la lanza a la vez que la bajaba lentamente al suelo. Sin mostrarse alarmada, señaló el taburete que tenía enfrente.

—Por favor, siéntate.

—¿Puedes verme?

—Los oráculos ven con algo más que los ojos, Altea.

—¿Quién te ha dicho mi nombre?

Volvió a señalar el taburete.

—Descansa.

Contuve la creciente curiosidad, me senté frente a ella en la mesa y coloqué el escudo junto a mis polvorientos pies.

Ella levantó las manos, con las palmas hacia fuera.

—Tus manos, por favor.

—Primero, el pago. —Me saqué del bolsillo las dos monedas de plata que había cogido prestadas del escondite de Bronte y las puse sobre la mesa.

—No me tienes que pagar.

—Prefiero que lo acepte. —Su lectura no sería legítima si no pagaba por sus servicios.

—Si insistes... —dijo ella mientras recogía las monedas. Una vez las hubo guardado, extendí las manos para situarlas junto a las suyas. Me agarró las muñecas y su mano izquierda se dirigió a mi brazalete de oro—. Esto pertenecía a Stavra.

—¿Conoció a mi madre? —La oráculo parecía más cercana

a mí en edad, con todo, era posible que de pequeña hubiera coincidido con mi madre.

—No has venido aquí para hablar de Stavra —respondió.

—He venido por un juramento que le hice.

—El juramento de velar por tus hermanas lo pronunciaste sin saber toda la verdad. Tienes mucho que aprender sobre las promesas, Altea.

La fina cortina que había detrás de ella se movió al paso de una sombra. No estábamos solas.

La oráculo me soltó y se levantó.

—Espera —dije—. Quiero llevar a mis hermanas a las islas del sur. ¿Estaremos a salvo allí?

La oráculo volvió a sentarse y me cogió de las muñecas.

—En tu futuro veo una isla, pero también veo oscuridad. Buscas la libertad y la justicia. Ambas tendrán un gran precio para tu familia.

—¿Cómo puedo proteger a mis hermanas?

La oráculo se sacó un huso de cuerda blanca del bolsillo.

—Podemos hablarte de tu *moira* a través de una lectura completa. Pero ten cuidado. Una vez conozcas tu destino no habrá vuelta atrás.

*Moira* —destino— era el único poder cósmico al que consideraría escuchar.

—Me gustaría una lectura completa —dije—. Sin embargo, no tengo más monedas.

—Ya has pagado bastante. —La oráculo enrolló el hilo alrededor de mis manos, uniéndolas. Este, era blanco, fino y pegajoso, pero fuerte, como una tela de araña.

Otras dos mujeres salieron de detrás de la cortina, ambas con voluminosas melenas negras y máscaras de teatro con forma de siniestras caras de cabra. La mujer de la derecha sostenía un par de tijeras de plata, y la de la izquierda, un bastón.

La oráculo terminó de unirme las manos con varias capas de hilo. Al terminar, el carrete tenía el mismo grosor que cuando había empezado, como si no lo hubiera desenrollado.

—Soy Cloto —dijo la oráculo—. Estas son mis hermanas, Láquesis y Aisa.

Cloto levantó el huso. Láquesis, la de las tijeras, cortó la hebra de hilo que lo unía con el que me envolvía las manos. El hilo se calentó y brilló contra mi piel. La otra hermana, Aisa, me desenrolló las manos lentamente, vuelta a vuelta, y luego puso la cuerda sobre la mesa y contó los trozos con el bastón. Las hermanas alzaron la cuerda y la extendieron entre ellas. Cloto y Aisa sostenían cada una un extremo, y Láquesis el centro. La cuerda se extendía a lo ancho de la tienda, medía más que yo.

Una quietud antinatural se apoderó de ellas mientras el brillo de la cuerda se intensificaba. Su cabello brillaba con un resplandor blanco y las expresiones de sus máscaras de cabra pasaron de lucir unas muecas extrañas a unas espeluznantes sonrisas. Las hermanas hablaron a coro con una sola voz de tono bajo y penetrante:

—El tiempo de la tiranía de Cronos llegará a su fin. Un héroe astuto y valiente fue protegido y escondido entre los mortales. Un titán hijo de Cronos y Rea vive. Encuentra al Niño Dios. Levántalo y él unirá todas las Casas bajo un poderoso trono. Erigirá el mayor palacio de la historia del mundo, donde reinará y gobernará con el trueno y la justicia.

Una imagen se apoderó de mi mente, palpable como si estuviera soñando despierta.

Había un dios sentado en un majestuoso trono de mármol, en una gran sala en la cima de una montaña desconocida. Decenas de pequeñas cicatrices blancas adornaban sus antebrazos y pantorrillas. Otra cicatriz, roja como el amanecer, le atravesaba un lado de la nariz plana y terminaba en el labio superior que estaba desfigurado por el profundo corte. Sus ojos, de un azul tan intenso que podría llegar a parecer negro, tenían profundas arrugas a los lados y las pestañas que los envolvían eran cortas y pálidas. No estaba gordo, pero su musculatura carecía de definición, y el peso alrededor de su cintura superaba la circunferencia de su pecho. Aun así, podía imaginar que de joven las mujeres debían de encontrar irresistible su robusta figura, y que a él no le había faltado su compañía. Lo que quedaba de aquel pícaro se percibía en sus altos y anchos pómulos, y en el marcado corte de su mandíbula. Las orejas le sobresalían a los lados de la cabeza, lo que le otorgaba un encanto accesible.

Pero los dioses envejecen lentamente.

El cabello plateado y ondulado se le debilitaba en la parte posterior de la cabeza, más fino que su espesa y apretada barba y que el vello del pecho. En una de sus callosas manos, con las venas visibles bajo la piel pálida y pecosa, sostenía un rayo que titilaba con la suavidad de una llama moribunda.

Cientos de personas se arrodillaban ante su poderoso trono, con las cabezas inclinadas a modo de reverencia. El dios observaba a sus súbditos con una profunda arruga entre las pobladas cejas. Esa línea de preocupación solo se marcaba debido a años y años de fruncir el ceño, si bien no parecía enfadado. Miraba a cada uno de sus súbditos con empatía, como si fuera consciente de sus dificultades y problemas individuales, de sus frágiles esperanzas y sueños, y llevara las inquietudes de sus corazones en el suyo propio, soportando sus necesidades y deseos con una noble atención que solo podía nacer del amor infinito.

Entonces fui consciente de mi perspectiva de la gran sala. No estaba observando desde un ángulo omnipotente, desde arriba. Me situaba justo al lado del dios, en un trono adyacente. Había más tronos que flanqueaban los nuestros, todos ocupados, aunque no podía ver por quién.

La realidad de mi posición me sorprendió tanto que me quedé paralizada. La gente no solo se arrodillaba ante el dios de pelo plateado. Se inclinaba ante todos nosotros.

La visión se atenuó hasta que volví a encontrarme en la tienda. Las tres oráculos exhalaron a la vez y la cuerda se oscureció. Láquesis se apoyó en Aisa, demasiado débil para mantenerse en pie por sí misma.

—Que la diosa te bendiga —dijo Láquesis, y luego guio a su hermana de vuelta detrás de la cortina.

—No... no lo entiendo —balbuceé mientras me sacudía los últimos vestigios de la visión—. ¿Uno de los hijos de Cronos está vivo?

Cloto regresó a su taburete con las piernas temblorosas. Se inclinó hacia adelante y se apoyó en la mesa.

—El Niño Dios se encuentra en las islas del sur, en Creta. Al igual que Cronos derrotó a su padre, este niño se levantará para derrotar al suyo. Sin embargo, no vencerá sin ti.

Un sentimiento de comprensión me encogió el corazón. Lo que Cloto advertía era verdad. No podía explicar cómo lo sabía, pero estaba segura, con tanta certeza como sabía que el sol saldría y se pondría al día siguiente, de que ese Niño Dios formaba parte de mi futuro.

Me llevé una mano al estómago, que parecía que se me iba a salir por la boca. ¿Cómo se había mezclado mi destino con el de un dios?

—¿Y si no le ayudo? —pregunté.

—El destino funciona de forma misteriosa. Este, junto a la fe, nos guía hacia nuestro sino. El viaje es la prueba. —Cloto se secó la frente perlada de sudor, tenía la garganta irritada.

—¿Estás bien? —pregunté.

—Lo estaré —respondió con voz temblorosa—. Leer tu futuro ha sido como entrar en contacto con una estrella.

El proceso de las oráculos con la cuerda, las tijeras y el bastón había sido desconcertante, al igual que su lectura. Era cierto que un titán solo podía derrocar a otro si lo derrotaba. Los dioses no podían morir, ya que por sus venas corría icor divino, no sangre. Sin embargo, seguía sintiendo que las oráculos se habían equivocado leyendo mi destino.

—Tal vez tú y tus hermanas me habéis confundido con otra persona —dije—. ¿Puedes desenrollar otra cuerda y mirar mi futuro de nuevo?

—Solo tienes una *moira*, Altea. Ahora escucha con atención. Se te enviará un guía y lo reconocerás por sus buenas acciones. Síguelo hasta el Niño Dios. Ayuda al Niño Dios a levantarse, o tú y tus hermanas nunca conoceréis la paz. Cronos no debe descubrir que su hijo vive, o nada podrá detenerlo para destruirlo. Si lo consigue, el Dios de Dioses gobernará para siempre. —Cloto se levantó del taburete con las rodillas temblorosas—. Tus hermanas están en peligro.

—¿Qué?

—No hay tiempo para explicarlo.

Cogí la lanza y el escudo.

Cloto me acompañó hasta la puerta.

—¡Ve, rápido!

Mientras montaba en la yegua, pregunté:

—¿Qué hago si encuentro al Niño Dios? ¿Qué debo decirle?

Cloto no respondió.

Eché un vistazo por encima del hombro, pero ya no estaba. De hecho, toda la tienda había desaparecido. Me di la vuelta, sin embargo, no vi ninguna señal de que hubiera estado aquí. Las oráculos también se habían esfumado.

Una ráfaga de aire sopló en mi dirección y me trajo un trozo de cuerda. Lo cogí al vuelo. El trozo de cuerda blanca, tan largo como mi dedo, revoloteó en mi mano. Se parecía mucho al que Cloto había desenredado de la bobina.

Dos soldados cercanos venían en mi dirección. Me metí la cuerda en el bolsillo y cabalgué hacia las puertas. Los guardias me reconocieron de antes y me hicieron señas para que pasara. En cuanto desaparecí de su vista, apreté los talones en los flancos de la yegua y salí al galope.

# 5

Recorrí veloz el sendero rocoso. Todo lo que la oráculo dijo sobre el Niño Dios había desaparecido de mi mente, que en ese momento giraba en torno a un único pensamiento:

«Tus hermanas están en peligro».

Arreé a la yegua con más fuerza. El viento nos acompañaba ladera abajo y me empujaba por la espalda. «Date prisa», parecía decir el vendaval.

Por fin, justo después de la medianoche, la silueta del templo se hizo visible. Las puertas estaban abiertas. Ardía en ganas de entrar con la lanza y el escudo en ristre, pero desmonté en el bosque y dejé el escudo atado a la montura. Las hamadríades dormitaban a mi alrededor, con las ramas caídas meciéndose de arriba abajo. La fiel yegua se quedó atrás mientras yo me ponía el velo y avanzaba con sigilo.

En el patio del templo había cinco caballos sin jinete. Un soldado los custodiaba, dándome la espalda. Los soldados no debían de llevar mucho tiempo allí. Sus caballos estaban sudorosos y alterados por la reciente cabalgata. No se veía a nadie más. La matrona y las vestales habían huido o estaban retenidas en algún lugar vigilado. Mis hermanas se habrían escondido antes de ser atrapadas. No se marcharían sin mí.

Oculta entre las sombras, me deslicé dentro del patio y me escabullí hacia el *andrón*. El señor que custodiaba los caballos se volvió hacia las puertas abiertas: era Teo. El soldado del mercado que me regaló las aceitunas y me ató la máscara.

Me deslicé junto a él y entré en el *andrón*. Esta sala era para uso exclusivo de los hombres, pero como no vivían aquí, las vestales la habían convertido en un almacén. La estancia estaba repleta de muebles sin usar, cestas vacías, baúles con ropa vieja y velos de repuesto.

Los pasos del segundo piso, donde se encontraban los dormitorios y el gineceo, retumbaban por encima de mi cabeza. Sus voces me llegaban por el hueco de la escalera.

—Hemos comprobado todas las habitaciones, señor.

—Registradlas de nuevo —respondió una voz grave.

Los pasos se acercaban. Escondí la lanza detrás de la base rota de una cama y me metí en una gran cesta.

La escalera crujió cuando uno de los soldados se dispuso a bajar. Las pisadas se aproximaron por el suelo de tierra. Contuve la respiración mientras sus pasos se acercaban. A través de un hueco que dejaba el entramado de la cesta, vi dos grandes botas. El soldado dio un repaso a la habitación y luego dio un portazo al salir.

—¿Ves algo? —preguntó.

—No, señor —respondió Teo.

—Las chicas de Lambros andan por aquí. Manténgase alerta, coronel Angelos.

Reconocí ese nombre… Angelos… Pues claro, Teo era Angelos, uno de los hombres que había la noche en que murió mi madre. Me tendió la mano cuando otro soldado me había empujado al suelo. Aquella noche se quedó grabada en mi memoria, pero Angelos era ahora siete años mayor, tenía el pelo más largo y una barba corta.

Salí sigilosamente de la cesta y cogí la lanza. A través de la ventana, vislumbré al soldado que había junto a Angelos y me llevé la mano libre hacia la nuca.

Décimo.

Esperaba que con la edad, la perspectiva y el paso del tiempo me pareciera más inofensivo de lo que recordaba, en cambio, seguía siendo temible.

Era formidablemente alto y su cuerpo macizo y musculoso le daba un aire aún mayor. Sus pasos y muecas de desprecio rezumaban arrogancia. Llamaba la atención de los que estaban a su alrededor, no porque se hubiera ganado su respeto, sino porque su absoluta confianza provocaba una especie de nerviosismo. No era el tipo de hombre que se privaba de sus caprichos.

Sin embargo, la edad le había hecho mella. Tenía el pelo plagado de canas y su piel bronceada estaba llena de arrugas y manchas oscuras por el exceso de sol. Con todo, en general, el tiempo había sido amable con él, aunque no se lo mereciera.

Tenía que encontrar a mis hermanas.

Agarré la lanza con fuerza y subí la escalera que llevaba al pasillo del segundo piso, que atravesé de puntillas. Más adelante se oían ruidos fuertes. Me acerqué a una puerta abierta y me asomé. Un soldado estaba destrozando un dormitorio. Mientras me daba la espalda, me escabullí y continué mi camino hacia el gineceo.

La habitación a oscuras parecía vacía. Todas las noches, las vestales se reunían para sentarse, hablar, hilar y tejer. Algunas noches compartían música, poesía u obras de teatro. En la esquina más alejada había un gran baúl de madera que normalmente se utilizaba para guardar máscaras de teatro y trajes hechos con ropa vieja. Sin embargo, en ese momento su contenido se encontraba fuera del baúl. Levanté la tapa y una hoja afilada voló hacia mi nariz.

—Padre de estrellas —respiró Bronte, bajando el cuchillo de cocina—. Eres tú.

Ella y Cleora estaban encogidas dentro del baúl, ambas con los velos puestos. Habíamos descubierto ese escondite cuando éramos niñas, durante las visitas con nuestra madre. Fingíamos hacer actuaciones para grandes multitudes: Cleora tocaba la lira, Bronte cantaba y yo bailaba. Cuando llegaba la hora de marcharse, las tres nos apretábamos dentro del baúl y nos escondíamos entre risitas hasta que Madre fingía «encontrarnos». Hoy en día, apenas cabíamos dos.

—¿Dónde estabas, Altea? —preguntó Bronte.

—Te lo diré cuando salgamos de aquí.

Salieron por turnos. Esperaba encontrar a Cleora pálida y temblorosa, pero se comportó con rígida frialdad.

—Altea, ¿aún crees que pronunciar el nombre del Todopoderoso no trae mala suerte? —preguntó.

—Décimo ha regresado —expliqué.

El ceño de Cleora se destensó y me cogió entre sus brazos.

—No lo sabía. La matrona nos despertó para decirnos que habían llegado los soldados. Nos escondimos enseguida. ¿Te ha visto Décimo?

—Creo que no.

Bronte se asomó al pasillo.

—Está despejado.

—Los soldados están registrando los dormitorios —dije antes de comprobar el exterior para asegurarme de que no había soldados patrullando el perímetro en busca de fugitivos—. Deberíamos salir por la ventana. He dejado la yegua de la matrona en el bosque. Cabalgaremos hasta la cueva.

Bronte y yo miramos a Cleora. Su miedo a salir del templo era real, pero el miedo a ser capturada era más poderoso. Asintió con la cabeza.

Siete años después del fallecimiento de nuestra madre, en el mismo día del aniversario de su muerte, por fin nos íbamos de este lugar.

En algún lugar cercano, una mujer comenzó a gritar. El lamento se hizo más fuerte, más estridente, y estaba impregnado de dolor. Los rostros de las vestales y las esclavas desfilaron en mi cabeza. Me pregunté a quién estaríamos escuchando... y qué le estarían haciendo.

«Es culpa mía».

Ese pensamiento se repetía una y otra vez en mi cabeza, y me calaba hasta los huesos.

Bronte se tapó los oídos y cerró los ojos. La última vez que la había visto tan angustiada fue cuando capturaron a mamá. Cleora se mantuvo completamente inmóvil, excepto por sus fosas nasales, que se abrían con cada respiración.

Su terror me hizo entrar en acción. Subí al tejado con la lanza. Los gritos cesaron. Bronte se estremeció visiblemente, consiguió volver a la realidad y me siguió.

Cleora se detuvo frente la ventana. Aunque llevaba bien puesto el velo, se lo ajustó y aseguró los lazos.

—Yo os guiaré —dije—. La cueva no está lejos.

Cleora no se movió.

—No he cogido la lira de mamá, y, Bronte, olvidas el arco y las flechas.

—Tengo un arco y unas flechas de repuesto en la cueva —dijo Bronte.

Cleora se apartó de la ventana.

—Tu bolsa de monedas está en la caja de instrumentos.

—Volveremos a por ella más tarde —respondí.

Cleora retrocedió unos pasos más.

—No podremos llegar muy lejos sin ellas —dijo antes de salir del gineceo, desapareciendo de la vista.

—Pero... ¡En el nombre de Gea! —refunfuñó Bronte.

—Volverá.

Nos sentíamos demasiado expuestas, por lo que volvimos de nuevo al interior. El silencio nos aplastaba bajo su peso mientras esperamos durante lo que pareció una eternidad.

Las dudas empezaron a asaltarnos. Nuestro dormitorio, donde guardábamos la lira, se encontraba al final del pasillo. ¿Por qué tardaba tanto Cleora?

—Hace años que no sale —susurró Bronte—. Quizá no se atreva a partir.

—Lo hará —insistí.

—Debería ir a buscarla.

—Dale un momento.

Mi respuesta fue egoísta. Confiaba en Cleora, pero tampoco quería quedarme sola.

Nos quedamos allí, acurrucadas en la oscuridad, sumidas en la preocupación. Cleora ya debería haber regresado. ¿Había cambiado de opinión? ¿O le había pasado algo?

Un susurro ahogado llegó desde el exterior.

—¡Bronte! ¡Altea!

Asomamos la cabeza por la ventana. Cleora nos saludó desde la ventana de nuestro dormitorio. Levantó la caja de instrumentos para mostrárnosla.

—Nos vemos fuera —dijo en otro fuerte susurro.

Abajo, un soldado patrullaba el camino de tierra entre el recinto y el bosque. Volvimos a agacharnos.

—¡Hermanas Lambros! —gritó el soldado dando la voz de alarma—. ¡Están en el segundo piso!

Bronte y yo nos apresuramos a entrar en el pasillo, yo con mi lanza firmemente empuñada, y nos detuvimos en seco. El brigadier Orrin se interpuso entre nosotras y el camino a nuestro dormitorio.

Corrimos en la otra dirección, hacia la escalera de la parte trasera del templo. Salió tras nosotras y agarró a Bronte por el pelo, haciéndola girar. Ella le arañó la mejilla y consiguió soltarse.

Orrin llamó a sus compañeros.

—¡Están arriba…!

Le clavé la lanza en el muslo. Se tambaleó y cayó contra la pared con un gemido ahogado. Bronte se quedó boquiabierta, mirándonos alternativamente. Mi mente se quedó en blanco. No sabía qué hacer a continuación. Nunca le había clavado una lanza a una persona, solo a conejos y ardillas.

Orrin se agarró la pierna herida.

—Serás zorra.

—Yo te habría apuntado al corazón —gruñó Bronte.

Agarró la lanza y juntas la arrancamos. Orrin cayó al suelo, con una mueca de dolor y el muslo perforado sangrando.

Bronte tiró de mí.

—Vamos. Cleora debería ir delante.

Corrí tras ella hacia la escalera trasera, todavía algo aturdida.

—¡Altea Lambros! —gritó Décimo. Su voz me atravesó—. ¡Correr no te servirá de nada! ¡Te encontraré!

Bajamos las escaleras hasta la cocina. Acraea estaba de pie en las sombras, con la espalda pagada a la pared y una sartén de hierro en la mano.

—Gracias a Gea, estáis bien —susurró con voz ronca—. Los soldados obligaron a las demás vestales y esclavas a entrar en los establos. Marchaos antes de que os atrapen.

—¿Has visto a Cleora? —preguntó Bronte.

Acraea negó con la cabeza.

—Pensábamos que nos había adelantado —dije.

—La enviaré con vosotras —respondió Acraea—. ¡Idos!

Huimos por la puerta trasera y nos agazapamos entre los árboles.

El tiempo volvió a detenerse. Las piernas me ardían de estar de cuclillas y los ojos me dolían de escudriñar cada sombra. El templo estaba demasiado tranquilo. Cleora ya debería haber salido. Esperaba que no hubiera intentado salir por la puerta principal, donde Angelos montaba guardia.

Conseguí ver una figura que lanzaba una caja por la ventana de nuestro dormitorio. La caja aterrizó cerca y se rompió en pedazos. Bronte se acercó a gatas y cogió los trozos destrozados de la lira de nuestra madre. Dentro de mí, el corazón se me hizo pedazos. El caparazón de tortuga agrietado no tenía arreglo.

Bronte buscó en la oscura maleza y luego se arrastró hasta mí.

—La lira está destrozada, pero he encontrado mi bolsa de monedas.

Un grito llegó desde arriba. Cleora apareció en la ventana de nuestro dormitorio junto a Décimo, que le rodeaba el pecho con el brazo y le apretaba una daga contra su mejilla. Cleora miraba al frente con la barbilla en alto. Su expresión me rompió el alma. No era de miedo, ni de ira, ni de tristeza. Parecía resignada, como si siempre hubiera sabido que ese día llegaría.

—Altea —llamó Décimo—. Tu hermana es bastante atractiva, pero carece de tus agallas.

Otra figura apareció en la ventana del gineceo. Se trataba de un arquero.

—El trabajo me ha impedido volver a por ti hasta ahora —continuó el general con calma y fluidez como si hubiera memorizado su discurso—. Aun así, todos estos años, Altea, solo he pensado en ti. Ahora es el momento de que vengas a casa conmigo.

—¡Corre, Altea! —gritó Cleora—. ¡Corre!

Décimo le tapó la boca con la mano.

—Ven a mí, Altea, y no le haré daño, como tú le hiciste a mi hermano, Orrin.

—¿Son hermanos? —exclamé.

Bronte negó con la cabeza, estupefacta.

Orrin apareció en el umbral de la puerta trasera con la matrona Prosimna sujeta contra su pecho. Pasó por encima de algo, de alguien. Se me secó la boca. Acraea yacía en el suelo, con una lanza clavada en el pecho. A Orrin le sangraba la pierna, pero eso no le impidió acercarse con la espada hasta la garganta de la matrona. Ella permaneció inmóvil, aunque su espalda se arqueaba contra él del nerviosismo.

—No me gusta que me hagan esperar, Altea —bramó Décimo—. ¡Mataré a las vestales una a una!

—No temáis, hijas —dijo en voz alta la matrona Prosimna—. La Madre de Todos los Dioses está con nosotras. Tened fe en la infinita gloria de Gea.

—Hazla callar —ordenó Décimo.

Orrin deslizó la espada sobre la garganta de la matrona en un movimiento rápido como un rayo. Ella se dobló hacia delante y se desplomó en el suelo.

Bronte hizo amago de socorrerla, sin embargo, la retuve. La matrona Prosimna no podría haber sobrevivido a una herida como esa, ni tampoco Acraea, y no podíamos arriesgarnos a ser descubiertas por el arquero. El corazón me retumbaba en los oídos. Acraea y la matrona merecían algo mejor que ese sacrificio.

Cleora se retorció contra Décimo con la boca aún tapada. Él presionó su espada con más fuerza contra su mejilla hasta que ella dejó de moverse.

—¡Altea! —gritó aún más fuerte—. ¡Ven a mí o entregaré a tu hermana al Todopoderoso!

—Esto no debería estar pasando —susurré—. Debería ser yo.

—No puedes razonar con él —respondió Bronte—. Dirá cualquier cosa para que cedas.

—Ha venido por mí. Puedo negociar su liberación.

Orrin volvió cojeando al interior de la cocina. Arriba, Décimo y Cleora desaparecieron por la ventana, al igual que el arquero. Me levanté para entrar, pero Bronte volvió a tirar de mí.

—¿Quién te asegura que Décimo soltará a Cleora una vez que te tenga a ti? —siseó—. Rendirse es demasiado arriesgado. Es probable que os coja a las dos.

—Le juré a Cleora que Cronos nunca la tendría.

—No te dejaré ir —dijo Bronte con una nota de pánico en la voz—. Décimo dirá lo que sea con tal de atraparte. No se puede confiar en él.

Juré a nuestra madre que protegería a mis hermanas, no obstante, para ayudar a Cleora, tendría que dejar a Bronte. ¿Cómo podría elegir a una por encima de la otra?

Las dulces voces de las musas llenaron mi mente, o tal vez venían de fuera de mi cabeza, no podía decir de dónde venían, solo que las voces me rodeaban.

«Encuentra al Niño Dios».

Sentí una oleada de calor cerca de mi cadera. Miré en mi bolsillo. La cuerda de la oráculo brillaba, blanca como una brasa.

Bronte vigilaba el templo.

—Pronto vendrán a buscarnos. Debemos irnos.

—La familia no abandona a la familia —dije con los dientes apretados y la visión borrosa por las lágrimas.

Ella me cogió de los hombros.

—Recuperaremos a Cleora.

Miré el cuerpo arrugado de la matrona. A Cronos no le importaba que sus hombres hubieran matado a una devota seguidora de Gea. No sentía respeto por los primeros dioses ni por los mortales. Solo le preocupaba su propia grandeza.

—Tenemos que irnos —insistió Bronte.

Hace años, después de que me grabaran la etiqueta en la nuca, obligué a mis hermanas a aceptar que, si Décimo me llevaba consigo, no arriesgarían su vida para intentar salvarme. Debían dejarme ir. Para que nuestro acuerdo fuera igual, me comprometí a los mismos términos. Irme sin Cleora era lo único que podía hacer. Lo sabía, y me detestaba por ello.

Silbé para llamar a la yegua. En ese mismo instante, salió trotando del bosque. Bronte se lanzó a la silla de montar y yo subí detrás. Chasqueó la lengua y nos adentramos en la maleza.

Enseguida oímos el sonido de los jinetes que nos perseguían. Bronte guio a la yegua alrededor de un peñasco y bajo un saliente oscuro en lo más profundo del bosque. Los soldados pasaron al galope junto a nosotras. Apreté la mejilla contra su hombro, con los corazones palpitando con fuerza, esperamos hasta que se fueron y, entonces, retrocedimos hacia el sur. Cada paso que dábamos para alejarnos del templo, de Cleora, era un pinchazo en el alma.

Llegamos a la empinada y rocosa ladera que subía a nuestra cueva y escondimos la yegua en un bosquecillo de avellanos. La luz plateada de la luna iluminaba las resonantes colinas y valles boscosos. Bronte y yo escalamos la pared de roca con cautela prestando atención en las partes más empinadas. La entrada de la cueva estaba situada por encima de la línea de árboles, frente al templo y la carretera.

Bronte sacó el arco y las flechas de la cueva y nos sentamos en la cornisa con vistas a las copas de los árboles. El ulular de los búhos y el zumbido de los insectos llenaban el silencio. Aunque sus caballos estaban demasiado lejos para que pudiéramos oírlos, observamos cómo se alejaban, con Cleora atada y amordazada detrás de Décimo. Los prisioneros de Cronos rara vez salían vivos de la experiencia. Recuperarla sería casi imposible.

Apreté la palma de la mano contra el suelo frío y rocoso buscando una conexión con la tierra.

«¿Por qué, Gea? ¿Por qué Cleora?».

No se trataba de una oración, sino de una acusación. Yo ya solo reconocía a la diosa cuando fallaba a los que creían en ella.

No esperaba una respuesta, pero algo se calentó contra mi cadera. Saqué la cuerda del bolsillo; el pequeño hilo brillaba a la luz de la luna. ¿El hilo procedía de las oráculos o de otro poder? ¿De dónde, o de quién, sacaban las oráculos su poder de adivinación?

Su consejo había echado firmes raíces en mi mente. Lo que mejor comprendía era su afirmación de que Cronos caería y de que mi ayuda sería clave para su destrucción.

Me até la cuerda alrededor del dedo a modo de anillo. Desafiar a Cronos y salir victoriosa requeriría una fuerza que yo no poseía. Para recuperar a Cleora, necesitaría la ayuda de un aliado formidable, alguien lo suficientemente poderoso como para destronar al Dios de Dioses.

Necesitaba un titán.

La diosa del amanecer, Eos, reinaba durante un periodo breve en comparación con su hermano, Helios, el dios del sol, o su hermana, Selene, la diosa de la luna. A pesar de ello, el efímero despliegue de poder de Eos era trascendental. La diosa del amanecer era el puente entre la noche y el día, una puerta al alma de toda la creación y un atisbo etéreo a las transiciones de la eternidad.

El amanecer era mi momento favorito del día. Era una invitación a aprovechar cualquier oportunidad que este pudiera ofrecer. Pero, aquel día, ni siquiera esa promesa divina de esperanza podía arrancarme la melancolía.

Bronte salió de la cueva y se unió a mí en el saliente, con el arco y el carcaj de flechas al hombro. El cielo proyectaba una luz rosada de ensueño sobre el bosque que se extendía a nuestros pies. Me enderecé después de haber pasado horas encorvada. Tenía los ojos hinchados de tanto llorar.

—Has estado aquí toda la noche —dijo—. Entra y duerme.

—Los soldados podrían volver.

—Yo vigilaré.

Bronte me puso en pie y me empujó adentro, donde una hoguera calentaba la pequeña cueva. A lo largo de los años, habíamos convertido ese frío y oscuro espacio en un acogedor escondite, con una olla para hervir agua, platos de cerámica, tazas de madera, varios odres llenos de agua y sacos de dormir.

Me tumbé en el saco de dormir más cercano al fuego y me acurruqué en la cálida lana. El sueño se apoderó de mí con rapidez. Dormí hasta que la luz del día invadió la cueva, me iluminó la cara y me despertó.

Bronte se arrodilló junto al fuego mientras cogía las hojas de una rama y tarareaba para sus adentros. Una olla de agua hervía entre las llamas.

Me apoyé sobre los codos.

—¿Cuánto tiempo he dormido?

—No lo sé exactamente. Son las primeras horas de la tarde. Me pasó un tazón de avellanas que había tostado y, luego, dejó caer un puñado de *Sideritis,* una hierba rica en hierro, en el agua hirviendo y lo removió para que infusionara. Bronte tenía talento para buscar alimento durante todo el año, así como para cazar en las colinas salvajes de este bosque.

—¿Cuándo crees que será seguro volver al templo? —preguntó.

—No creo que lo sea nunca.

Masticó el tallo de una flor de tilo, de modo que las flores blancas y amarillas le sobresalían por la comisura de la boca.

—¿Adónde fuiste anoche?

—Visité un oráculo en la ciudad. Bueno, la verdad es que eran tres.

Bronte se sacó la flor de la boca.

—¿Por qué lo hiciste?

—Tenía preguntas sobre el futuro.

—Sí, por eso la gente va al oráculo —respondió ella con ironía—. ¿Qué tipo de preguntas?

—Sobre la posibilidad de dejar atrás Tesalia y empezar de nuevo en otro lugar.

Bronte dio un brinco.

—¿Te sorprende? —pregunté.

—Supongo que no debería, dado que compraste ese barco, pero ni tú ni Cleora mencionasteis vuestras intenciones de empezar de nuevo en otro lugar hasta ayer. Sabía que en algún momento nos iríamos. Aun así, pensé que yo era la única que estaba preparada.

—¿Por qué pensaste eso?

Bronte se apartó el pelo rubio de la cara, abstraída, con las manos encallecidas por las incontables horas moliendo grano.

—He ahorrado dinero para poder permitirnos salir de Tesalia. Tú y Cleora no mostrasteis mucho interés.

—No quería disgustar a Cleora hablando de ello —respondí.

Bronte asintió, apenada. Las dos habíamos ocultado nuestra infelicidad por el bien de nuestra hermana.

—¿Qué te dijeron las oráculos?

Escogí mis palabras con cuidado, sin saber cuántas esperanzas darle. La verdad era probablemente la dosis justa de optimismo que necesitábamos.

—Me dijeron que un hijo de Cronos vive.

Bronte se quedó tan boquiabierta que se le cayó la flor.

—Cronos nunca lo permitiría. Se los come a todos para que no puedan crecer y derrocarlo, como hizo él con su padre.

—Las oráculos creen que un Niño Dios vive y que se rebelará contra Cronos.

Bronte retiró lentamente la olla del fuego.

—¿Qué tiene que ver ese Niño Dios con nuestra salida de Tesalia?

—Las oráculos dijeron que no vencería sin nosotras.

Bronte casi derrama la olla de agua al dejarla en el suelo.

—¿Esperan que ayudemos a un titán? ¿Y nada más y nada menos que al hijo de Cronos?

Me metí una avellana en la boca y hablé mientras la masticaba.

—Ninguna doncella de honor ha escapado de Cronos, pero con un titán de nuestro lado, podríamos rescatar a Cleora.

—¿Las oráculos te dijeron algo más? —preguntó Bronte.

Me advirtieron de que, en caso de que yo fallara, Cronos gobernaría para siempre, sin embargo, no cargaría a Bronte con ese peso. Nuestro único propósito era evitar que Cleora corriera la misma suerte que nuestra madre.

—El Niño Dios está al sur, en la isla de Creta —dije—. Las oráculos quieren que lo encontremos.

—¿Y les harás caso? —Sonrió sin humor—. Tú no escuchas a nadie, Cleora y yo incluidas.

—Sí escucho. Ahora, otra cosa es obedecer…

Bronte se rio secamente.

—Pensé que no creías en los dioses ni en el destino.

Sacudí la cabeza.

—Confío en mamá, y ella siempre dijo que Cronos lamentaría el día en que traicionó a Gea. Tiene que caer de alguna manera.

Bronte sumergió las tazas de madera en la tetera, las llenó y me entregó una.

—La noche en que mamá murió, vi algo fuera de la ventana de nuestro dormitorio que nunca le conté a nadie. —Su voz tranquila temblaba con inquietud—. Se trataba de una criatura de alas negras que se posó en el tejado y nos miró fijamente. Escondí la cabeza en la almohada y, cuando miré de nuevo, la criatura se había ido. No volví a verla, hasta anoche. Esta vez eran tres, todas armadas con flagelos con tachuelas de latón. Creo que eran erinias.

Un escalofrío me erizó la piel de los brazos. Esas diosas infernales se vengaban de los que rompían sus juramentos.

—¿Por qué estaban allí las erinias?

—No lo sé. ¿Tal vez buscaban a alguien que quebrantara un juramento?

Yo solo había hecho dos juramentos de honor: uno a mi madre la noche en que murió, y otro a Cleora ayer. Las erinias no habrían venido a por mí, pues trabajaba activamente para cumplir mis juramentos, ¿no?

Una sombra cayó en la entrada de la cueva. Bronte y yo nos pusimos en pie. Agarré mi lanza y ella levantó una rama del fuego a modo de antorcha, una defensa bastante más rápida que colocar una flecha en el arco. La luz del día ocultó a nuestro intruso, que estaba a contraluz, hasta que entró en la penumbra.

El coronel Angelos levantó las manos vacías.

—Estoy desarmado.

Peor para él. Lo golpeé en el pecho con la lanza, lo suficientemente fuerte como para atravesar la fina tela que llevaba.

—¿Cómo nos has encontrado?

—Vi a Bronte buscando comida en el bosque y la seguí.

Lancé una mirada a mi hermana, que se mostró avergonzada.

—Estoy solo —dijo—. Pero Décimo volverá al templo y registrará la zona pronto.

—¿Has venido a avisarnos?

—A unirme a vosotras. —El coronel Angelos mantuvo las manos levantadas mientras observaba fijamente el extremo de mi lanza—. Ayer visité un oráculo. Bueno, eran tres, en realidad. Me dijeron que encontrara a las hermanas Lambros.

—¿Por qué? —preguntó Bronte.

—Es difícil de explicar. Me hicieron algo raro con una cuerda en las manos…

—Hablas como un loco —replicó ella.

—Lo vi salir del oráculo ayer —dije en voz baja—. A mí me hicieron algo parecido con una cuerda cuando me leyeron el futuro.

Asintió dos veces seguidas.

—Poco después de irme, te vi en el ágora, fuera de la taberna. ¿No te preguntaste de dónde había sacado las aceitunas?

Se me secó la boca.

—Las oráculos insistieron en que las aceptara —continuó—. Hicieron hincapié en que una buena acción «iluminaría la senda de mi destino».

Las oráculos me habían dicho que me enviarían un guía y que lo reconocería por sus buenas acciones, y eso fue después de que Angelos me diera las aceitunas. ¿Me lo habían enviado antes de que yo decidiera visitarlas?

—Esto es ridículo —soltó Bronte—. ¿Por qué te iban a enviar las oráculos con nosotras? Ni siquiera te conocemos.

—El coronel Angelos estaba en el templo la noche que mamá murió —expliqué con un hilo de voz.

Bronte volvió a blandir la rama ardiendo en su dirección, como si fuera un perro callejero.

—Entonces ¿qué hacemos hablando con este idiota?

Aquella pregunta tenía sentido. Ningún hombre del grupo de soldados que se había llevado a nuestra hermanita y luego la había entregado al Todopoderoso para que la matara merecía nuestro tiempo.

El coronel Angelos bajó las manos.

—Cuando era pequeño, mi madre y yo fuimos capturados por un barco de esclavos y vendidos en subasta al Palacio de Eón. Trabajé en varios trirremes de la armada real como marinero de cubierta hasta los doce años y crecí el doble que los chicos de mi edad. Décimo me reclutó en el ejército y juré servir al Todopoderoso.

—Romper un juramento al trono se castiga con la muerte —dije—. Podrías perder la vida solo por venir aquí.

—Mi madre está enferma. —Angelos apretó la mandíbula para reprimir la emoción que le brotaba de los ojos—. Ha trabajado demasiado durante mucho tiempo. Encontré a un tabernero que aceptó adquirirla y acogerla para facilitarle el trabajo, pero mi madre no abandonará el palacio mientras yo siga allí. Como bien dices, el juramento me obliga. Las oráculos dicen que hay una forma de retractarme, no obstante, debo ayudarte a viajar a Creta.

—¿Cómo sabías lo de Creta? —preguntó Bronte.

—Las oráculos también me advirtieron. Creta se encuentra cerca de mi lugar de origen: Kasos. No he estado tan al sur desde que era un niño, aunque navegué por todo el mar Egeo cuando estaba en la armada real. El territorio de Oceanus es traicionero para aquellos que no están familiarizados con él. El mar en sí mismo es cambiante y despiadado. Al dios del mar no le importa lo que hagan los mortales mientras no interfieran con su familia de Oceánidos. Por eso, la anarquía de su reino es ideal para los trotamundos y los amos de esclavos.

Bronte volvió a agitar la rama ardiente hacia él, con los ojos entrecerrados.

—¿Por qué deberíamos aceptar tu ayuda?

—Las oráculos me dijeron que un hijo del Todopoderoso vive y se rebelará contra su padre.

—Y tú las crees —afirmé.

Me estudió con la mirada.

—¿Tú no deseas que sea verdad?

Dejé que su pregunta quedara en el aire. Lo que yo deseara o dejara de desear no era de su incumbencia. Además, Teo Angelos no podía ser el guía que el destino iba a enviarnos. Él servía a Cronos. Ninguna buena acción podría deshacer su juramento a ese tirano.

—He servido al Todopoderoso durante mucho tiempo —añadió Angelos—. Ha hecho cosas horribles en nombre de su trono.

—Al igual que sus soldados —repliqué—. Ahora corre de vuelta al palacio antes de que tus hermanos de armas se den cuenta de que has desaparecido.

Angelos se armó de valor y se plantó frente a mí.

—No puedes luchar contra el destino, Altea Lambros.

—Tú no tienes nada que ver con mi destino.

Su mirada ambarina me recorrió como si de miel caliente se tratara.

—Eres exactamente como te describieron las oráculos: una luz sin igual.

Bronte le plantó la antorcha frente a las narices lo suficientemente cerca como para que se estremeciera.

—No tienes ni idea de quién es ni de lo que somos capaces ninguna de las dos. Vete.

—Me iré —dijo Angelos antes de retroceder un paso—. Que Gea esté con vosotras.

—No lo estará —repliqué.

Frunció el ceño, inclinó la cabeza y salió de la cueva. Bronte avanzó hasta la entrada de la cueva y se asomó al exterior.

—¡Qué descarado! Tiene suerte de que no le haya quemado la nariz. —Dejó caer la rama de nuevo en el fuego.

—Sí acertó en una cosa —dije—. Tenemos que ir a Creta.

—No somos gente de mar.

—Como dije, contrataremos un guía. —Retorcí la cuerda que tenía atada al dedo, mientras pensaba en la esperanza de encontrar a nuestro verdadero guía. Angelos era un soldado de toda la vida que juró obedecer al Dios de Dioses. Enviarlo lejos había sido lo correcto.

Llegaron unas graves voces desde fuera, una más fuerte que la otra. Me apresuré a acercarme a la entrada de la cueva y me detuve a escuchar. La voz de Angelos llegaba desde la parte baja del bosque, al otro lado del acantilado donde habíamos dejado a la yegua.

—Ya he buscado ahí arriba —dijo.

—¿De verdad? —respondió otro hombre. Era Décimo—. ¿No es extraño que hayas cabalgado delante de nosotros y no hayas mencionado adónde ibas?

—Pensé que las hermanas Lambros serían fáciles de encontrar, señor.

—No olvides que he marcado a la más joven.

—No lo he hecho, señor.

Bronte se situó junto a mí en la entrada de la cueva. Mientras yo escuchaba, ella había apagado el fuego, cogido el arco y las flechas y preparado una mochila con provisiones.

77

—¿Cómo de cerca están? —susurró.

—Espera aquí.

Me arrastré hasta la cornisa. Los hombres llevaban cascos brillantes con penachos de crin de caballo, lo que los hacía visibles en el bosque. Décimo y Angelos quedaban ocultos con Orrin por las copas de los árboles. Un vendaje envolvía la parte superior del muslo de Orrin. Dos soldados más rastreaban la zona acercándose peligrosamente a nuestra yegua.

Bronte colocó una flecha en el arco y apuntó a Décimo.

—No lo hagas —susurré—. Se nos echarán encima. —No era un disparo limpio. Estaban demasiado protegidos por los árboles. El riesgo de fallar era demasiado alto, no valía la pena desperdiciar una de sus flechas.

—Señor —dijo Angelos, su voz llegaba muy amortiguada—. ¿Deberíamos volver a buscar en el templo? Puede que las hermanas hayan vuelto allí.

Mi propia respiración me retumbaba en los oídos. Había asumido que él había guiado a Décimo hasta nosotras. Sin embargo... ¿estaba tratando de ayudarnos?

—¿Orrin? —llamó Décimo—. Lleva a tus hombres al Templo Madre. Los demás terminaremos aquí antes de volver a unirnos a ti.

Orrin y dos hombres más montaron sus caballos y desaparecieron en el bosque hacia el oeste, en dirección al templo. Angelos y Décimo se alejaron del acantilado separándose también de nuestra yegua.

Era el momento de moverse.

Bronte guardó el arco y las flechas, y bajamos lentamente por la montaña agarrándonos a las raíces de los árboles con cuidado de no hacer caer las rocas sueltas. Justo antes de llegar abajo, en la parte más empinada, resbalé un poco, pero conseguí sujetarme. Las hamadríades de los avellanos nos observaron con desconfianza. No se comunicaban con palabras —sus raíces se extendían por el suelo del bosque, lo que les permitía sentir las vibraciones del entorno—, sin embargo, podían irritarse por los tirones de las raíces.

Alcancé el suelo y me sacudí. Bronte saltó el último tramo y aterrizó a mi lado.

Habíamos perdido de vista a Angelos y Décimo, pero, de vez en cuando, el chasquido de las ramas hacía que las hamadríades se estremecieran. La yegua percibió su agitación y sacudió la cola. Le acaricié el costado para calmarla mientras Bronte subía a la silla.

El sonido de los caballos al galope nos dejó clavadas en el sitio. Orrin y sus dos soldados, que supuestamente habían salido hacia el templo, cargaron contra nosotras. Salté a la silla detrás de mi hermana y arreé el flanco de la yegua con los talones. Cabalgamos una corta distancia y luego tiramos de las riendas. Décimo y Angelos nos cortaron el paso. Bronte giró al caballo en busca de una salida, si bien detrás de nosotras solo estaba el acantilado, y los otros hombres, cada uno en su propio caballo, podían perseguirnos fácilmente a las dos en nuestra yegua.

Décimo apuntó a Angelos con la espada. El antebrazo derecho del general tenía la cicatriz de la herida que le había hecho años atrás.

—¿Crees que soy tonto?

—¿Señor? —preguntó Angelos.

—Te adelantaste para ponerlas sobre aviso.

Angelos retrocedió hacia el acantilado.

Décimo bramó algo sobre la lealtad al tiempo que mi hermana y yo volvíamos a cabalgar cerca del acantilado.

—¿Y ahora qué? —pregunté.

—Podemos dejar el caballo y subir a la cueva y, luego, volver a bajar por el lado norte del acantilado a pie. No conseguirán llegar a la zona más espesa de la arboleda cabalgando.

Bronte conocía el bosque mejor que yo. Confié en su plan.

Saltamos de la yegua y comenzamos a subir. La parte más empinada del acantilado, en la parte inferior, era complicada. Solo había una zona segura para subir, por lo que Bronte lideró el camino. Mientras subía, una gran roca se desprendió de la pared y se precipitó sobre mí. Salté hacia abajo y pasó delante de mí golpeando el suelo con estrépito.

Bronte me esperaba arriba.

—¡Sigue! —Empecé a subir de nuevo, pero la pendiente ya no era estable. Busqué un lugar seguro donde agarrarme e impulsarme. Sin embargo, estaba demasiado alto para alcanzarlo.

Bronte consiguió llegar más arriba de las copas de los árboles. Miré hacia abajo y encontré a Angelos asido a la pared. Décimo, Orrin y los otros cuatro soldados habían desmontado de sus caballos y ahora se agolpaban a nuestro alrededor.

—Esto es culpa tuya —dije a la vez que me detenía junto a Angelos—. Tú los has traído aquí.

—¿Esto no tiene nada que ver con que hayas apuñalado a Orrin o con la etiqueta de Décimo? —replicó Angelos con los ojos fijos en los hombres—. ¿Cómo de hábil eres con esa lanza?

—Bastante buena.

Saqué el escudo de la silla de montar y me lo puse en el brazo izquierdo, acto seguido levanté la lanza con el derecho. Al hacerlo, tropecé con un árbol. La hamadríade me empujó con las ramas obligándome a avanzar. El movimiento asustó a la yegua que se encabritó y se adentró en el bosque. Caí de bruces y me enfrenté a Décimo.

—Altea —rio Décimo—. Tienes más valor que tu hermana. Cleora no dejó de llorar hasta llegar al palacio y arrodillarse frente al Todopoderoso. —Rio con más fuerza y su grueso vientre se tensó contra la tela—. Cuando la tocó, se cagó encima.

Gruñí y di un paso hacia delante.

Angelos se interpuso entre Décimo y yo, impidiéndome el paso.

La risa de Décimo paró en seco.

—Teo, ¿cuándo fue la última vez que viste a tu madre?

—No la menciones —escupió Angelos con una voz tan cargada de desprecio que un escalofrío me recorrió la columna vertebral.

—Un amo puede hablar de sus esclavos —respondió Décimo. Angelos frunció el ceño ligeramente.

—¿No lo sabes? El amo de esclavos del palacio me vendió a tu madre esta mañana. Dijo que le quedaban al menos uno, quizá dos, años buenos, aunque mis esclavas no duran tanto como las de otros.

Angelos le dedicó una mirada asesina.

Décimo hizo una señal a sus soldados.

—Traedme a las hermanas Lambros. Orrin, busca a la otra antes de que llegue demasiado lejos.

Orrin montó y se alejó rodeando el acantilado. Los cuatro soldados restantes se dirigieron hacia nosotros.

Angelos y yo retrocedimos hacia la pared del acantilado.

—¿Cómo se te da la espada? —pregunté con voz nerviosa.

—Bastante bien.

Levantó su arma y cargó contra ellos. Antes de que pudiera arremeter con mi lanza, le cortó el brazo al primer soldado. El segundo se abalanzó sobre él con un grito de guerra y Angelos lo cortó por la mitad, luego se arrodilló y sajó al tercero por los muslos. El cuarto soldado cayó sobre él.

Me lancé hacia adelante y lo apuñalé en el costado. Mientras el hombre estaba inmovilizado, Angelos giró y hundió su espada en el pecho del soldado.

Con un ojo puesto en Décimo, Angelos arrancó su espada y también la punta de mi lanza. El soldado cayó al suelo junto al que le faltaba un brazo. Angelos clavó su hierro directamente en el corazón del manco para acabar con él y, después, levantó la hoja ensangrentada hacia el general.

—Altea —llamó Bronte desde arriba haciéndome señas desde la cornisa. Tenía una flecha preparada en el arco—. ¡Vamos!

Angelos y Décimo se acercaron con las espadas preparadas. Décimo era enorme, pero Angelos también era grande, ambos de hombros anchos y con una gran fuerza. Volví a mirar hacia Bronte, sin embargo, había desaparecido. Pensé que me cubriría mientras ascendía, pero algo, o alguien, habría requerido su atención.

Décimo y Angelos estaban enzarzados en un combate. Filo contra filo. El pie trasero de Angelos tropezó con una nudosa raíz y se tambaleó hacia un lado. Décimo saltó hacia delante, lo lanzó contra un árbol y colocó su espada contra la garganta de Angelos.

Me acerqué a la hamadríade que estaba a mi lado.

—Siento esto —dije, y le clavé la punta de mi lanza en el tronco.

Un estrepitoso temblor rasgó el aire. Saqué la lanza y la clavé en el siguiente árbol, y en el siguiente. Uno a uno, el estruendo se hizo más fuerte. Las ramas se balanceaban y me golpeaban con tanta fuerza que caí de espaldas. Las raíces se cerraron en torno a mi muñeca arrancándome la lanza. Me las arreglé para recuperar mi arma y me incorporé esquivando otra arremetida de una rama.

Otras golpearon a Décimo y lo arrojaron a un lado. También golpearon a Angelos y lo tiraron al suelo. Él se liberó de su agarre mientras yo elegía otro camino hacia lo alto del barranco.

Las rocas afiladas me cortaron las palmas de las manos, y mi pie resbaló más de una vez, pero, poco a poco, subí a la cima. Bronte no estaba en la cornisa. Corrí hacia la cueva, aunque tampoco estaba allí.

Angelos subió a la cornisa respirando con dificultad, con el pelo sudoroso y alborotado sobre la cara manchada de sangre.

Me vio sola y se dirigió al filo de la cornisa.

Me uní a él y miré hacia abajo. En un saliente, Orrin le tiraba del pelo a Bronte mientras ella le propinaba patadas. Su arco estaba tirado en el suelo junto a ellos, y las flechas se encontraban esparcidas.

Angelos saltó de la cornisa y aterrizó en el saliente. Orrin tiró a Bronte a un lado y arremetió a Angelos con la espada. Antes de que yo también pudiera saltar, una mano me agarró de la nuca, me giró y me lanzó. Caí de cara y di contra el suelo con tanta fuerza que reboté con la barbilla. Se me nubló la vista. Rodé sobre mi espalda y parpadeé hacia Décimo.

Me agarró del tobillo y me arrastró hasta que estuve debajo de él y atrapó mis piernas entre sus muslos. Me sujetó los brazos contra el suelo y posó sus labios contra los míos. Me sacudí y le di un cabezazo.

Décimo se incorporó con la nariz sangrando.

—Maldita seas.

Me abofeteó con tanta fuerza que me caí de lado. Se me desencajó la mandíbula y sentí el ojo a punto de estallar.

Volvió a abalanzarse sobre mí y se pasó el dedo por la sangre que le salía de la nariz. Luego me lo restregó por los labios.

—Este es mi juramento —dijo—. Eres mía, Altea Lambros. Por el resto de tus días, permanecerás conmigo o no estarás con nadie. Que las erinias me lleven si no te hago mi mujer para siempre.

Me quedé helada. El sabor de su sangre en mi boca marcó mis entrañas como un hierro helado.

Me revolqué y tuve una arcada.

Décimo me acarició la cabeza y adoptó un tono engañosamente suave.

—Tu rebeldía es cosa del pasado. Vendrás conmigo y llevarás el velo. Ningún otro hombre volverá a mirarte.

Recogí un puñado de grava manchada con mi sangre y mi vómito.

—De acuerdo. Iré contigo.

Me besó la frente con la boca y los dientes ensangrentados.

Le lancé las piedras a los ojos y se retorció con un rugido. Rodé por debajo de él, me puse de pie, cogí mi lanza y se la clavé en el hombro.

Se tambaleó hacia atrás. Me incliné hacia él y lo inmovilicé.

—Zorra —siseó.

Me recosté más sobre la lanza y se la clavé intensificando su dolor.

Detrás de él, Bronte subió a la cornisa. Tenía la frente cubierta de sangre y sostenía una sola flecha ensangrentada en la mano como si fuera un cuchillo.

Décimo agarró la lanza por donde entraba en su hombro y, con una fuerza que solo habría creído posible de un dios, la empujó contra mí. Patiné sobre la grava. Rempujé con todo mi peso y mi temperamento. La lanza se hundió aún más en su carne. Décimo gritó y aguantó con más fuerza. Mareada y dolorida, intenté mantenerme firme, pero él se arrancó la lanza del hombro y se levantó con ella en la mano.

—Te sacaré un ojo por esto —gruñó.

Bronte corrió detrás de él y le clavó la flecha en el costado. Mientras él se arqueaba de dolor, ella cogió una enorme piedra y se la estampó en la cabeza. Décimo se quedó quieto, luego cerró los ojos y cayó al suelo.

Me tambaleé. Mi hermana me pasó el brazo por la cintura con movimientos sorprendentemente rápidos y firmes. La sangre que la cubría no parecía suya. Nos arrastramos hasta el camino y empezamos a bajar el acantilado, deslizándonos sobre el trasero en el último tramo empinado.

Unas cuantas hamadríades, aún alteradas, nos golpearon con sus ramas. Las esquivamos hasta llegar a los caballos de los soldados. Solo quedaban dos de cuatro, y montamos una en cada uno.

Angelos apareció en la cornisa con el pecho agitado y la espada ensangrentada brillando a la luz del sol. Orrin lo atacó por detrás y luego los dos hombres desaparecieron de nuestro campo de visión. Chasqueé la lengua y mi caballo arrancó.

Bronte cabalgó con fuerza y me adelantó para guiarme. Atravesamos el bosque por los caminos que ella conocía tan bien. Me dolía mucho la cara y la cabeza. Tenía la mandíbula desencajada y el ojo izquierdo tan hinchado que apenas podía ver. Cuando nos alejamos de los soldados, Bronte redujo la velocidad. Yo me puse a su altura, pensando que quería decirme algo, no obstante, me di cuenta de que tenía el costado ensangrentado.

—Estás herida —dije.

—Es un corte poco profundo. Angelos interceptó el golpe de Orrin y lo alejó de mí. —No lo dijo, pero si hubiese sido más profundo habría sido mortal—. Tal vez deberíamos replantearnos a Angelos como guía. Posee experiencia y no pide que le paguemos.

—Pero, Bronte, se llevó a nuestra hermana pequeña.

Bronte tiró de las riendas hasta detenerse y yo hice lo mismo.

—No eres la única que la echa de menos —dijo, con la voz tensa—. A veces, cuando estoy sola, canto la canción de cuna que mamá nos cantaba a las cuatro, y pienso en cómo podría haber sido si nuestra hermanastra se hubiera salvado. Pero, si vamos a arriesgarnos con alguien, ¿no debería ser con alguien enviado por el destino?

—¿Realmente crees que es cosa del destino? —No le había contado lo que la oráculo había dicho sobre que nos enviaría un guía.

—¿Cómo, si no, podría haber sabido lo del Niño Dios? —planteó ella—. Según Prometeo: «El destino guía a los que escuchan y arrastra a los que se resisten».

Toqué la cuerda alrededor de mi dedo.

«Lo reconocerás por sus buenas acciones».

Sin duda, Angelos había demostrado su valía más allá de una simple cesta de aceitunas, y yo quería creer lo que nos había contado sobre su encuentro con las oráculos. Si Cronos tenía realmente un hijo vivo que pudiera destronarlo, yo intentaría que se hiciese realidad, por mis hermanas y por todas las mujeres de Tesalia.

—Daremos la vuelta —dije—. De todas formas, si no lo vemos enseguida, nos vamos.

Volvimos rápidamente al acantilado. Me pregunté si estábamos perdiendo el tiempo. Cuando llegamos, Angelos se deslizaba por la zona más empinada. Ya en la parte inferior, se sacudió y se acercó a nosotras.

—¿Dónde está Décimo? —pregunté escudriñando las alturas.

—La última vez que lo vi, Orrin trataba de despertarlo. Prefiero no esperar a que se levante.

—¿Sigues interesado en ser nuestro guía? —preguntó Bronte.

—Quiero ayudar a mi madre. Si eso implica llevaros a Creta, que así sea.

—Aceptarte como nuestro guía no significa que confiemos en ti —insistió Bronte.

—Tampoco significa que yo confíe en vosotras.

—A mí tampoco me gustas —murmuré.

—No puedo decir lo mismo.

Su leve sonrisa me pilló desprevenida.

—Me da igual —dije escuetamente antes de señalar con la cabeza mi silla indicándole que montara.

Angelos subió detrás de mí.

—Te importa lo que pienso, aunque solo sea un poco.

—Esperemos que tu sentido de la orientación sea mejor que tu intuición sobre las mujeres. —Me incliné hacia él mientras se reía, y luego sacudí las riendas y cabalgamos hacia el mar.

# 7

Una brisa salada soplaba por el camino que discurría entre las chozas de piedra encalada, despojándome del agotamiento. El pueblo costero se componía de viviendas de mercaderes y constructores de barcos y, por supuesto, tabernas para los pescadores y marineros que iban y venían de los muelles.

Desmonté y me estiré frente a una taberna al aire libre llena de clientes. Angelos bajó tras de mí. Intentar no tocarlo más de lo necesario había hecho que nuestro viaje de dos horas hasta la orilla del mar fuera muy incómodo.

Bronte se bajó del caballo con el quitón manchado de sangre oculto bajo la capa y se ajustó el velo. Siempre había admirado su máscara de pudor. Tenía dos cabezas de serpiente que se juntaban en la frente, y sus largos cuerpos rodeaban los lados de su cara. Las colas se unían en la barbilla completando el escudo familiar de nuestro padre. La máscara había pertenecido a su madre, nuestra abuela, a la que nunca conocimos. El velo de Bronte era la única posesión que teníamos de la familia de nuestro padre. Se lo dieron al nacer como dictaba la tradición. Las niñas nacían e inmediatamente se les hacía cubrirse. Era difícil imaginar una vida diferente.

—El capitán del puerto nos guarda el barco —dije—. ¿Sabes dónde podríamos encontrarlo, Angelos?

—Teo —corrigió—. Es más seguro evitar los apellidos. Esperad aquí. Preguntaré dentro —dijo antes de entrar en la taberna.

Me ardía la nuca. Me toqué la marca donde la piel era más tierna.

—¿Qué pasa? —preguntó Bronte.

—¿Me ves algo en la piel? —Me aparté el pelo.

—Nada, además de la etiqueta.

—¿Está roja? ¿Con ampollas?

—No. ¿Por qué?

—Me duele.

Bronte torció el gesto

—¿Cuánto te duele?

—No es nada.

—Altea…

—No tiene importancia. —Le quité hierro al asunto con una sonrisa exagerada para que me dejara en paz.

Un par de hoplitas salieron atropelladamente de la taberna, tambaleándose. El más alto de los dos nos vio y vino en nuestra dirección.

—Nunca he visto velos como estos —dijo mientras recorría nuestros cuerpos con la mirada—. Algo tan bonito debe de cubrir algo especial.

—Deberíamos echar un vistazo a lo que hay detrás —añadió el hombre más bajo.

—No pensamos quitárnoslos —respondió Bronte con firmeza.

El hoplita más alto movió la cabeza a un lado.

—No seas maleducada. Solo creemos que eres guapa.

El bajito se situó detrás de mí y buscó las ataduras de mi velo, pero me hice a un lado antes de que las cogiera. Bronte esquivó al otro. Estaban tan cerca que podía percibir su aliento con olor a cerveza. Bronte y yo nos pusimos espalda contra espalda. El bajito avanzó hacia ella.

—No toques a mi hermana —gruñí.

Para mi sorpresa —y la de ellos también—, el hombre se detuvo.

Teo había salido de la cervecería y se acercó.

—¿Todo en orden?

—Solo nos lo estamos pasando bien —respondió el bajito.

—Ellas no parecen estar pasándoselo muy bien. —Teo interpuso su brazo entre este y yo y me cogió de la mano. Me quedé helada, con la mandíbula apretada.

El hombre más alto dio un paso atrás.

—¿Son tuyas?

Teo me apretó la mano.

—Estamos juntos.

—Disculpe, oficial —dijo el bajito—. No sabíamos que le pertenecían.

Apreté tanto la mandíbula que me dolieron los ojos. Yo no pertenecía a Teo Angelos ni a ningún hombre, y nunca lo haría.

Teo inclinó la cabeza hacia ellos.

—Divino día para los dos.

El alto hizo una pausa y miró hacia atrás.

—¿No es usted el coronel Angelos?

Los dedos de Teo se tensaron brevemente alrededor de los míos.

—El mismo.

Dos enormes sonrisas se dibujaron en las caras de los hombres. El alto agarró a Angelos por el hombro y lo sacudió en un gesto fraternal, afectuoso y emocionado a partes iguales.

—Fuiste el soldado más joven de la historia en ingresar en la guardia —dijo—. Llegaste a ser jefe de batallón cuando tenías, ¿qué, dieciséis años?

—Quince —dijo el bajito.

Teo respiró hondo y se le ensancharon las fosas nasales.

—Entrenaste a mi hermano —continuó el bajito—. Ahora está en un puesto fronterizo en el mar Egeo. Te llamaban el Oso porque nunca pierdes una pelea. Me contó que, cuando Teo Angelos dice que va a hacer algo, lo hace, pase lo que pase. Creo haber oído que te presentas a general. Eso te convertiría en el soldado más joven de Tesalia en alcanzar ese rango.

—Eso me han dicho. —Teo no podía sonar más indiferente.

—No me extraña que tenga dos esposas —dijo el más alto.

Los hoplitas rieron con ganas. No parecieron darse cuenta de que nosotros no nos unimos a ellos.

—Divino día —repitió Teo a modo de despedida.

Se alejaron charlando animadamente sobre «el gran coronel Angelos».

Liberé mi mano de la de Teo.

—Esos hombres creen que somos tus esposas.

—Era necesario para distraerlos.

—Tenía la situación bajo control.

—Mmm —dijo.

Sentí tal rabia que la visión se me tiñó de rojo. En ese momento no estaba segura de qué quería más: no volver a ver a Teo Angelos o ver a mi madre una vez más.

Bronte me cogió del brazo de manera que nuestros codos quedaron entrelazados.

—¿Nos vamos?

—Le he dado los caballos a un camarero a cambio de su silencio. —Teo señaló hacia el muelle—. Me ha dicho que el capitán del puerto está por aquí.

Lo miré fijamente, deseando que dijera o hiciera algo que acabara de hacer estallar toda mi furia. Desvió la mirada y esperó.

—Lo seguimos, coronel —dijo Bronte, con voz cantarina y demasiado alegre para mi gusto.

Dejamos los caballos atados frente a la taberna y cruzamos hacia el muelle. Nuestros pasos resonaban en los tablones de madera mientras pasábamos por delante de los barcos pesqueros que descargaban su captura diaria y ataban los sedales para la noche. En el extremo más alejado del muelle principal, había una choza en ruinas rodeada de agua por tres de sus lados, casi sobre el mar. El techo de barro había sido remendado tantas veces que no se distinguía el color original. Fuera, había un cartel que rezaba: «LARGO DE AQUÍ».

Teo llamó a la puerta.

—¿Hola?

Las olas golpeaban el muelle.

Me puse delante de él y empujé la puerta para abrirla. La estrecha estancia estaba abarrotada de aparejos de pesca y cubos, y la luz entraba a raudales por los agujeros del techo y las persianas agrietadas.

—No está aquí —dije.

—¿Y ahora qué? —preguntó Bronte.

—Tendremos que esperar a que vuelva. —Me quité el velo para dejar que la piel respirara y vislumbré mi reflejo en un cubo sucio. Varios moratones adornaban la mejilla donde me golpearon, y tenía un ojo morado.

Teo se quedó fuera.

—Esperaremos en tu barco. ¿Cuál es, Altea?

—No lo sé.

Me miró desconcertado.

—¿No sabes qué barco es el tuyo?

—Se lo compré a un amigo comerciante. Dijo que el capitán del puerto nos llevaría hasta él.

Teo gruñó con desaprobación. Lo cierto es que no sabía en qué momento me había parecido buena idea traerlo con nosotras, los golpes de Décimo debían de haberme aturdido.

Aparté a Bronte.

—¿Estás segura de que debe ser nuestro guía? —pregunté.

—No sé por qué, pero me gusta. Tal vez sea por la forma en que se desenvolvió con los hoplitas o el capitán del puerto, en cualquier caso, tengo la sensación de que es auténtico.

—Un auténtico plasta.

Bronte miró hacia arriba como si buscara algún tipo de señal —o paciencia— desde los cielos.

—Creo que deberíamos darle una oportunidad. Aun así, tú decides. Tú eres la que fue a ver a las oráculos.

Habían mencionado un guía. ¿Era mucho pedir que enviaran uno menos irritante?

Un anciano que cargaba con un cubo de ostras se acercó por el muelle. Pasó junto a nosotros hasta llegar a la choza del capitán del puerto y entró sin decir nada. Intercambié una mirada rápida con Bronte y abrí la puerta tras él.

—¿Hola? —dije—. Estamos buscando al capitán del puerto.

El robusto hombre tenía más canas en la cara que en la cabeza. Pateó un cubo para sentarse y luego sacó de su bota un cuchillo de caza tan grande que era un milagro que pudiera caminar con él ahí dentro. Abrió la ostra con la gigantesca hoja y sorbió el interior.

—¿Qué queréis? —preguntó con la boca llena.

—Nos envía Proteo —respondí—. Me vendió su barco.

El capitán abrió otra ostra.

—¿Te vendió su barco a ti? Eres una mujer.

Tampoco llevaba el velo como cualquier doncella obediente. Levanté la barbilla.

—Soy muy consciente de mi género, señor. Pagué una buena cantidad por el barco de Proteo.

—Proteo me dijo que vendría el nuevo dueño, pero... ¿tú? Podría meterme en un problema por darle un barco a una mujer.

—Entonces dáselo a Teo —dije—. Es nuestro... hermano. Sabe navegar.

El capitán del puerto le dedicó una mirada de cortesía y acto seguido me apuntó con el cuchillo.

—Acabas de decir que Proteo te vendió el barco a ti.

—Se lo vendió a nuestra familia —rectifiqué.

Teo y Bronte dudaron y luego asintieron. Prefería que la gente pensara que éramos hermanas de Teo y no sus cónyuges.

El capitán del puerto resopló escéptico mientras abría otra ostra con aquel cuchillo ridículamente grande.

—Por el hijo de Oceanus —susurró. Sacó una perla tan grande como la punta de su dedo—. He abierto cientos de ostras esta temporada, y esta es la primera perla que encuentro.

—Te hemos traído buena suerte, ¿eh? —inquirió Bronte.

—El destino debe de haberos traído hasta aquí —contestó mientras reía con un toque de sarcasmo.

Miré a Teo a los ojos y enseguida aparté la mirada.

El capitán del puerto cogió un saco que había junto a la puerta y salió.

—Venid. El barco está por aquí.

Lo seguimos hasta una zona más tranquila, donde los barcos eran más pequeños y estaban más juntos. Se detuvo ante un velero de madera vieja. La vela de algodón raído colgaba mustia por la falta de viento. La cubierta y el casco superior estaban salpicados de excrementos de gaviota.

—Hace diez días le limpié los percebes del casco mientras estaba en seco —dijo—. La vela la remendaron el mes pasado y los cabos fueron revisados ayer... No, puede que antes de ayer. No lo recuerdo.

El barco tenía un aspecto bastante deslucido para la cantidad que habíamos pagado. Proteo era un hombre justo, pero aquello me hizo cuestionarlo.

—¿Es adecuado para mar abierto? —preguntó Bronte, dando voz al pensamiento que yo no había llegado a expresar. Creta se encontraba a dos días de viaje en mar abierto. Necesitábamos una embarcación fiable que pudiera soportar la fuerza del mar.

El capitán del puerto le dio una palmadita en el brazo.

—Tu hermano cuidará de ti.

Se llevó a Teo a un lado para hablar de la historia del barco. Capté algunos fragmentos de la conversación, sin embargo, cada vez que me acercaba para escuchar disimuladamente, el capitán me daba la espalda. Le pasó a Teo el saco que había traído de la choza y se marchó.

Teo arrojó el saco a bordo y comenzó a desatar el cabo.

—¿Y bien? —pregunté.

—Dice que deberíamos navegar por aguas tranquilas. Los oceánidos no se arriesgarán a violar el tratado entre Oceanus y el Todopoderoso con el Festival de la Primera Casa a la vuelta de la esquina.

—¿El capitán no podía decirme eso a mí? Debería estar presente en las conversaciones sobre mi barco.

—Nuestro barco —corrigió Bronte.

Asentí levemente con la cabeza y continué.

—¿Qué hay en el saco?

—Provisiones —respondió Teo—. Proteo le envió comida y agua para nuestro viaje. Pronto bajará la marea. Tenemos que partir o nos quedaremos atrapados en el puerto hasta la mañana. —Subió al barco mientras este comenzaba a alejarse del muelle.

Agarré el cabo suelto para evitar que el barco se alejara.

—¿Sabes navegar de noche?

—Sí. —Miró el cielo sin nubes, el crepúsculo lo oscurecía hasta convertirlo en una espectacular extensión de azul marino—. Con las estrellas me basta.

Bronte se mordió el labio inferior.

—Piensa en Cleora —murmuró.

La verdad es que intentaba no imaginarme cómo estaría Cleora. Después de lo que dijo Décimo sobre su primer encuentro con Cronos, se me hacía insoportable pensar en ello.

Subimos juntos al barco y encontramos un lugar para sentarnos resguardados del viento. Teo cogió los remos y nos sacó del puerto. Cuando llegamos a mar abierto, desató las cuerdas que amarraban la vela. La tela crujió al entrar en contacto con el viento y el barco se deslizó hacia el sur.

La noche envolvió el mar Egeo. Su superficie se fundía con el cielo estrellado formando un único tapiz aterciopelado. Bronte apoyó la cabeza en mi hombro y se quedó dormida. Percibí que Teo me miraba y yo mantuve la vista fija en el horizonte, buscando la delgada línea en la que el cielo se fundía con el océano y lo abrazaba con su reconfortante peso.

Después de toda la noche y la mayor parte del día en el mar, estaba segura de que el océano era para imbéciles. Bronte había vomitado al menos una vez cada hora desde que nos adentráramos en mar abierto la tarde anterior. Le aparté el pelo de la cara mientras se sacudía entre arcadas por la borda. Yo no había llegado a vomitar, pero sí estuve a punto de hacerlo más de una vez. El orgullo me impedía humillarme ante nuestro capitán.

Teo manejaba la vela, sereno, cómodo bajo el cielo azul cristalino y las olas bañadas por el sol. Él era el único que había comido desde que partiéramos. No me atrevía a ingerir otra cosa que no fuera agua, y Bronte rechazaba incluso eso. A ese ritmo, las provisiones que Proteo nos había proporcionado durarían fácilmente hasta que llegáramos a Creta al día siguiente.

La luz del día ahuyentó el frío que había acompañado a la mañana de cielo escarlata. Bronte yacía en la dura cubierta hecha un ovillo, durmiendo de forma irregular. Yo permanecí en vela junto a ella, con la espalda apoyada en la barandilla y la cara al viento.

—Cleora… —gimió Bronte en sueños.

Nunca habíamos pasado tanto tiempo separadas y anhelaba el reencuentro con el miembro ausente de la tríada. Le acaricié la espalda a Bronte hasta que cayó en un sueño más profundo. Por lo general, solía tararear hasta quedarse dormida, pero ni siquiera tenía fuerzas para eso.

Me incorporé y me tambaleé hacia Teo. En el centro del barco me sentía menos mareada, ya que el balanceo era menos pronunciado ahí.

Teo se había remangado hasta los codos, dejando al descubierto el oscuro vello de sus antebrazos.

—¿Cómo te encuentras? —preguntó.

—Bastante bien.

Pasamos cerca de otra isla con acantilados de piedra caliza de un blanco cegador, exuberantes calas escarpadas, pálidos arbustos que se aferraban a laderas afiladas y una bahía turquesa bordeada de playas de arena de alabastro. Creta se extendía por el tramo más ancho del mar Egeo, más al sur de lo que jamás imaginé que me aventuraría. Nuestra pequeña pero robusta embarcación se deslizó sobre una gran ola. Me agarré a la cuerda con las tripas revueltas.

—¿Cuándo llegaremos? —pregunté.

—Mañana al amanecer, siempre que los vientos y el mar se mantengan en calma.

—¿Esto es en calma?

Teo dibujó una sonrisa torcida.

—Lo es para aquellos que han experimentado el mar cuando Oceanus está furioso.

Oceanus era conocido por su mal humor. Había oído decir que tenía tantas caras como tonos de jade y añil tiene el mar. Su temperamento se había cobrado la vida de innumerables marineros y pescadores.

—Quería decirte que… —comenzó Teo—. Tu madre, Stavra, era…

—¿Era qué? —No pensé que pudiera tener el descaro de mencionarla.

—Una mujer admirable. Defendía lo que creía.

—Sí, lo sé —dije con frialdad—. Tú debes de estar preocupado por tu madre. ¿Crees que Décimo…?

—No se atrevería a hacerle daño.

Esperaba que tuviera razón.

—¿Cómo sabía Décimo que te habías vuelto contra Cronos?

—¿Cómo se te daba ocultar tu odio al Todopoderoso? —replicó Teo.

—Yo no trabajaba en el palacio.

Entrecerró los ojos.

—Ya he expresado lo que siento por Cronos.

—¿Que es...?

—Lo mismo que tú, imagino.

Lo dudaba. Mi aversión era muy profunda.

—Entonces no crees en los titanes.

—No he dicho eso.

—¿Crees en los Protogonos?

—Sigues hablando de mis creencias y lealtades como si las conocieras —respondió—. ¿Lo haces con todo el mundo?

—¿Y tú respondes siempre con otra pregunta?

Entrecerró los ojos con la mirada fija en el horizonte.

—Baja.

Miré hacia el mar. Un enorme trirreme se acercaba veloz a nosotros, con el reluciente casco saltando sobre las olas.

—¿Quiénes son? —pregunté esperándome lo peor. ¿Un barco de esclavos? ¿Los vagabundos vienen a robarnos?

—El barco real de Rea.

El trirreme tenía unos cuarenta metros de largo y seis de ancho, con tres filas de remos, tripulados por un remero por remo. Tenía dos velas, una grande en el palo mayor y otra más pequeña en el bauprés. Su principal medio de propulsión eran unos ciento cuarenta remeros. La enorme embarcación se alzaba sobre nuestro pequeño barco haciéndonos sombra.

Teo se arrodilló e inclinó la cabeza hacia la cubierta, y yo también caí de rodillas.

Los titanes eran conocidos por su evasión: ellos eran el sol, las estrellas, el aire y el mar, y se mezclaban con el mundo con una naturalidad que era a la vez omnipotente y tangible. Supuestamente, Rea poseía una elegancia y un atractivo extraordinarios, una consorte digna del Todopoderoso. Estiré el cuello para poder verla.

—¿Cómo la lleva ese barco? —pregunté—. Los titanes son inmensos.

Teo se volvió hacia mí.

—¿Has visto alguna vez un titán?

—No.

La sombra del trirreme se deslizó sobre nosotros. En la cubierta central, el cómitre se sentaba por encima de los marineros y dirigía el impecable ritmo de los remeros con el cuerno de un íbice colgado al pecho. Busqué a la titánide en la torreta, con su legendaria guardia de leonas rubias. Rea era la única titánide por la que sentía verdadero interés, por su resistencia ante las numerosas infidelidades de Cronos. Era de dominio público que lo suyo no consistía en una relación amorosa. Eran hermanos. Todos los titanes se desposaban entre sí. Los monstruos se casaban con monstruos, y juntos criaban monstruosos hijos.

Poco tiempo después, el barco se alejó entre la luz del día.

—¿Adónde crees que va? —pregunté.

—Apuesto a que vuelve al Palacio de Eón para el Festival de la Primera Casa.

Una oleada de ira me invadió. Rea probablemente vería a Cleora antes que yo.

—¿Por qué Rea no hace nada con su marido? —pregunté—. Él se llevó a sus hijos. No entiendo por qué no se enfrenta a él.

—No sabemos si lo ha hecho —dijo Teo con la mirada perdida—. Rea es tan súbdita suya como nosotros.

Volví a sentir náuseas, así que volví al lado de mi hermana y me recosté en la barandilla por si necesitaba vomitar.

Si el destino lo permitía, ninguno de nosotros volvería a estar bajo el dominio de Cronos por mucho tiempo.

Las náuseas me despertaron de un sueño irregular en mitad de la noche. Me limpié la humedad de la frente, me senté y me incliné sobre la barandilla mientras se me revolvía el estómago vacío. Bronte dormía profundamente hecha un ovillo junto a mí. Me alegré de que su malestar hubiera remitido lo suficiente como para que pudiera descansar, pero también sentí envidia.

Las olas golpeaban el casco del barco, y el frío y salado rocío de la mañana me mojaba la cara y los labios. El inquieto mar, que ahora era un espejo de las incontables estrellas de diamante, se extendía en la lontananza con un esplendor sin límites. Empezaba a marearme de nuevo cuando una ráfaga de aire fresco me alborotó el pelo y me trajo la voz áspera de un hombre.

«Hija».

Un escalofrío me recorrió el cuero cabelludo. Teo estaba sentado en la vela con expresión severa y no me prestó atención.

«Hija...».

Me ardía la marca de la nuca. Una mancha negra en la superficie del mar atrajo mi atención. Las oscuras olas reflejaban las estrellas en todas partes excepto en esa mancha, donde una enorme sombra se deslizaba aproximándose bajo la superficie.

«Te estoy esperando, hija *mía*. Libérame».

—¿Papá? —susurré. Mi padre murió cuando yo era demasiado joven para recordarlo. No reconocería su voz, pero ¿quién más me llamaría «hija»? Y el espíritu de mi padre estaría en el Hades, donde la mayoría de las almas mortales iban tras la muerte. Mi madre insistía en que su marido se había ganado el honor de ir al Elíseo, donde los héroes caídos pasaban la otra vida. Si eso era cierto, entonces ella también se encontraría allí.

La sombra se deslizó junto a nosotros. De ella brotaron unos largos apéndices que se extendían como alas negras por el agua nocturna. El mar estrellado perdía el brillo allá donde aparecían. Las alas se acercaron a la embarcación y una garra curva se desenrolló de la punta de un ala y arañó el casco con un chirrido estremecedor.

Me aparté de la barandilla. La etiqueta me ardía tanto que las lágrimas me brotaban de los ojos. Me la apreté con la mano. Tenía la piel helada.

—¿Altea? —preguntó Teo—. ¿Va todo bien?

—¿Has visto...? —Me quedé boquiabierta ante su expresión de perplejidad.

La figura alada había desaparecido.

Volví a arrastrarme hasta la barandilla y pasé la mano por la parte exterior del casco de madera lisa hasta que mi dedo encontró un arañazo largo y profundo.

Más preocupada aún, me dirigí hacia el centro de la cubierta, entre Bronte y Teo mientras él seguía manejando la vela. La cosa del agua no se parecía a nada que hubiera visto antes. Había devorado la luz de los astros que se reflejaba en el mar. Un Devorador de Estrellas.

Teo bostezó y se echó agua en la cara. Apoyé la cabeza en el hueco de mi brazo y deseé poder dormir profundamente, pero mi mente seguía agitada por lo ocurrido, y las náuseas eran implacables.

Más tarde, esa misma noche, seguía despierta cuando oí una voz intensa y solemne que cantaba tal que así:

La mitad de mis días ya han quedado atrás.
Mira, mujer, las canas rocían mi cabeza
y anuncian que la edad y la sabiduría se acercan.
Pero, aun así, solo me preocupa reír,
beber y los placeres de la noche.
Y, todavía, en mi insatisfecho corazón, hay fuego.

Teo tarareó aquella conmovedora melodía que yo nunca había escuchado antes y, luego, comenzó a cantarla de nuevo cambiando la melodía de un tono lúgubre a uno optimista.

Oh, Destino, escribe mi final.
Di: «Esta mujer, esta de aquí,
es el reflejo de tu alma. Ella
sí, ella, acabará con tu locura».

Cuando la brisa marina se llevó la última nota, las náuseas habían desaparecido. Me sentía casi tan bien como si estuviera de nuevo en tierra firme. Me levanté sobre los codos para ver mejor a Teo en la oscuridad.

—Ignoraba que supieras cantar.

—¿Por qué ibas a saberlo?

Me llamó la atención lo distante que me mostraba con ese hombre que había navegado durante horas sin descanso. Podría ser más simpática, al menos hasta la mañana.

—Yo bailo, pero Bronte tiene talento para cantar, como tú. ¿Qué canción era esa?

—Es una vieja balada de pescadores. —Teo permaneció un momento en silencio—. Mi mujer y yo solíamos cantarla juntos.

—¿Estás casado?

—Viudo. Charmain, mi mujer, trabajaba en la taberna de su familia. Cantaba por las noches para los clientes. A veces me unía a ella.

—¿Te casaste por amor? —En realidad no me importaba, pero tenía curiosidad.

—Los soldados se casan cuando el jefe de su escuadrón les asigna una esposa. Por suerte me dieron a Charmain. Ella y yo éramos amigos de la infancia. Muy pocos tienen el privilegio de casarse por amor.

De pronto el juramento de Décimo me asaltó. Él creía que me había maldecido y que nunca sería de nadie más que de él, pero ningún poder exterior podía reclamar la propiedad de mi corazón. Solo tendría uno, para siempre. No guardaba ningún interés en regalarlo.

—¿Cómo murió tu esposa? —pregunté.

Teo se lamió los labios inconscientemente al tiempo que ordenaba sus pensamientos.

—Charmain nació con poca capacidad pulmonar. Cayó enferma un año después de casarnos y nunca se recuperó. A pesar de que cada respiración le resultaba dolorosa, cantó hasta el final.

—Qué valiente.

—Era muy atrevida. Charmain era tenaz con lo que amaba y con quién amaba. Me recuerdas a ella.

Lo miré con los ojos entrecerrados.

—¿Eso es un cumplido?

—Sin duda. Pones todo tu corazón en tu mayor pasión.

Se me aceleró el pulso.

—No me conoces.

—Por ahora.

Su seria mirada ambarina me dejó sin palabras. La intensidad de su declaración me inundó de calidez. Todo a nuestro alrededor se desvaneció y su luz me deslumbró.

Parpadeé y Teo miró hacia la oscuridad.

Pronto la noche volvió a envolverme y con ella una nueva sensación de soledad y confusión. Quería volver a esa mirada. Quería entenderla.

—¿Qué otras canciones cantabais Charmain y tú? —pregunté antes de bostezar.

La voz de Teo, suave pero con una emoción contenida que no pude descifrar, se deslizó por el aire nocturno.

—Deberías descansar. Pronto el amanecer despertará al mundo.

Apoyé la cabeza en el brazo.

—Buenas noches, entonces.

—Buenas noches, Altea.

Comenzó a cantar de nuevo, más melodiosamente que cualquier flauta. Mi pulso se ralentizó y mis últimos pensamientos fueron para la infinita bóveda estrellada..., para el regreso del Devorador de Estrellas..., para el hombre del otro lado de la cubierta..., su expresión desprevenida cuando me miró, como si yo fuera la mujer que acabaría con su locura.

Un chapoteo desvió mi atención de Teo. Había pasado demasiadas de las últimas doce horas fingiendo que no lo miraba, esperando ver de nuevo al Teo de la noche anterior.

Señaló hacia el mar.

—¡Altea, Bronte, mirad!

Bronte seguía durmiendo profundamente, con la cara perlada de sudor. Me froté los ojos con la mano y me senté.

Una manada de delfines nadaba junto al barco, con sus cuerpos plateados bailando sobre las olas. Los marineros creían que los delfines representaban un buen augurio de Oceanus.

Teo cambió ligeramente de rumbo y los delfines nos siguieron. Esto se prolongó durante una hora hasta que señaló un trozo de tierra en el horizonte.

—Creta —dijo.

Los delfines se separaron de nosotros y giraron hacia el este. Nosotros mantuvimos el rumbo hacia el sur. ¿Oceanus bendecía nuestro viaje? El dios del mar era el único hermano de Cronos que no había colaborado para destronar a su padre. ¿Conocía Oceanus nuestra misión?

Nos acercamos a sotavento de la isla y sacudí suavemente a Bronte para que se despertara.

—Ya hemos llegado.

Ella se arrastró hasta el lado del barco y apoyó la mejilla contra la barandilla.

—¿Necesitas vomitar de nuevo? —pregunté.

—No —dijo vacilante—. Sí. Tal vez en un rato... —Asomó la cabeza por encima de la barandilla y la volvió a bajar—. Despiértame cuando lleguemos a tierra.

Me reuní con Teo en el centro de la cubierta. Ya era por la tarde, más tarde de lo que habíamos previsto, pero no hice esa puntualización. Teo estaba tan agotado que una ráfaga de viento lo habría tirado por la borda.

Arrió la vela y luego los dos remamos hacia la orilla. Las aguas palidecieron, tornándose más cristalinas a medida que nos acercábamos a la playa y revelando la colorida vida marina que bullía bajo nosotros en las aguas poco profundas. Un banco de pequeños peces de rayas naranjas y rojas rodeaba mi remo cuando lo sumergía en el agua, y las aves marinas buscaban almejas en las charcas formadas por la marea, pero no parecía haber nadie en ningún lugar de la tierra o del mar.

Cuando el casco del barco tocó tierra, sacudí a Bronte para despertarla. Nos metimos en el agua y avanzamos juntos sobre las afiladas y resbaladizas rocas. Las rodillas me temblaban un poco por la falta de uso, aunque la sensación de tener las plantas de los pies en tierra firme era un alivio.

Bronte se sentó en la playa y cogió un puñado de guijarros. Daba la impresión de que poco a poco recuperaba el color.

—Nunca he estado más agradecida por tener los pies en tierra firme —dijo con tono cantarín.

A lo largo de la inclinada costa, las algas brotaban del rojizo y pedregoso suelo, y más adelante los arbustos daban paso a un bosque de frondosos árboles. Una cascada de montañas se alzaba sobre el horizonte, y el pico más alto aún estaba blanco por la nieve invernal.

Teo sacó el barco del agua y lo arrastró fuera del alcance del agua. La empapada camisa se le ceñía al vientre y la cintura, y la cara y la parte superior del pecho, donde esta se abría, brillaban con el sudor y el agua salada bajo los últimos rayos de sol del día. Pillé a Bronte mirándole.

—¿Qué? —preguntó—. No finjas que no te has dado cuenta.

¿Cómo no iba darme cuenta? Estaba justo ahí.

—Me recuerda a alguien —dijo Bronte, más para sí misma que para mí—. Ahora mismo no caigo…

Teo se acercó a nosotras.

—Deberíamos acampar antes de que anochezca.

Bronte observó el espeso bosque.

—¿Creta está habitada por nativos?

—Se cree que hay una tribu en el interior de la isla. —Teo examinó la arboleda con ojo crítico y se puso en marcha.

—¿No deberíamos quedarnos cerca del barco? —pregunté.

—El bosque es más seguro que la playa —dijo—. Hay dragones de mar por estas aguas.

Los dragones de mar eran conocidos tanto por deslizarse sobre el oleaje sobre sus vientres como por aparecer de la nada desde aguas más profundas para emboscar a sus presas. No cazaban en aguas tan septentrionales como las de Tesalia, pero las historias de que cazaban a gente en las playas poblaban las peores pesadillas de muchos niños.

Me apresuré a seguir a Teo entre la maleza, mientras Bronte caminaba detrás de nosotros. Teo se detenía de vez en cuando para escuchar los insectos, los pájaros y otros extraños ruidos del bosque. Cuanto más tiempo se paraba a escuchar, más lo hacía yo, y menos segura estaba de qué peligro se suponía que debía esperar.

Bronte se detuvo para recoger un puñado de grosellas negras de un arbusto. Vi bayas rojas junto a ellas y cogí una. Ella me detuvo la mano al vuelo.

—Son venenosas —dijo.

—¿Las bayas? —pregunté.

—Esas bayas te darán dolor de estómago. Esa serpiente te matará.

Me soltó y señaló. Una serpiente verde brillante se enroscaba, camuflada, alrededor de la rama de la que casi había comido.

—Una mordedura de esa víbora y no llegarías a mañana —dijo Bronte.

Me alejé de los arbustos. Bronte no tenía miedo a las serpientes, pero tuvo cuidado mientras recogía las grosellas comestibles. Luego nos apresuramos a alcanzar a Teo.

Bronte me pasó la mitad de las grosellas negras. Me metí unas cuantas en la boca y las mastiqué, saboreando su dulce acidez. Teo las rechazó, así que Bronte se quedó con el resto.

El bosque se fue sumiendo poco a poco en la oscuridad hasta que esta cubrió el sol por completo y la noche cayó a nuestro alrededor. Las largas y espeluznantes sombras cobraron profundidad, y tuve que entrecerrar los ojos para no tropezar con las raíces o chocar con las ramas bajas.

Teo se detuvo en un claro rocoso iluminado por la fantasmal luna y rodeado de densos robles.

—Aquí —dijo, dejando caer la mochila.

Le encargó a Bronte que hiciera una hoguera mientras nosotros recogíamos leña. Tenía el costado prácticamente curado, pero se movía con cuidado para favorecer la curación.

El anochecer tendió su frío manto y caló en mis cansados huesos. Bronte se puso manos a la obra para encender el fuego, y al quinto intento consiguió una chispa que avivó con su paciente respiración. Pronto nos acomodamos alrededor de las llamas, acurrucados. Teo dibujó un tosco mapa de Creta en la tierra y señaló la cordillera que recorría la isla como una espina dorsal.

—El monte Ida —dijo refiriéndose al pico más alto—. Las oráculos dijeron que el Niño Dios habitaba allí.

—¿Qué más te dijeron las oráculos? —pregunté. ¿Y por qué no me habían dicho en qué parte de la isla encontrar al Niño Dios?

—Dijeron que era el más joven de los hijos legítimos de Cronos.

Las oráculos tampoco me habían mencionado ese detalle. Sus predicciones perdían su carácter especial cuando se dividían entre los dos. Tal vez Teo fuera un experimentado militar al que podrían confiarle más detalles, pero no parecía digno de ese privilegio. Su servicio a Cronos debería haber contado en su contra.

—¿Y ya está? —insistió Bronte—. ¿No te dijeron nada más?

—Nada importante —respondió.

Sospeché que estaba mintiendo. Las oráculos me contaron cosas personales que tampoco quería compartir con él.

Bronte lanzó una rama al fuego, llenando el claro de chispas en la noche.

—¿A alguien más le parece extraño que el Dios de Dioses no sepa que tiene un hijo vivo?

—A los dioses también se les escapan cosas —dijo Teo, encogiéndose de hombros.

La ignorancia de Cronos me dio esperanzas. Si algo tan trascendental podía ocultarse a los titanes, tal vez tuviéramos una oportunidad de ayudar a derrocar a Cronos. Pero la sospecha de Bronte era comprensible. Cronos era el titán más poderoso del mundo. ¿Cómo podría un Niño Dios haber permanecido oculto de él, y mucho menos levantarse para derrotarlo?

—Teo, ¿qué sabes de Cronos? —dije.

Una ligera vibración recorrió el aire, erizando el vello de mis brazos y haciendo callar a los pájaros e insectos del bosque.

—El Todopoderoso está obsesionado con proteger su trono —respondió Teo en voz baja—. Ha reinado durante casi cuatrocientos años, aunque su ejército y su armada se formaron hace apenas setenta y cinco años. Tiene un miedo muy arraigado a que sus hermanos titanes o su descendencia lo derroquen, y ha empeorado con los años. Antes solía viajar para ver a sus hermanos en los cuatro pilares de la tierra. Ahora pasa la mayor parte del tiempo en su gran salón en la cima de la torre más alta, oculto bajo una brumosa pesadumbre, observando y esperando que sus enemigos se levanten contra él.

—¿Qué enemigos? —pregunté—. ¿Oceanus?

—Cronos desconfía de todo el mundo, pero imagino que le preocupa más que su madre consiga aliados. Desde la caída de su marido, Gea está furiosa con Cronos por no haber liberado a sus otros hijos del Tártaro, los cíclopes y los hecatónquiros, lo que él había acordado hacer cuando ella le entregó la hoz adamantina. Tal vez sean suposiciones, pero creo que Cronos está alerta por su castigo.

Esa parte de la historia de Cronos siempre se omitía en las obras sobre su ilustre ascensión, aunque tal vez fuera la más crucial. Si Gea no le hubiera dado a su hijo la hoz adamantina —a cambio de la liberación de sus hijos, a los que Urano había apresado—, Cronos no habría podido derrocar a su padre. Ahora Cronos asumía que los demás lo traicionarían, igual que él había traicionado a sus padres. No, eso nunca se veía en el escenario.

—Los cíclopes y los hecatónquiros no pertenecen a nuestro mundo —dijo Bronte—. Son monstruos.

—No para su madre —respondió Teo—. Para Gea, todas las criaturas son hermosas.

—¿Cómo ocultó Rea al Niño Dios de su marido? —preguntó Bronte.

—No lo sé —admitió Teo mientras bostezaba ampliamente—. Trabajé como guardia de palacio mientras Rea estaba embarazada. Ella entregó al bebé envuelto en pañales al Todopoderoso, y este se lo tragó entero, como hizo con sus cinco hijos anteriores.

—¿Viste lo que pasó? —preguntó Bronte.

—No, pero mi madre sí. Juro por el sol, la luna y las estrellas que ese día envejeció diez años. La única otra vez que la vi tan angustiada fue cuando el Dios de Dioses recibió a Stavra en palacio.

Me invadió una sensación de frío. Quería saber más, sin embargo, después de escuchar a Décimo relatar cómo Cronos había recibido a Cleora, no necesitaba que la llegada de mi madre al palacio también estuviera presente en mi cabeza.

—¿Qué hizo el Todopoderoso? —preguntó Bronte con el crepitar de la hoguera de fondo.

—No fue lo que él hizo, sino lo que hizo Stavra. —Teo parecía sorprendido, incluso orgulloso—. Lo amenazó.

—¿Qué? —respondí, asombrada—. ¿Qué le dijo?

Teo trató de disimular otro bostezo y sacudió la cabeza como si estuviera decepcionado por su propio cansancio.

—Mi madre no me lo contó. Solo dijo que, cuando Stavra terminó de susurrar al oído al Todopoderoso, nunca lo había visto tan enojado… o tan aterrorizado. Pensé que tal vez sabríais qué le dijo Stavra.

Bronte y yo intercambiamos miradas, buscando en el rostro de la otra y en nuestros recuerdos una explicación. Ella negó con la cabeza.

—Yo tampoco lo sé —dije.

—¿Podría haberla escuchado alguien más? —preguntó Bronte.

—Pregunté a todos los esclavos y soldados de la sala del trono —respondió Teo—. Nadie más escuchó lo que dijo Stavra, solo que su tono era amenazante. A día de hoy, mi madre sigue negándose a decírmelo. —Dejó escapar otro gran bostezo.

—Yo haré guardia —ofrecí.

Teo murmuró un agradecimiento, se tumbó en su saco de dormir y se quedó dormido.

Bronte se acostó a mi lado. Hice girar el anillo y la cuerda brilló suavemente, tan radiante como la luna. En lo alto, la titánide Selene nos espiaba con su ojo de perla que todo lo ve. A diferencia de Helios, el dios del sol, la luna estaba siempre presente en los cielos, oculta por la luz del día pero sin retirarse nunca de su trono. El dominio de Selene en los cielos era fijo y seguro. ¿Acoso Cronos miraría a la luna y despreciaría su seguridad?

Bronte y Teo respiraban tranquilos. Yo estaba muy inquieta para dormir. Mañana conocería al Niño Dios, el titán de segunda generación destinado a destronar a Cronos.

Rayos, deseaba saber qué habría pensado mi madre de todo eso.

Saqué mi velo de la mochila mientras pensaba en ella. Mamá me advirtió de que llegaría a despreciar el tener que llevar mi máscara de pudor, y así fue. Detestaba lo que representaba, pero una parte de mí también la amaba tanto como mi brazalete. Me encantaba que hubiera pertenecido a mi madre.

De pronto, nos invadió una sensación de melancolía tan repentina que parecía que Nix, diosa Protogenos de la noche, hubiera proyectado su inmortal sombra sobre nosotros. Me pareció ver el rostro de una mujer entre las sombras del bosque, si bien desapareció en un parpadeo. El recuerdo de los rostros macabros y las largas garras de las erinias me produjo un escalofrío.

«Basta», me dije. Hoy había cruzado un mar. Mis esfuerzos por honrar mis juramentos tenían que contar para algo. Me acerqué al fuego, a su luz. Oí el crujido de una pisada detrás de mí, no obstante, antes de que pudiera mirar a mi alrededor, una mano me tapó la boca.

Un hombre se abalanzó sobre mí. Me colocó una mano en la boca y la otra en el hombro. Me quedé helada de terror hasta que me di cuenta de que se trataba de Teo. Se agachó junto a mí, tan cerca que pude apreciar cómo las motas color ámbar oscuro de sus ojos brillaban a la luz del fuego. Se llevó un dedo a los labios, indicando que me callara y, luego, me soltó.

—Tenemos compañía —susurró.

Bronte dormía profundamente mientras él se levantaba y sacaba su espada.

Una mujer enmascarada salió del bosque. Además del escudo y la espada, llevaba colgada de la cintura una honda de lana de oveja trenzada. Su velo dorado se parecía al mío, con unas alas de fuego que salían de los ojos. Debajo de la máscara se apreciaban unos labios carnosos y una barbilla fina y afilada. Su vestimenta se componía de retales de cuero y pieles de animales, sandalias hasta la rodilla y un collar de conchas con la insignia de una paloma volando con una rosa en la boca: el escudo de Afrodita.

Detrás de ella, saliendo de entre la maleza, había al menos dos docenas de guerreras armadas que lucían máscaras idénticas y collares con el mismo símbolo.

—¡Bajad las armas! —gritó la que iba en cabeza.

Bronte se despertó sobresaltada y se puso en pie.

—¡Desarmaos! —gritó la líder.

Teo dejó la espada en el suelo y levantó las manos.

—Soy el coronel Teo Angelos, de la guardia de la Primera Casa. No queríamos alarmaros. Estamos buscando a un habitante de la isla.

—Intruso —dijo la líder—. No se permiten hombres en Creta.

Silbó y sus compañeras se apresuraron a rodearnos.

La expresión de Teo seguía siendo tranquila mientras le ponían los brazos a la espalda y le ataban las muñecas. Lo cachearon y le quitaron el cuchillo. A continuación, ataron las manos a mi hermana y luego a mí. Una de las guerreras registró nuestra única bolsa.

Levantó mi velo.

—Eubea, mira.

La que llevaba la voz cantante le arrancó mi máscara de las manos a su compañera. Al verla junto a la suya, no tuve duda de que de que eran idénticas.

—¿De dónde has sacado esto? —preguntó Eubea.

—Era de nuestra madre —respondí—. Soy Altea Lambros. Y ella es mi hermana Bronte.

Eubea sacudió la máscara frente a mi cara.

—¿Quién era tu madre?

—Stavra Lambros.

Varias guerreras susurraron entre sí.

Eubea se acercó con los ojos entrecerrados.

—¿Dónde está Stavra?

—Muerta —respondí con tono neutral—. Cronos se la llevó hace siete años. Falleció dando a luz a un medio titán.

Los cuchicheos de las guerreras aumentaron de intensidad.

—Tu hombre dijo que buscabas a alguien —dijo Eubea.

—No es mi hombre.

Y, si los hombres no se permitían en Creta, ¿dónde estaba el Niño Dios?

—Las oráculos nos indicaron que debíamos venir aquí —respondió Teo.

—¿Oráculos? —Eubea se rio con un sonido seco y áspero y se acercó a él.

Teo se tensó cuando ella levantó la espada.

—Sentimos haber llegado sin autorización —dijo—. No venimos para haceros daño.

Ella dirigió la espada a su garganta.

—Los hombres siempre quieren hacer daño.

Teo permaneció completamente inmóvil. Incluso con las manos atadas, era más grande y más fuerte y podía defenderse con facilidad —había derrotado a cuatro soldados sin pestañear—, pero hablaba en serio cuando dijo que no les haría daño. Su maldito honor haría que lo mataran.

—Eubea —dije bruscamente, llamando su atención—. El coronel Angelos es un célebre soldado del ejército del Todopoderoso. Su ausencia no pasaría desapercibida. —Ella apartó ligeramente la espada de la garganta de Teo, lo suficiente como para revelar su inquietud—. No querrás desencadenar la ira de Cronos.

—El Dios de Dioses no tiene autoridad aquí —dijo ella bajando la espada del gaznate de Teo.

Se dirigió a sus compañeras y les dijo:

—Cogedlos.

—Pero el hombre... —dijo una guerrera.

—Si se atreve a estornudar siquiera, córtale la garganta.

Una guardia me propinó un golpe seco en la espalda que me hizo caer de rodillas, y después aporreó a Bronte y la tiró al suelo. Teo empezó a arrodillarse sin que nadie se lo pidiera, aunque le pegaron de todos modos. Lo último que vi antes de que me cubrieran la cabeza con un saco fue a Teo estremeciéndose de dolor.

Las guerreras nos condujeron por un terreno rocoso. Desorientada bajo el saco, avancé a trompicones, centrándome en poner un pie delante del otro. El terreno que pisaba dio paso a un suelo más blando y la hierba me rozó los tobillos desnudos.

Más adelante, sonaba música a toda velocidad. El sonido de los tambores se veía interrumpido por ruido de metales, como lanzas golpeando escudos. Seguimos el ritmo de los tambores, acercándonos cada vez más hasta que nos rodearon.

Unas manos ásperas me empujaron para que me detuviera. Justo en ese instante, el sonido paró en seco.

En el repentino silencio, el sonido de mi respiración retumbó en mi cabeza. El saco me tiraba de los labios y me secaba la boca. Gotas de sudor recorrían mi cara y me pegaban el pelo a la húmeda piel, lo que añadía aún más humedad al mohoso saco. Tenía las manos atadas con tanta fuerza que los huesos de las muñecas se aplastaban entre sí. Intenté moverlas, pero eso solo me dolió más.

Alguien me quitó el saco de la cabeza. Los ojos se me adaptaron a la luz de una enorme hoguera. Bronte y Teo estaban junto a mí, con el pelo revuelto. Teo también tenía atados los tobillos y le habían puesto un bozal de cuero como el que los cazadores usaban para sus perros.

Nos rodeaban al menos un centenar de guerreras armadas. Todas ellas mujeres que llevaban velos idénticos al mío. Miraban fijamente a Teo con dureza mientras él miraba hacia el frente, al centro del campamento. Allí, frente al fuego, había dos ninfas del bosque.

No llevaban máscaras y su exquisita belleza se hacía evidente a la luz del fuego. Unos brillos azules, como gotas de lluvia perfectas. decoraban sus párpados, mejillas y frentes. Una era pelirroja y la otra rubia pálida, y sus largas y onduladas melenas estaban adornadas con iridiscentes mariposas vivas de alas relucientes. Unas elegantes túnicas de seda verde envolvían sus esbeltas figuras. De sus cuellos colgaban guirnaldas de rosas blancas y adornaban sus cabezas con delicadas coronas.

La rubia llevaba un cinturón con varios cuchillos de caza de diversos tamaños. Tatuajes de colores, rosas de color rojo y rosado, recorrían sus brazos y piernas. La otra ninfa no llevaba marcas ni armas. Era imposible determinar su edad. La vida de una ninfa estaba entre la de un mortal y la de los dioses. Podían tener mi edad o doscientos años más.

Eubea se dirigió a las ninfas en voz baja, pero luego dio un paso atrás.

—Me llamo Adrastea —dijo la ninfa pelirroja. Señaló a la rubia—. Esta es mi hermana menor, Ida. La tribu en la que habéis irrumpido rinde culto de la diosa Afrodita. Eubea me dice que sois hijas de Stavra Lambros.

—Dos de ellas —respondió Bronte—. Cronos tiene a nuestra hermana mayor.

—Siento oír eso, y lo del fallecimiento de vuestra madre.

—¿Cómo os conocisteis? —pregunté.

—Stavra y yo éramos compañeras —respondió Adrastea, enigmática—. Como favor a ella, vuestro grupo puede quedarse a pasar la noche. Sin embargo, al amanecer, debéis marcharos.

—¿Mantendréis al coronel amordazado? —pregunté.

—Las palabras pueden hacer más daño que una espada —dijo Ida, más a su hermana que a mí.

—Hace décadas que un hombre no pisa Creta —explicó Adrastea—. Honramos la memoria de Stavra al confiar en ti para supervisar a tu siervo.

—Puedes quitarle el bozal —dije—. Teo es un soldado muy respetado. No actuará fuera de lugar.

—Poco importa aquí su reputación entre los hombres.

Bronte enarcó una ceja.

—No sé si os habéis dado cuenta, pero mi hermana y yo no somos hombres.

—Podemos responder por él —añadí. No sé por qué me molestaba tanto el bozal, es solo que no me gustaba que hubieran silenciado a Teo simplemente por su género.

Adrastea hizo un gesto despreocupado con la mano.

—Podéis quitarle el bozal, no obstante, permanecerá atado.

Ida miró mientras una guardia le quitaba el bozal a Teo.

—¿Por qué habéis venido?

—Estamos buscando a alguien. —Teo se frotó la boca y la mandíbula—. Un chico.

—¿No nos has oído? —replicó—. Aquí no hay hombres.

—No estamos buscando a un hombre —replicó Teo—. Buscamos a un dios.

Se hizo un silencio en el campamento y todos los ojos de la tribu se centraron en Teo.

—¿De qué hablas? —preguntó Adrastea a través del claro.

—Sabemos que Rea ocultó su sexto hijo a su marido —explicó Teo—. Al principio no podía creerlo, pero serví como guardia de Rea, y lo que dijeron las oráculos encaja con lo que sé de su matrimonio en aquella época.

Varias guerreras se quedaron boquiabiertas. Dudaba de que alguna vez hubieran escuchado a un hombre hablar tanto.

—Ya he oído bastante —dijo Ida. Los cuchillos de su cintura y los tatuajes de los brazos le otorgaban un aspecto intimidante—. Permitidme amordazarlo de nuevo.

Adrastea levantó una mano silenciadora hacia su hermana.

—Escuchemos lo que tiene que decir.

—Sí, dejadle —dije con frialdad.

Teo me lanzó una mirada rápida, debió de sentir mi agitación. Podía haberme dicho que había sido guardia de Rea antes, quizá en algún momento previo a que tuviéramos mil espadas apuntándonos. O puede que fuera eso. Tal vez nunca me lo hubiera dicho a menos que nuestras vidas se encontrasen en peligro.

—Mi primer destino oficial en el Palacio de Eón fue al servicio de Rea —continuó Teo—. Después de que el Todopoderoso se tragara a su quinto hijo, ella se aisló en sus aposentos durante varias noches y rechazó su compañía. En la séptima noche, Cronos nos ordenó que la lleváramos ante él. La escoltamos hasta sus aposentos y la esperamos frente a la puerta. —La mirada y la voz de Teo se apagaron—. Rea salió un rato después. Mi madre, una de sus doncellas, la recibió en la puerta de sus aposentos y la ayudó a entrar. Rea se escondió durante dos lunas y luego fue a ver a Cronos para decirle que estaba embarazada y que se iba al sur a pasar el embarazo. Él la dejó ir, pero solo porque ella juró volver con el bebé recién nacido. Cuando se marchó, fui reasignado. Siete lunas más tarde, Rea regresó para entregar a su hijo recién nacido a Cronos. Pero ¿y si no lo hizo? ¿Y si le dio un niño diferente?

—Todo eso son conjeturas —declaró Ida, con un tono de burla cada vez más evidente.

Bronte igualó el desprecio de Ida con el suyo propio.

—Son muchos detalles para una suposición.

Ida entrecerró los ojos y la miró.

—Échalos ya, Adrastea. No esperes hasta la mañana.

Adrastea también nos examinó con atención, aunque sin el veneno de Ida.

—Quizá tengas razón, hermana —dijo—. Os deseo lo mejor, viajeros, pero no podemos ayudaros. ¿Guardias? Echadlos.

Las guardias volvieron a sacar los sacos.

—¡Nos envía Rea! —dije mientras me agachaba cuando una de ellas trataba de cubrirme la cabeza de nuevo.

—¡Espera! —Adrastea se acercó flotando hacia mí con unas zancadas tan elegantes que no pude evitar preguntarme si era una bailarina—. ¿Por qué dices que os envía Rea? Y será mejor que no mientas, mortal. He vivido más años que tú amaneceres. Lo sabré.

Le sostuve la mirada brillante a la ninfa.

—Rea tiene un mensaje urgente para su hijo.

—Dame el mensaje.

—Nos dijo que solo se lo dijéramos a él.

—Entonces te irás habiendo fracasado —espetó Ida—. Nadie exige una audiencia con Su Excelencia.

Eso era todo lo que necesitaba. La confirmación que esperábamos.

El Niño Dios era real y estaba aquí.

—Hemos pasado dos días cruzando el mar. No tenemos tiempo que perder. Debemos verlo cuanto antes —dije con seguridad.

Ida se llevó las manos a las empuñaduras de los cuchillos en su cintura.

—Es un farol. No tienes ningún mensaje.

—Está bien —dije con calma—. Le diremos a Rea que te negaste a cooperar, y podrás explicárselo a sus guardias cuando vengan a entregar el mensaje en su lugar.

La idea de que llegaran más hombres a la isla hizo que los murmullos aumentaran entre la multitud de guerreras, tal y como esperaba. Adrastea tomó nota de la alarma de la tribu y dijo algo a su hermana en un susurro. Ida le contestó con mayor vehemencia. Su discusión se intensificó hasta que Ida levantó las manos y se marchó.

—Enviaré una mensajera a Su Excelencia —dijo Adrastea. Asintió a Eubea y la guerrera envió una mensajera al bosque.

—Si acepta nuestra petición, por favor, desatadnos —dijo Bronte—. No siento la mitad de los dedos.

—Si rechaza vuestra petición, abandonaréis la isla y no volveréis jamás.

Adrastea se dirigió hacia donde estaba Ida, apartada del grupo, y las dos retomaron los susurros acalorados. Bronte, Teo y yo nos acurrucamos. A la luz del fuego, más allá del muro de guerreras que nos rodeaba, pude ver los contornos de las grandes tiendas cuadradas. Aquello era más un campamento que un poblado fijo, como si estuvieran preparadas para hacer las maletas y marcharse en cualquier momento. Como si previeran que su estancia aquí no sería duradera.

Teo se frotó la parte de la cara donde el bozal había dejado marcas. Un trozo de hierba se le había pegado en el pelo y se lo aparté sin pensarlo. Teo me lanzó una mirada extraña.

—Tenías algo… —expliqué, desviando la mirada.

—¿Y si el Niño Dios se niega a vernos? —preguntó Bronte.

—No lo hará —respondió Teo.

—¿Cómo lo sabes?

—No rechazará a su madre.

Puede que Teo simplemente estuviera proyectando su devoción por su propia madre, pero tal vez conocía más de la historia de Rea y su hijo. Yo solo sabía que ella lo había salvado.

Adrastea volvió flotando hacia nosotros con el velo de mi madre en la mano. Lo reconocí porque los lazos de la parte trasera eran de lana, y las guerreras usaban lazos de cuero.

—Has conservado la máscara de Stavra en buen estado —dijo.

—¿Por qué la tribu lleva velos si no hay hombres en la isla? —preguntó Bronte.

Adrastea observó a las mujeres enmascaradas.

—No confían en los forasteros —dijo—. La gente de sus vidas anteriores podría estar buscándolas.

—¿Por qué? —pregunté.

Me miró fijamente.

—¿Tu madre no…?

—¡Adrastea! —gritó la mensajera, acercándose rápidamente hacia la luz del fuego—. ¡Su Excelencia los atenderá de inmediato!

Bronte lanzó una mirada de suficiencia a Ida, que aún permanecía en los límites del campamento. La ninfa rubia frunció el ceño y volvió a llevarse las manos a los dos cuchillos que tenía en las caderas.

—Soltad a las chicas —dijo Adrastea. Las guardias nos desataron a Bronte y a mí, sin embargo, dejaron a Teo atado—. Os llevaré ante Su Excelencia. El hombre se queda aquí.

Eubea se acercó con el bozal colgando del dedo.

—Yo lo vigilaré.

Teo no reaccionó, aunque su decepción fue evidente.

—Volveremos —prometí.

Adrastea y tres guerreras nos condujeron a lo más profundo del bosque, entre olmos y tamariscos. Pasamos por un puente que cruzaba un riachuelo bordeado por sauces, tréboles y galeas. La mensajera no había tardado mucho, así que supuse que la caminata no sería muy larga. Después de subir por un sendero empinado y rocoso sin final a la vista, mi tobillo malo empezó a resentirse y se me ocurrió que tendrían algún otro medio de comunicación. Escudriñé entre los árboles y divisé una cuerda que pasaba por unas poleas en las alturas. De la cuerda colgaban unos ganchos que llevaban los mensajes. Para enviar una carta simplemente habría que tirar de un lado de la cuerda.

Bronte jadeaba junto a mí a la par que intentábamos seguir el ritmo de la ninfa. Adrastea no tenía dificultades para respirar y, aunque su piel estaba húmeda, no se la podía acusar de transpirar. Tuve la impresión de que hacía ese viaje bastante a menudo.

Más adelante se oyeron risas y luego vi luces que se movían entre los árboles. Adrastea nos condujo hasta la entrada de una cueva. Del interior salían más risas. Adrastea entró mientras su guardia se quedaba con nosotras. Nos llegó el sonido de su voz.

—Su Excelencia, su visita ha llegado.

—He cambiado de opinión. Diles que vuelvan mañana —contestó una voz masculina, no tan joven como había imaginado.

—Su Excelencia, ellas han venido desde Tesalia para traerle un mensaje de Rea.

—¿Ellas? ¿Quiénes?

—Dos mujeres jóvenes. Son hermanas.

Su voz adquirió una nota de intriga.

—¿Por qué no lo dijiste? Hazlas pasar.

Adrastea nos hizo un gesto para que avanzáramos.

Contuve el aliento. Este era mi primer encuentro cara a cara con un titán. De segunda generación, pero un titán, al fin y al cabo.

Bronte me dio un codazo en el costado.

—Tú primero.

—¿Por qué yo? Tú eres mayor.

—Esto fue idea tuya. —Bajó la voz a un susurro—. ¿Nerviosa?

—No. ¿Tú?

—Un poco. —Me dio otro codazo, sin entusiasmo—. ¿De verdad crees que nos ayudará a recuperar a Cleora?

No podía estar segura, pero había una cosa que sí sabía.

—Tenemos que intentarlo.

Bronte se pasó la lengua por los dientes superiores y luego asintió.

Me enfrenté a la cueva y avancé para encontrarme con el dios de mi destino.

# 10

Cuando entré en la cueva, un olor de otro mundo invadió mis fosas nasales: el aroma de los dioses. Reconocí la fragancia de mi infancia e inmediatamente pensé en mi madre. Ella volvía a casa desde el palacio oliendo a néctar y ambrosía. Ambas sustancias eran tóxicas para los mortales.

A excepción de la entrada, que estaba sin decorar, no se trataba de una cueva rústica. Su interior parecía una extravagante tienda. Las antorchas iluminaban las sedas rojas y moradas que caían desde el techo hasta las coloridas alfombras. En los cojines del suelo descansaban doncellas enmascaradas con anchos quitones, largas piernas y brazos color bronce y generosos bustos. Estas se congregaban en el centro de la sala para adular a un joven de rizado pelo negro. Su delgado rostro acentuaba una mandíbula marcada y cuadrada y un pecho escuálido y desnudo. Estaba sentado con una de las piernas sobre un cojín del suelo, con los brazos por encima de la cabeza. Llevaba un holgado pañuelo a la cadera que le cubría las piernas hasta las rodillas, y le faltaba la sandalia del pie izquierdo. Una doncella le masajeaba los hombros mientras otras dos le daban de comer trozos de fruta y frutos secos de abundantes cuencos y bandejas. Bebía néctar de ámbar de un cáliz, y en otra bandeja, que ninguna de las jóvenes tocaba, había ambrosía, que parecía una especie de panal viscoso.

¿Este era el Niño Dios? Los dioses eran inmortales y eternamente jóvenes, pero él carecía del tamaño y la presencia de un titán, en todos los sentidos. Era mayor de lo que yo consideraba un «niño», pero tampoco era del todo un hombre. Juraría que era unos años más joven que yo, tal vez rondara los quince.

Bajó los brazos y sonrió.

—Hacía tiempo que mi madre no me enviaba hermanas. Sois más guapas que las dos últimas. —Despidió a las doncellas y nos hizo un gesto para que nos acercáramos—. Aunque estáis más sucias de lo que esperaba, con un baño y aceites perfumados, seréis un regalo espléndido.

—No somos un regalo —dije.

—Oh, claro. Sois «mensajeras». —Me guiñó un ojo cómplice y su sonrisa se ensanchó—. Continúa, pues. ¿Cuál es su mensaje?

—Nosotras estamos...

—Ven aquí y entrégalo.

Me acerqué.

—Más cerca..., más cerca..., ahí. —Me puso las manos alrededor de la cintura y me atrajo hacia su regazo—. Muy bien. Entrega el mensaje.

Me senté con la espalda recta, con todos los músculos en tensión.

—Creo que nos has confundido con otra persona.

—Es poco probable. Mi madre me envía doncellas todo el tiempo. Cree que debo adquirir experiencia en todos los ámbitos de la vida. —Enterró su cara en mi pelo y me frotó la parte baja de la espalda.

Bronte miró hacia arriba.

—Pues sí que es el hijo del Todopoderoso.

—¿Perdón? —dijo él levantando la cabeza—. No quería dejarte de lado. Tengo espacio de sobra para las dos.

—Prefiero sentarme en una zarza —espetó Bronte.

Él se rio.

—Mi madre sabe que me gustan los retos.

—No estamos aquí para desafiarte —respondí.

—¿No? Qué pena. —Tomó mi mano entre las suyas—. ¿Qué es esto?

Intenté apartarme, pero me sujetó la mano izquierda y me tocó el anillo de cuerda.

—No es nada —dije.

—Eso sí es algo. —Me mostró su mano izquierda. Allí, atado en su dedo corazón, igual que yo, había un anillo de cuerda idéntico al mío.

—¿De dónde lo has sacado? —pregunté.

—No lo recuerdo. Lo tengo desde que tengo uso de razón. —Enlazó nuestros dedos y los anillos se tocaron.

Una luz, breve pero brillante, brotó de ellos y me sentí mareada. La luz residual de los anillos se me quedó grabada en la pupila y una débil voz susurró: «*moira*».

Aparté la mano de la suya. El chico me estudió con más atención, como si él también hubiera oído la voz.

—¿Cómo te llamas? —preguntó solemnemente mientras me recorría el rostro con la mirada.

—Altea Lambros. Ella es mi hermana Bronte.

Me olió el pelo y me lo apartó del cuello.

—Todo el mundo me llama «Su Excelencia», pero puedes llamarme Zeus.

—¿Eres hijo del Todopoderoso, Zeus?

—¿Rea os envió a preguntar quién me engendró? —Me agarró de la muñeca y su mirada se agudizó—. ¿Por qué habéis venido?

—Las oráculos nos enviaron —respondí—. Dijeron que un hijo del Dios de Dioses estaba escondido en esta isla y que debíamos encontrarlo.

Zeus enarcó las cejas.

—¿Qué más os dijo la oráculo?

—Eran tres, en realidad. Hermanas.

—Más hermanas —dijo fríamente—. ¿También eran «mensajeras» de mi madre?

—Mensajeras del destino. Me dijeron que el hijo superviviente del Todopoderoso lo derrocaría y subiría al trono.

—¿En serio, ahora? —Zeus rio con más fuerza y su séquito de caras bonitas se unió a él. Se metió un trozo de ambrosía en la boca y se puso de pie, haciéndome saltar de su regazo. El Niño Dios se alzó sobre mí. Su altura era el único atributo que cumplía mis expectativas—. Has perdido tu tiempo, y el mío. No soy quien las oráculos dijeron. ¿Tienes un mensaje de mi madre, o hago que mis guardias te acompañen a la salida?

—Yo... —Miré a Bronte en busca de ayuda.

Ella tartamudeó una respuesta.

—Bueno, nosotras, ella...

Zeus se inclinó con decepción.

—Es una pena que no seáis quienes dijisteis ser. Lleváoslas.

—¡Espera! —dije mientras esquivaba a las guardias—. Cronos tiene a nuestra hermana.

Una repentina seriedad invadió a Zeus y a su séquito de doncellas, haciéndolas callar. Puede que fuera mi imaginación, pero parecía que incluso las antorchas parpadearon.

—Pronuncias demasiado a la ligera el nombre del Dios de Dioses, mortal —advirtió Zeus.

Levanté la barbilla, sin miedo a pronunciar un nombre o a desafiar a ese supuesto Niño Dios.

—Cronos tiene cautiva a nuestra hermana. Ella es solo una de las innumerables mujeres a las que ha aterrorizado. Reina sin responsabilidad. Alguien debe hacérselo pagar.

Zeus se dispuso a responder, sin embargo, su voz adolescente se quebró. Se aclaró la garganta.

—Yo no me responsabilizo de las acciones de mi padre.

—¿Y de las tuyas? —exigió Bronte—. ¿Es así como quieres vivir? ¿A escondidas del mundo, atiborrándote de comida, complacido por doncellas y custodiado por guerreras que merecen algo mejor que vigilarte?

Se estiró en el cojín del suelo y volvió a poner los brazos detrás de la cabeza. En su rostro se dibujó una sonrisa torcida.

—Glorioso, ¿verdad?

Bronte le dio una patada en el pie, quitándole así la otra sandalia.

Zeus se incorporó.

—¡Discúlpate!

Ella se abalanzó y le agitó el dedo en la cara, regañándole como lo haría con un niño que se porta mal.

—El secreto de tu existencia es un privilegio que no mereces.

Aparté a Bronte de él mientras Adrastea se echaba sobre ella.

—Mis disculpas, Su Excelencia —dijo la ninfa—. Me las llevaré ahora mismo.

—Me marcharé con mucho gusto —gruñó Bronte a la vez que se alejaba hacia el umbral—. No puedo soportarlo más.

—Acabas de conocerme —dijo Zeus fingiendo estar ofendido.

Sacudí la cabeza sintiendo cómo aumentaba mi propia frustración.

—Rea te salvó y te escondió para que no te convirtieras en tu padre, pero eres igual que él. —Demasiado cansada para seguir discutiendo con él, dejé escapar un suspiro desesperanzado—. Las oráculos tenían razón. Eres un Niño Dios.

Zeus se echó hacia atrás y se llevó una mano al pecho como si yo también le hubiera dado una patada. Me uní a mi hermana en la entrada de la cueva y seguimos a las guardias.

—¡No soy mi padre! —gritó con voz chillona. Miré atrás y vi a Zeus fuera de su cueva, con las manos cerradas en puños—. ¡Yo soy Zeus! No olvidarás mi nombre.

—Te recordaré como la mayor decepción de la historia —respondí—. Tu nombre se perderá en las arenas del tiempo.

Adrastea me agarró del brazo y me arrastró hacia el bosque.

—Tú y tu hermana deberíais mostrar más respeto a los dioses.

—Respetamos a los que son dignos —replicó Bronte.

—El respeto no se hereda —añadí.

Adrastea aflojó su apretón.

—Stavra también hablaba de esa manera. Flaco favor se hizo.

—Nuestra madre comprendía más que la mayoría de la gente —dije.

—Sí, pero ella siempre veneró a los dioses.

Eso no podía negarlo.

El grupo continuó el descenso en silencio, Bronte pisaba con fuerza y balanceaba los brazos con energía. Yo me tragué mi propio temperamento, ahogando un grito de frustración que hubiera preferido lanzar a la oscuridad que se cerraba a nuestro alrededor.

Una vez en el campamento, cuando quedaban unas pocas horas de noche, la tribu nos condujo a una tienda de campaña y nos ordenó que pernoctáramos allí. Bronte se metió en un saco de dormir y descansó, en cambio, Teo y yo analizamos nuestra situación hasta el amanecer.

—Repite lo que ha dicho —susurró Teo.

—No se enfrentará a su padre —dije—. Simplemente se negó.

—¿Dijiste que se llama Zeus? —Teo se quedó pensando—. Nunca he oído hablar de él. Rea ocultó bien su existencia.

—No parecía querer cambiar eso. Teme a su padre.

Me froté los ojos cansados y traté de no pensar en el hecho de estar sentada tan cerca de ese hombre en las primeras horas de la mañana. No era nada romántico con mi hermana durmiendo a nuestro lado y dos guardias apostados fuera. Sin embargo, la cercanía del cálido cuerpo de Teo resultaba tentadora.

—¿No le contaste a Zeus lo de mi madre? —preguntó mientras se tumbaba de espaldas.

—No me pareció que tuviera sentido después de que no mostrara ningún interés por la captura de mi hermana. Es un cobarde protegido y mimado.

—Ha perdido el rumbo.

—Eso implicaría que alguna vez estuvo en el camino correcto. —No podía entender por qué el destino elegiría a alguien tan indigno para destronar a Cronos y gobernar en su lugar.

—Estás pensando —comentó Teo.

Me abracé las rodillas contra el pecho.

—Siempre estoy pensando.

—No deberíamos descartar a Zeus tan rápidamente. Quizá necesite tiempo para considerar tu oferta. Un titán no puede permanecer en una cueva para siempre.

—O puede que hayamos perdido el tiempo viniendo aquí —murmuré.

Teo se rascó la desaliñada barbilla.

—¿Siempre descartas a la gente con tanta facilidad?

—Los dioses no son gente.

—Tal vez sea en eso en lo que más te equivocas —dijo Teo con voz suave—. Son tan mortales como nosotros.

—Excepto que son inmortales.

—Si Zeus fuera mortal, ¿pasarías por alto sus debilidades?

—No lo sé. —Volví a frotarme los ojos y luché por contener un bostezo—. Lo cierto es que no importa lo que yo opine. La tribu nos enviará lejos en unas horas y Zeus no volverá a saber de nosotros.

Bronte se revolvió en sueños con un murmullo. Le subí la manta de lana hasta la barbilla y recoloqué la parte inferior para cubrirle los pies. La marca en forma de estrella de su talón hizo que mi corazón se encogiera de dolor por Cleora. Mi madre solía decir que se necesitaban al menos tres estrellas para formar una constelación. Si se quitaba una, se perdía la conexión entre ellas. La ausencia de Cleora era algo así, como perder parte de lo que me hacía sentir completa. Parte de lo que me hacía ser yo.

—Puede que valga la pena intentar pedir una audiencia con Zeus de nuevo —comentó Teo—. Por el bien de tu hermana.

—¿Por mi hermana o por tu madre?

Su susurro se hizo más áspero.

—No me detendré hasta que ella sea libre.

—¿Por qué no le ofreciste comprarla a Décimo?

—Por la misma razón que no ofreciste comprar a Cleora al Todopoderoso: ¿qué precio le pondrías a un alma?

Su respiración se hizo más débil mientras se quedaba dormido. Desearía haber traído mejores noticias, sin embargo, Zeus no era el titán que necesitábamos. Al igual que Cronos había despreciado y destronado a su codicioso padre, pero luego había terminado imitando a Urano en todos los sentidos, Zeus no lograría emanciparnos de los opresivos apetitos de otro gobernante titán.

Los ruidos del exterior me sobresaltaron. Unos pasos se alejaron. ¿Nuestras guardias? Ya no distinguía sus sombras fuera de la tienda.

Cogí lentamente mi lanza.

Un momento después, alguien se deslizó dentro de la tienda. Una guerrera enmascarada se interpuso entre Teo y yo. Levantó su espada sobre él, preparándose para apuñalarlo. Yo alcé la lanza y bloqueé su golpe.

—Tú —gruñó.

—Déjalo, Eubea —dije identificando su voz—. Solo es un hombre.

—Razón más que suficiente para matarlo.

Normalmente estaría de acuerdo, pero Teo era más tolerable que la mayoría.

—Adrastea lo puso bajo mi cuidado. Si lo quieres, tendrás que retarme a mí primero.

—No finjas ser una mujer de honor —espetó Eubea—. Tu madre nunca habría amenazado a nuestra tribu trayendo un soldado al campamento. No te pareces en nada a ella.

—Lo único que necesitas saber sobre mí es que te atravesaré el corazón con una lanza si le tocas un solo pelo a Teo.

Eubea apartó la espada.

—No vales el tiempo que me llevaría limpiar tus entrañas de mi espada.

Salió furiosa, cerrando la lona tras de sí.

Bajé la lanza con el corazón latiendo tan fuerte que me palpitaban hasta las plantas de los pies. Me aparté el pelo de la cara y pillé a Teo mirándome.

—¿Cuánto tiempo llevas despierto? —pregunté.

—Bastante.

—¿Ibas a dejar que te cortara la cabeza?

—Pensaba que tú lo habrías permitido.

—Pronto saldrá el sol —dije dándome la vuelta—. Has desperdiciado tu oportunidad de dormir.

—Valió la pena por oír cómo la amenazabas.

—Me alegro de que tu casi muerte te divierta.

—Me considero afortunado de no ser tu enemigo, Altea —dijo riendo entre dientes. Su cumplido se parecía demasiado a una burla.

—La próxima vez dejaré que te ensarte —refunfuñé.

Se rio y todo su cuerpo se estremeció. Le lancé la almohada y le di en la cabeza. La cogió contra su pecho y, luego, se echó a dormir. Apoyé la cabeza en mi propio brazo, demasiado molesta para pedirle que me devolviera la almohada.

Teo empezó a tararear para sí mismo la misma canción de cuna que le había oído cantar en el barco. De nuevo, su melódica voz calmó la agitación de mi mente. Pero cuando el sueño por fin empezó a acogerme entre sus brazos, la noche llegó a su fin; el amanecer se dispuso a reclamar su gloriosa ascensión diaria, y los ruidos del campamento se unieron a él.

Adrastea abrió de un tirón la tela de la tienda. Teo se incorporó rápidamente, con los ojos alerta como si nunca hubiera llegado a dormirse.

—Os hemos preparado una comida para antes de que os marchéis —dijo la ninfa.

—¿Podrías pedirle a Zeus que nos vuelva a atender? —preguntó Teo.

—Su petición de enviaros lejos es definitiva —respondió Adrastea—. Las caciques de la tribu están de acuerdo, no podéis quedaros. Venid. Desayunad.

Bronte se sentó, aún adormilada, con el pelo inflado y alborotado alrededor de la cara encogida por el sueño.

—¿Alguien ha dicho desayuno?

Los tres nos levantamos y salimos con paso ligero. No teníamos prisa por irnos y rechazaríamos la comida. Hacía tiempo que no comíamos en condiciones.

El rocío perlaba la hierba bajo un cielo azul salpicado de mullidas nubes. El campamento consistía en poco más que los picos de las tiendas de campaña y algunos caminos que se perdían entre los árboles. La única estructura de madera consistía en una pequeña escuela con una zona de juegos exterior. El resto eran tiendas de campaña colocadas en grupos. Mujeres de todas partes, ataviadas con velos, habían comenzado sus rutinas habituales. Las cazadoras preparaban arcos y flechas, las curtidoras se ocupaban de las pieles de los animales, las apicultoras recogían la miel de las colmenas y la herrera trabajaba con el martillo. Un par de pastoras se despidieron de Adrastea y fueron a atender a su rebaño.

Eubea esperaba con Adrastea.

—¿Ya de vuelta? —pregunté a Eubea.

Las mejillas se le sonrojaron.

Adrastea levantó una de sus finas cejas.

—Eubea os llevará a desayunar y luego os acompañará a vuestro barco.

Eubea se adelantó para atarle las muñecas a Teo por delante. También le ató los pies, aunque dejando las cuerdas lo bastante flojas como para que pudiera caminar arrastrando los pies, aunque con dificultad.

—Por aquí —dijo.

La seguimos por el claro de hierba hasta el comedor, que constaba de una carpa llena de bancos y mesas. Nuestra mesa estaba colocada en el borde del recinto. Dos chicas nos sirvieron en los platos unas gachas de arroz salvaje y arroz redondo. La extraña comida olía a miel y almendras. Otros miembros del campamento hacían cola para recoger su comida. Cerca, había una mesa llena de chicas más jóvenes que se turnaban para mirar a Teo y susurrar. Tradicionalmente, en casa, los hombres cenaban separados de las mujeres y los niños, que comían después de que los hombres se hubieran saciado. La falta de hombres, incluso entre los niños, me desconcertó.

—¿Dónde están los niños varones? —pregunté, y luego añadí en broma—: ¿O es que aquí las madres solo dan a luz a niñas?

Un destello de dolor recorrió el rostro de Eubea.

—Una vez tuve un niño.

—¿Dónde está? —preguntó Bronte.

—Está con su padre —Eubea levantó la barbilla ocultando su dolor—. Cuando vine a Creta, tuve que abandonarlo.

—¿Y las otras madres con hijos varones? —pregunté.

—También los abandonaron. Si una mujer embarazada daba a luz a un niño aquí, Ida se encargaba de colocar al bebé en un hogar en el exterior. Hace tiempo que eso no ocurre. Como sabes, aquí no hay hombres, y ninguna mujer con hijos se ha unido a nosotras en casi tres años.

Bronte dejó la cuchara.

—¿Las madres no pueden quedarse con sus bebés?

—Esos bebés se convertirán en niños y luego en hombres, y estos no pertenecen a Creta. —Eubea lanzó una mirada a Teo y acto seguido señaló nuestros platos—. Comed. De lo contrario, os llevaré a vuestro barco con hambre.

Aunque las gachas olían bien, tenía el estómago bastante revuelto para comer.

Teo trató de llevarse la cuchara a la boca, pero las ataduras que tenía en las manos lo hacían demasiado difícil y se le resbalaba. No resoplaba, ni gruñía, ni hacía ningún ruido de queja. Simplemente lo intentaba una y otra vez sin éxito.

—A ver —dije—, deja que te ayude.

—Yo puedo.

—Aún recuerdo cuando me ayudaste a atarme la máscara. Deja que te devuelva el favor.

Cogí la cuchara, la hundí en las gachas y se la di de comer. La barba le enmarcaba los labios, mostrando su rosada suavidad. Intenté no pensar en ellos mientras le ofrecía la comida en cucharadas razonables. Las mujeres nos observaban atentamente. Dudo que pudiera convencer a una sola de que Teo no era mi hombre. Aun así, no iba a dejar que se muriera de hambre, fuera cual fuera su impresión.

Bronte limpió su plato y también se acabó el mío. Cuando terminé de darle a Teo la última cucharada, Bronte se dio cuenta de que tenía un poco de comida en la barba y se la limpió.

—Ninguna de las dos merece ser hija de Stavra Lambros —murmuró Eubea.

Bronte jugó con su collar y me susurró al oído, lo suficientemente alto como para que Eubea lo oyera:

—No dejes que te afecte. Es una amargada.

Eubea se puso en pie.

—Hora de irse. Esta amargada tiene cosas mejores que hacer que vigilaros.

Mientras la seguía fuera del comedor, percibí una quemadura familiar en su nuca.

—¿Te han marcado? —pregunté.

Me miró por encima del hombro.

—Todas llevamos cicatrices de nuestras vidas pasadas, algunas visibles, otras no.

Nos condujo fuera del campamento y pasamos por delante de una gran tienda que se erigía alrededor de dos chimeneas de ladrillo. Una mujer salió por la puerta y eché un vistazo al interior. Dentro del invernadero había hileras e hileras de pequeñas flores rojas de bajo crecimiento.

—¿Amapolas? —pregunté.

—A la tribu debe de gustarle el opio —respondió Teo.

Adrastea y varias guardias armadas se unieron a nosotros en un amplio camino.

—Zeus me pidió que te diera esto. —Me ofreció un anillo de cuerda tranzada, rojo y sencillo—. Quería que tuvieras algo para recordarlo.

—Oh, no lo olvidaré pronto —respondí, impregnando cada palabra de burla—. Dile que gracias, pero que no lo quiero.

—No lo desprecies —imploró Adrastea—. Zeus no ha conocido otra vida. Ida y yo hemos sido fieles servidoras de Rea desde que terminamos nuestro aprendizaje con Mnemósine, diosa de la memoria, cuando se convirtió en consejera del Todopoderoso. Vimos cómo se llevaban a un hijo de Rea tras otro, mientras a ella se le hacía pedazos el corazón, convirtiéndose en un mero reflejo de la diosa a la que dimos nuestra lealtad por primera vez. Cuando Rea nos contó su plan de venir a Creta y dar a luz a su sexto hijo en secreto, la acompañamos y ocultamos el sonido de los llantos de Zeus golpeando nuestras espadas contra nuestros escudos. Adquirimos otro niño recién nacido de un comerciante de esclavos, y Rea se llevó a ese niño con su marido, dejando a Zeus con nosotras para que lo criáramos y protegiéramos. Hemos hecho todo lo posible por enseñarle cómo es el mundo, pero aún está aprendiendo.

Apreté los labios.

—Tiene la suerte de poder vivir ajeno a la realidad.

—Su vida no está exenta de sacrificios. Ida y yo hemos intentado ser madres para él, pero no somos de su sangre. Rea no puede arriesgarse a visitarlo más de una vez cada pocos años, así que le envía doncellas para que le hagan compañía. Ellas sacian su necesidad de afecto, sin embargo, él anhela a su familia.

—Mmm —respondió Bronte, poco impresionada—. No puede esconderse para siempre.

—Tal vez, no obstante, mi deber es protegerlo el mayor tiempo posible —Adrastea señaló el camino—. La playa está por aquí.

Me encontraba tan desorientada por haber entrado en el campamento con los ojos vendados la noche anterior que me sorprendió descubrir que estábamos a un paso de nuestro barco. Las guardias lo empujaron hasta el agua, desataron las ataduras de Teo y le devolvieron las armas. Él subió el primero a la barca para estabilizarla.

—Adiós, Altea y Bronte —dijo Adrastea—. Ha sido un placer conocer a las hijas de Stavra. Ojalá hubiera sido en otras circunstancias.

—Dijiste que erais compañeras —afirmó Bronte—. ¿Qué quisiste decir?

Adrastea se puso de pie en el mar, con las olas chocando contra sus piernas.

—Ida y yo vivíamos solas en esta isla hasta que Stavra empezó a traer mujeres a las que había ayudado a escapar de sus casas. Las dejábamos quedarse si juraban que nunca se irían de aquí.

—¿Nuestra madre ayudó a todas estas mujeres? —pregunté.

—A todas las miembros originales de la tribu —respondió Adrastea—. Stavra y Tasos trasladaron juntos a las refugiadas.

Bronte y yo intercambiamos una mirada de asombro.

—¿Conocías a nuestro padre? —pregunté.

—Tasos era el aliado más importante de vuestra madre. Su muerte fue una gran pérdida para todas nosotras. —Adrastea bajó la mirada—. Ellos son el motivo por el que os hemos permitido permanecer aquí todo este tiempo. Por favor, devolvednos el favor no hablándole a nadie sobre la tribu o Zeus.

—Lo juro —dije sinceramente.

—Lo juro —asintió Bronte.

Teo se llevó una mano a la espada, un signo común de buena fe entre los soldados.

—También tienes mi silencio.

Adrastea sonrió con gratitud.

—Que Gea os guíe a vuestro próximo destino, sea cual sea.

Bronte y yo subimos al barco con Teo, y la guardia nos empujó. Teo cogió los remos y luego dudó.

—¿Adónde nos dirigimos? —preguntó.

—A casa, supongo —murmuró Bronte.

Todavía no estaba preparada ni para abandonar la isla, ni para pasar otros tantos días de náuseas en el mar, ni para volver a Tesalia, pero dudaba que pudiera convencer a la tribu de que nos dejara quedarnos.

Bronte puso su mano sobre la mía.

—Encontraremos otro camino hacia Cleora —dijo.

Ya se me había ocurrido uno. Era lo que debería haber hecho desde el principio: cambiar mi libertad por la suya, pero no podía decírselo a Bronte o intentaría disuadirme.

Teo nos hizo remar lejos de la costa, luego abrió la vela y triplicó la velocidad. Nos alejamos de la isla y nuestro breve tiempo allí empezó a parecer un sueño. Cuanto más navegábamos, más nos hundíamos Bronte y yo la una sobre la otra mientras escuchábamos juntas los sonidos del mar.

—No lo entiendo —espetó ella con la voz cargada de decepción—. Las oráculos nos dijeron que encontráramos a Zeus, y Prometeo dice: «Nunca somos derrotados si no nos rendimos». ¿Por qué las oráculos nos enviaron aquí, solo para que el Niño Dios nos echara así sin más?

Los ojos se me llenaron de lágrimas, nublando mi visión de las brillantes olas. Ojalá tuviera la respuesta.

# 11

Era pleno mediodía y navegamos a través de un grupo de islas de alabastro. Las rocas emergían de las aguas poco profundas y las astillas de piedra parecían fragmentos de huesos rotos. Solo las embarcaciones más pequeñas conseguían navegar por esos canales sin encallar. Teo permanecía atento a la vela. Aquellas islas, poco frondosas y de playas rocosas, parecían deshabitadas e indómitas.

—¿Dónde estamos? —pregunté.

—La corriente más rápida hacia el norte, hacia Tesalia, nos lleva más al oeste, hacia la costa, a través del Pasaje de las Oceánidas —respondió Teo—. No hay muchos barcos que se aventuren por estas aguas. No son apropiadas para grandes embarcaciones.

Una roca rozó el casco bajo la superficie. Teo arrió rápidamente la vela y nos entregó los remos a Bronte y a mí.

—Tendremos que remar —dijo—. La navegación será más fácil.

Se colocó en la popa y cada una se puso a un lado. Remamos mientras él guiaba el barco a través de las traicioneras rocas. Los barcos varados eran testigos de la rapidez con la que las cosas podían salir mal.

Justo cuando creía que habíamos pasado lo peor, la corriente se hizo más fuerte y nos impulsó, lo que redujo la necesidad de remar. Teo mantuvo la calma con órdenes claras y directas. Bronte y yo acatamos sus indicaciones sin rechistar. Mi hermana había palidecido, tenía el labio superior perlado de sudor y las náuseas habían vuelto a la carga, con todo, no dejó de remar. De hecho, cantaba a pleno pulmón una antigua canción sobre cuando Gea y Urano se conocieron. La letra quedaba ahogada por el salpicar de las olas, pero su voz se elevaba como un grito de guerra.

El casco rozó un saliente de rocas, emitiendo un chirrido tan fuerte que me hizo estremecer. Finalmente, las aguas se hicieron más profundas y la corriente disminuyó. Bronte cantó el último verso de la canción y yo relajé la fuerza con la que agarraba el remo.

—Ha sido… emocionante —resopló.

—¿Podemos usar la vela ahora? —pregunté.

Teo estudió el camino que había por delante, un estrecho canal entre dos acantilados de la isla.

—Todavía no.

La corriente volvió a impulsarnos, más rápido que antes. Teo dirigió el timón y luchó para evitar que el barco se desviara hacia los acantilados de piedra caliza. Las grandes olas salpicaban agua en la cubierta y nos empapábamos la ropa. Parpadeé para quitarme el agua salada de los ojos. El acantilado de mi lado del barco estaba peligrosamente cerca y estaba segura de que íbamos a chocar.

Nos acercamos a la pared en la cresta de una ola. Saqué mi remo y la empujé tan fuerte como pude. Bronte se unió con su remo, y juntas alejamos la embarcación y la devolvimos hacia el centro del canal. El desfiladero entre las islas se ensanchó y la corriente perdió fuerza hasta que finalmente desembocamos en aguas más tranquilas.

Con el pasaje a nuestras espaldas, soltamos de nuevo la vela y dejamos a un lado los remos. Bronte y yo nos sentamos a secarnos al sol. El barco se deslizó entre más islas de geografía accidentada, con altos y escarpados acantilados. Los pájaros anidaban en los salientes, de modo que revoloteaban alrededor como abejas en un ramillete de lilas.

Bronte señaló hacia arriba.

—¿Qué es eso?

Una estructura abovedada con grandes columnas se encontraba en lo alto del acantilado de la siguiente isla. Por el aspecto de su arquitectura, parecía llevar allí mucho tiempo. Hacía décadas que no se construían techos abovedados en Tesalia.

—¿El qué? —preguntó Teo.

—Hay una estructura ahí arriba —dije a la vez que la señalaba—. El anillo de cuerda empezó a brillar, pero al bajar la mano, dejó de hacerlo.

«Qué raro».

Teo miró hacia arriba.

—¿Dónde? —preguntó.

—Ahí —dije, señalando de nuevo. Una vez más, el anillo de cuerda comenzó a brillar mientras tenía la mano levantada. Se me aceleró el pulso. Creo que mi anillo trataba de indicarme el camino—. Deberíamos bajar a tierra.

—¿Por qué? —preguntó Bronte.

—Tengo un presentimiento. —Como Bronte volvía a sentirse mareada, no necesité insistir demasiado—. Busca un lugar para desembarcar —dije a Teo. Esperaba cierta resistencia, pero cambió el rumbo sin más.

La corriente nos empujó hacia nuestro destino. Momentos después, nos aproximábamos a la costa rocosa. Mi anillo brillaba cada vez más. Lo metí en los pliegues de mi quitón aún húmedo mientras navegábamos por la costa en busca de una cala o remanso tranquilo.

—Ahí. —Bronte señaló un saliente rocoso—. ¿Eso son escaleras?

Efectivamente, una tosca escalinata de piedra conducía del mar a la playa. Lo único que indicaba que la isla podía estar habitada era la estructura de arriba.

Teo dirigió la embarcación a la escalera y saltó al último escalón con la cuerda en la mano. Dejó caer el ancla, aseguró la embarcación y, a continuación, nos ayudó a Bronte y a mí a bajar del barco. En el momento en que puse un pie en la orilla, el anillo dejó de brillar.

«¿Y ahora qué?».

Un empinado y serpenteante camino ascendía por el vertical acantilado. Estaba agotada por la falta de sueño y lo cierto era que no quería subir. Cada movimiento me suponía un gran esfuerzo.

—¿Vamos? —preguntó Bronte. Al parecer, se había recuperado de sus náuseas.

Yo los había conducido hasta ahí —bueno, más bien había sido el anillo el que nos había guiado—, así que no podía dar marcha atrás.

—Tú primero —suspiré.

Bronte se puso en marcha y yo la seguí. Teo cerraba la comitiva.

Subimos con sumo cuidado. Bronte se mantuvo bien alejada del borde, prácticamente abrazada a la pared. Teo avanzaba con su habitual resolución y constancia. Era tan rápido como un león en modo ataque, pero, por lo demás, llevaba un ritmo constante.

Me puse en la cabeza para subir las últimas curvas hasta la planicie de hierba. La estructura de piedra —un templo— estaba situada en una ligera pendiente, lejos del borde del acantilado. El entablamento estaba decorado con rosas y palomas. La fachada abierta constaba de nueve estrechas columnas y los otros tres lados estaban amurallados.

El anillo volvió a brillar cuando subí los siete escalones que conducían a las altísimas columnas, de modo que escondí la mano en la capa para evitar que me preguntaran al respecto.

—¿Hola? —llamé desde la leve tarima—. Hola, ¿hay alguien ahí?

Una ráfaga de aire barrió el silencio.

—Está desierto —dijo Bronte al tiempo que entraba.

—Cuidado —advirtió Teo.

El suelo de baldosas había cedido en algunas zonas, y la ornamentada mampostería que rodeaba la cornisa se había desmoronado. En el centro del suelo de baldosas, semicubierto de polvo y piedra triturada, estaba incrustado el escudo de Afrodita.

—Esto debe de ser Citera —susurré—, la isla a la que Afrodita llegó en espuma de mar antes de arribar a Chipre. Se trata de uno de sus templos.

Cuando Cronos castró a Urano, su sangre salpicó la tierra y el mar. De las gotas que cayeron en la tierra nacieron las erinias, y del mar surgió Afrodita, que llegó a tierra como una hembra completamente formada y, según algunos, fue la primera mujer de la historia.

Teo cogió un juguete con el que habría jugado de niña, una muñeca con una simple cara de arcilla sobre un cuerpo de algodón relleno de paja. Estaba relativamente en buen estado, pero ¿quién la había dejado?

Bronte tropezó con una baldosa y cayó de cara. Amortiguó la caída con las manos y se levantó para sacudirse.

—Te advertí de que tuvieras cuidado —dijo Teo.

—He tenido cuidado. Me he tropezado con esa baldosa rota. Mira. Está hueca por debajo. —Apartó las piezas abriendo el hueco y dejando al descubierto una caja de madera.

Levantamos la caja del suelo. El exterior era liso, de una madera sosa y de baja calidad. Levanté la tapa y descubrí un trozo de pergamino doblado en su interior. Bronte lo sacó y lo abrió: un mapa. Había un camino trazado desde Otris hacia el sur, pasando por varias islas hasta llegar a Creta. Un pequeño par de alas marcaba cada parada en el camino.

—¿Para comerciantes y mercaderes? —dijo Bronte.

Teo leyó el mapa por encima de su hombro.

—El rumbo es demasiado lejano. Creo que es algo más. —Siguió la línea curva con el dedo—. Se detiene en todos los templos de Afrodita entre Tesalia y Creta.

—¿Y qué significan las alas? —preguntó Bronte.

Algo en el mapa me activó un recuerdo. Se lo quité a mi hermana para examinarlo más de cerca. En la parte inferior, en la esquina derecha, había un nombre, junto a la llave. Se me cortó la respiración.

—Bronte, ¿esa es la firma de papá?

Ella también examinó el trazo.

—Sí que lo es. Pero ¿por qué?

Teo recorría la tarima, absorto en sus propios pensamientos. Esperé todo lo que pude antes de preguntar:

—¿En qué estás pensando, Teo?

Se giró hacia mí.

—La Caída de las Estrellas.

—¿Perdón?

—Hace unos años llegaron informes sobre la desaparición de unas mujeres, así que se le pidió a Décimo que investigara el asunto. —La nuca me ardió al oír mencionar el nombre de Décimo, si bien me contuve para no rascarla. Teo continuó—. Fui asignado a su compañía. Descubrimos que nadie estaba secuestrándolas, sino que estaban huyendo y que alguien las ayudaba. Un grupo clandestino las trasladaba fuera de Tesalia a un lugar secreto. Rastreamos sus movimientos hasta el mar, pero nunca dimos con ellas. —Pasó el dedo por la ruta, de un punto a otro, hasta llegar a Creta—. Esta ruta habría sido ideal para el contrabando. Y mirad aquí. —Señaló una pequeña estrella, como un cometa, cerca del nombre de nuestro padre—. Es el emblema de la operación Caída de estrellas.

—Adrastea dijo que mamá y papá trasladaron a las refugiadas —dijo Bronte.

Teo agarró la muñeca con ambas manos.

—Consiguieron sacar de contrabando a docenas de mujeres de Tesalia, algunas con niños. Cronos estaba convencido de que había un titán que conspiraba en su contra. Sus hermanos lo acusaron de estar paranoico, no obstante, este fenómeno sucedió durante tanto tiempo que podría ser cierto.

—¿Un titán estaba ayudando a nuestros padres? —preguntó Bronte.

Teo volvió a examinar la ruta en el mapa.

—No estoy seguro de que necesitaran la ayuda de un titán. Esta ruta evita los fuertes navales de la costa y aprovecha las corrientes más potentes. Es arriesgado. Aun así, con buenas condiciones, sería casi imposible capturar una embarcación que siga este trayecto. De cualquier forma, no lo descartaría.

Los sacrificios de mis padres me dejaron sin palabras. Los riesgos que asumieron y todo lo que pasaron para ayudar a los demás era inconmensurable. Me preguntaba cuántas mujeres y niños serían libres gracias a ellos. Y me intrigaba la posibilidad de que hubieran colaborado con un titán.

Teo me pasó la muñeca de juguete.

—Su trabajo fue conocido como la operación Caída de las Estrellas porque intentar encontrar a las fugitivas y a sus partidarios era como seguir el rastro de una estrella fugaz.

—¿Descubrió Cronos que nuestra madre dirigía la operación? —preguntó Bronte—. ¿Tal vez por eso se la llevó?

—Que yo sepa, no llegó a descubrirlo. Estuvimos buscando entre la población masculina. El Todopoderoso nunca admitiría que un mortal lo superara, y menos una mujer. —Teo se rascó la barba—. Lo cierto es que el plan de Stavra era brillante. Supuso correctamente que Cronos y sus hombres de confianza nunca imaginarían que la artífice principal fuera una mujer.

Brillante, tal vez, pero, a la larga, letal.

Salí del templo y crucé la llanura hasta llegar al acantilado. Miré hacia abajo e imaginé a mis padres guiando a mujeres y niños por la sinuosa y empinada pendiente para esconderlos en el templo. Qué valientes se mostraron aquellas mujeres al huir de sus casas sabiendo que las consecuencias de ser atrapadas serían nefastas. ¿Por qué mi madre había elegido los templos de Afrodita para refugiarse? El lugar que ocupaba Afrodita entre los dioses siempre me había parecido frívolo, sin embargo, tal vez, había descartado a la diosa del amor demasiado rápido. Después de todo, el amor toma muchas formas en el corazón de una mujer.

Teo se acercó y se situó detrás de mí. No dijo nada, pero su presencia se me antojó inmensa. Sentí su apoyo antes de que las palabras salieran de sus labios.

—Siento lo de tus padres.

—Tú no tienes la culpa de que ya no estén aquí. —Él tampoco era responsable de la muerte de mi hermanita, pese a que aún no había acabado de decidir si lo consideraba culpable por no impedirlo.

—Puede que no —dijo—, aunque aun así puedo expresar mis condolencias. No sé en qué clase de hombre me habría convertido sin mi madre.

Lo miré de soslayo.

—Bueno, está bien que no tenga que preocuparme por la clase de hombre en que me convertiré.

Se rio, si bien su voz poseía una nota de exasperación.

—¿Para ti todo es una discusión? ¿Incluso un cumplido?

—Especialmente los cumplidos. Los hombres piropean a las mujeres porque quieren algo de ellas, o para sentirse bien con ellos mismos. ¡Oh, mira qué amable soy! ¡Oh, mira qué generoso soy elogiándote! No quiero tus alabanzas. Lo que pienses de mí no importa en...

Un grito rasgó el aire.

Ambos miramos hacia el templo.

—Bronte. —Salí corriendo.

Teo echó a correr tras de mí por la llanura. Casi me alcanzó, pero llegué al templo justo antes que él.

Bronte estaba en cuclillas en el otro extremo de la estancia, con la cara hundida entre las rodillas. Me arrodillé y le froté la espalda. Temblaba como una hoja.

—¿Qué ha pasado? —pregunté.

—Ellas, ellas, ellas... Las erinias.

Teo desenvainó la espada y dibujó un círculo a su alrededor. La espada no le serviría de nada. Ningún arma mortal podría superar el feroz ataque de las erinias, recubiertas por completo de metal, y ninguna plegaria, lágrima o súplica podría conmoverlas.

De las grietas de la parte central del suelo del templo brotaban narcisos de color amarillo. Estas flores eran sagradas para las erinias, y aparecían junto a las almas a las que acechaban. A veces sus víctimas también veían tórtolas blancas, su animal más venerado.

—¿Dónde estaban? —pregunté con voz ronca.

Bronte señaló al fondo del templo, donde las paredes proyectaban sombras en los rincones.

—¿Te han hablado? —preguntó Teo.

Bronte sacudió las temblorosas manos y se zafó de mi contacto.

—Me rodearon. No podía ver la luz del día y, entonces, una de ellas me golpeó con su látigo en la mejilla y dijo: «Aquel que rompa un juramento sufrirá nuestro castigo».

Teo envainó la espada y salió del templo, con los hombros agitándose a cada respiración.

—¿De quién hablaban, Altea? —preguntó Bronte.

—Debe de tratarse de Teo.

Me miró con los ojos entrecerrados.

—Tú también hiciste un juramento. ¿Cómo puedes estar tan segura de que no han venido a por ti?

No lo estaba, y por eso se me habían helado las manos y me faltaba el aire. Antes de salir de Tesalia, Bronte había visto a las erinias en el Templo Madre. Ni Teo ni yo habíamos estado allí en ese momento. ¿Lo estarían esperando a él o a mí?

El mapa había caído al suelo. Lo recogí y, por primera vez, me fijé en las palabras escritas en el reverso.

*«El destino se encuentra de la mano de la fe».*

Debajo de esta frase, en grandes letras, había una palabra: MOIRA.

Cloto decía que el destino actuaba de forma misteriosa. Le di la vuelta al mapa y volví a examinar la ruta de Tesalia a Creta. ¿Por qué llevarían a las refugiadas a Creta? ¿Sabría mi madre algo de la traición de Rea? ¿Sabría lo de Zeus?

El anillo brilló de nuevo.

Tal vez nuestra madre no muriera por sacar a las mujeres de Tesalia. Tal vez muriera para proteger el secreto de Rea. Para proteger a Zeus.

El anillo brilló. Me metí la mano en el bolsillo para esconder la luz. ¿Podría el anillo escuchar mis pensamientos? Estuve a punto de salir corriendo, quitármelo y lanzarlo por el acantilado, pero una suave voz sonó en mi cabeza: «Confía en el Niño Dios».

No sabía determinar por qué mi madre había elegido Creta como refugio para las mujeres, y si esa elección la había llevado finalmente a la muerte, o incluso si la operación Caída de las Estrellas contó con la ayuda de un titán. Pero sí sabía que, por el bien de Cleora y por el cumplimiento de mi juramento, tenía que volver a Creta e intentar una vez más conseguir la colaboración de Zeus.

Ayudé a Bronte a ponerse en pie. Al salir, los narcisos, de un amarillo inquietante, parecían volverse hacia nosotros. Bronte se detuvo en la base del templo y se llevó ambas manos al collar. La dejé a solas con sus pensamientos y me adelanté para reunirme con Teo, que nos esperaba al borde del acantilado.

—Volvemos a Creta —dije—. Entendería que no quieras...

—Tengo un plan.

—Yo también.

—Seguiremos el tuyo —dijo sin mirarme siquiera.

El ruido nocturno de las cigarras y las ranas del bosque camuflaba nuestros sonidos agazapados entre la maleza. Volver a Creta nos había llevado el resto del día. Resultó que Teo y yo teníamos planes similares: volver a navegar hasta la isla, desembarcar en la costa sur, escabullirnos hacia el interior hasta el campamento de la tribu y, mientras el viento del norte dormía, distraer a las guardias para subir el monte Ida.

Nuestros planes eran iguales en todos los sentidos salvo en uno.

—Rotundamente no —dijo Teo.

—No tendremos tiempo de pasar desapercibidas a menos que haya una distracción. —Le di un codazo a Bronte en el costado—. ¿Tengo razón?

—No sé si importa lo que lleve puesto —dijo examinando el campamento iluminado con antorchas desde nuestro escondite—. Probablemente lo atravesarán con una lanza de todas formas.

Teo movió las cejas.

—Tenemos que distraer a las guardias —dije—. ¿Qué es más impactante para un grupo de mujeres que apenas ven hombres?

—Uno desnudo —coincidió Bronte dándole a Teo una palmada en la espalda en señal de camaradería—. Intenta que no te maten.

—Haré lo posible —murmuró Teo.

Se quitó la ropa, se quedó en ropa interior y salió de la maleza. A la luz del fuego, la piel de bronce de sus cincelados hombros parecía demasiado perfecta para ser real. La mata de pelo que cubría su sólido pecho parecía suave al tacto, igual que su barba.

Me sacudí esos pensamientos de la cabeza. Hacía demasiado tiempo que no me acostaba con un hombre.

Teo dejó caer la ropa interior.

—Bueno, bueno, bueno —dijo Bronte—. No está mal para ser un hombre mayor.

«Mayor» no fue lo que me vino a la mente. «Escultural», «cincelado», «magnífico». Cualquiera de esos calificativos. Todos ellos.

—Sí que me recuerda a alguien —dijo Bronte—. ¿Por qué no caigo?

—¿Crees que lo sabe? —inquirí.

—¿El qué?

—Lo atractivo que es.

Teo nos miró por encima del hombro y sonrió como si nos hubiera escuchado.

Bronte suspiró.

—Lo sabe.

Teo se adentró en el campo. Sus nalgas se endurecían y ablandaban al caminar.

—Altea, tenemos que irnos —Bronte recogió mi lanza y se internó en el bosque.

Me arrastré por el perímetro del campamento. Teo se acercó a la hoguera, sacando pecho y con la barbilla bien alta.

—Tú —gritó una guardia.

Eubea.

Emití un quejido. De todas las guerreras que podríamos haber encontrado esa noche, el destino la eligió a ella.

—Detente —gritó mientras desenvainaba la espada.

Teo se detuvo.

Se acercó a él lentamente con la espada en ristre. Lo recorrió con la mirada.

—¿Dónde está tu ropa? ¿Y tus armas?

—Nuestro barco encalló —comenzó, tal como habíamos planeado—. Nadé de vuelta a tierra. Perdí mi ropa y mi arma en las rocas.

Eubea no dejaba de observarlo. Levantó la vista hacia la luna y luego volvió a mirarlo a él. Tal como esperaba, ella percibía su desnudez como signo de vulnerabilidad. Sostuvo la espada en alto, pero no atacó.

Pasé sin ser vista y conseguí llegar hasta el sendero principal. Eché un último vistazo a la espalda desnuda de Teo y subí por el oscuro camino de grava.

Corrí con un ojo puesto en las copas de los árboles. La cuerda que transportaba los mensajes ya se estaba moviendo. Bronte había atado nuestra carta a la cuerda y llegaría a la cima antes que yo. Corrí más rápido. El mensaje volaba por delante de mí, fuera de mi campo de visión, si bien oía la cuerda moviéndose a través de las poleas y usé ese sonido chirriante como guía. Cuando estaba casi en la cima, el ruido cesó.

La montaña parecía no tener fin. Me ardían las piernas y los pulmones, y me dolía el tobillo malo, aunque me obligué a no parar hasta llegar al final del camino. El mensaje seguía en la cuerda, fuera de la cueva. Como habíamos esperado, la guardia de Zeus salió a recogerlo. Me acerqué sigilosamente por detrás, le pasé el brazo por el cuello y le tapé la boca con la mano contraria.

—Shh... —dije al tiempo que la obligaba a callar.

Se agitó, pero pronto se cansó y se quedó sin aire. Dejé su cuerpo inconsciente en el suelo y me dirigí a la cueva.

—¡Sibila! —la llamó Zeus desde el interior—. Tengo frío sin ti.

Saqué el cuchillo de Teo de la vaina que llevaba a la cintura y entré a gatas.

La escasa luz palpitaba desde una vela en el suelo cerca de una pila de almohadas de satén. No se veían más guardias ni tampoco a Zeus. De repente, se encontraba detrás de mí, besándome el cuello.

—Mmm... —dijo mientras deslizaba su mano por mi cadera—. No eres Sibila.

Pensé que tal vez tuviera que seducirlo para llamar su atención, pero tendría que haber sabido que él lo intentaría primero. Con un único movimiento, le cogí la mano de la cintura, giré para situarme detrás de él, le retorcí el brazo y le coloqué la hoja del cuchillo en la garganta. Solo llevaba unos pantalones. Incluso sus pies estaban desnudos.

—Tiene muy buen ojo para las mujeres, Su Excelencia.

—Oh, eres tú. Otra vez. ¿No te mandé a paseo?

—No se me da bien obedecer a los imbéciles. —Le acerqué la hoja a la piel—. Muévete.

Salió de la cueva conmigo arrastrando los pies.

—Espero que no vayamos lejos. Me duelen los pies.

—Deberías probar a ponerte algo de ropa.

—¿Qué has hecho con Sibila?

—Se despertará dentro de un rato.

Hizo una mueca de dolor al pisar una piña.

—¿Adónde me llevas? ¿Eres consciente de que estamos en una isla y no tienes dónde ocultarte?

—A ti te gusta esconderte. —Le tiré del brazo que le había retorcido a la espalda y lo empujé hacia delante—. ¿Qué tamaño crees que tendrá el barco que la tribu me ofrecerá a cambio de tu vida?

—Estás sobreestimando mi valor.

—O tú lo estás subestimando.

—¿Me estás secuestrando? —Se rio—. Antes pensaba que eras ambiciosa, sin embargo, ahora, me pides que destrone al Dios de Dioses, de acuerdo, puedo ver el mérito en eso. En cambio, ¿secuestrarme por tu cuenta?

—No está sola. —Bronte salió de entre la espesura apuntándolo con mi lanza.

Adoptó una actitud coqueta.

—Buenas noches, bella hermana. Miraos. ¿Alguna está casada? Pues claro que no. Cualquier hombre estaría loco si confiara en vosotras.

—Quizá es lo más sensato que has dicho —comenté.

—¿No podrías haberle cogido una bata? —preguntó Bronte haciendo una mueca.

—No creo que tenga otra ropa.

—Ya, claro —se burló Zeus—. ¿Porque vosotras qué os ponéis para dormir?

Bronte levantó el bozal que había robado del campamento.

—¿Podemos amordazarlo ya? ¿Por favor?

—Una mordaza es un juguete estupendo —comentó Zeus—. ¿Te gustaría saber cómo la uso con mis doncellas?

—No —respondimos Bronte y yo al unísono.

—Oh, ya veo. Tu exotismo solo sirve para tender emboscadas a la gente en sus casas por la noche.

—Cállate de una vez —dije.

—¿Es este secuestro otra súplica para hacerme gobernante del mundo? No tengo ningún interés en abandonar este lugar y mucho menos en conquistar la Primera Casa. ¿Por qué habría de hacerlo? Aquí tengo todo lo que necesito.

—Mi hermana te ha dicho que te calles —respondió Bronte. Lo agarramos cada una de un brazo y nos adentramos en el bosque.

—¡Altea!

Me detuve.

—¿Has oído eso?

—¡Altea!

—Es Teo —dijo Bronte.

—¿Quién es Teo? —preguntó Zeus.

Habíamos acordado encontrarnos con él en el barco. Algo debió de salir mal.

Teo subió corriendo por el sendero, todavía desnudo. Un intenso rubor recorrió mis mejillas.

—Vienen las guardias —jadeó—. Eubea las ha despertado. La he entretenido todo lo que he podido.

—No lo suficiente —dijo Bronte.

—¿Cuánto tiempo creías que estaría distraída por mi desnudez? —replicó.

Yo seguía distraída, aunque me abstuve de decirlo.

Los gritos se acercaban y la luz de las antorchas iluminaba los árboles.

—Todavía tenemos al prisionero —dije—. Volvamos a la cueva.

Bronte y yo arrastramos a Zeus al interior. Teo recuperó su espada y vigiló la entrada para avisar de la llegada de las guardias.

—¿Podríais pedirle que se vista? —preguntó Zeus.

Bronte puso los ojos en blanco.

—La ironía de esa petición…

Le lancé a Teo una túnica con la que se cubrió rápidamente. Se le ajustaba de tal manera sobre el pecho y los hombros que bien podría haber estado en pelotas.

Tenía que dejar de pensar en su desnudez.

—Zeus, ¿hay otra forma de salir de aquí? —pregunté.

—No.

—Está mintiendo —dijo Teo—. No hay ningún motivo para que nos ayude.

Zeus profirió una sola carcajada.

—¿Quién es este hombre? ¿Y por qué no va vestido?

—Ahora sí —señalé.

—No ha mejorado mucho —replicó Zeus.

Teo bajó la voz.

—Ya veo lo que querías decir, Altea. No exageraste ni un ápice cuando lo describiste.

—¿Qué... qué dijo de mí? —preguntó Zeus con el rostro desencajado.

Las voces y el ruido de las armaduras se acercaron desde el exterior. Teo retrocedió hasta la entrada de la cueva, preparado con su espada. Los ruidos se hicieron cada vez más fuertes y, entonces, Adrastea nos llamó desde el exterior.

—¡Tenemos la entrada rodeada! No hay escapatoria.

—El Niño Dios decía la verdad —murmuró Bronte.

Los ojos celestes de Zeus brillaron.

—Seré muchas cosas, pero no soy un mentiroso.

Qué suerte. Para una cualidad honrada que poseía, y tenía que jugar en nuestra contra.

Estábamos atrapados.

# 12

«Que no cunda el pánico».

Pensé que lo había dicho en voz alta, sin embargo, un momento después, Teo expresó lo mismo, como si fuera una idea nueva.

—Que no cunda el pánico. Zeus es un rehén valioso. Podemos usarlo para negociar.

Pero nuestro rehén era el titán por el que habíamos vuelto y con el que queríamos negociar.

—¡Coronel Angelos! —llamó Eubea—. Salga y no haremos ningún daño ni a usted ni a su grupo.

—Cuando alguien promete algo así, suele tener la intención de hacer todo lo contrario. —refunfuñó Bronte. Empujó una pila de pergaminos de un cojín del suelo y se dejó caer.

—¡Cuidado! —Zeus se arrodilló y recogió los pergaminos.

Bronte recogió uno.

—¿Quién es Metis?

—Eso es privado. —Se lo arrancó de las manos.

Bronte se fijó en el resto de pergaminos que seguían desperdigados por el suelo.

—Debe ser alguien importante. La mayoría de estas cartas parecen ser suyas.

—No es de tu incumbencia. —Zeus recogió las cartas y puso la pila fuera de su alcance.

Una de ellas se le resbaló y cayó a mis pies. Advertí que tenía el sello real de Rea, una cabeza de león, y su elegante firma en la parte inferior. La recuperé antes de que él lo hiciera y empecé a leer:

—«Mi queridísimo Zeus. Traerás un cambio monumental. Reestructura el cielo, mi amado rey de la tormenta...».

—¡Devuélveme eso! —gritó Zeus.

—Tu madre cree en ti —dije alejando la carta de él—. Ella arriesgó todo para protegerte. No para que holgazanearas todo el día comiendo y fornicando.

—Para ser justos, es probable que en el palacio hiciera eso mismo —comentó secamente Bronte.

Zeus tensó la mandíbula y habló con los dientes apretados.

—Mi clandestinidad no solo me protege a mí, sino a Adrastea, a Ida y a la tribu. Si mi padre descubriera que ellas y mi madre me han ocultado…, no me atrevo a imaginar lo que sucedería.

Respeté su cautela y su deseo de proteger a sus amigos y a su familia, pero no a costa de la mía.

—Cronos violó a nuestra madre. Ella murió al dar a luz a su hija. —Me temblaba la voz. Me aclaré la garganta para endurecer mis palabras. No me ganaría el respeto de Zeus mostrándome así de emocional, como los hombres solían pensar que hacían todas las mujeres—. Ahora tiene a nuestra hermana Cleora. No la abandonaríamos.

—Lo siento —dijo—, pero no hay nada que pueda hacer.

—¿Prefieres estar solo? —pregunté—. Mientras Cronos gobierne, te encontrarás lejos de tu madre y del resto de tu familia.

Zeus levantó las manos.

—Aunque quisiera enfrentarme a mi padre, nunca lograría dominarlo. Vigila el mundo entero desde su gran salón. Usar mi poder de titán podría atraer su atención, así que nunca lo he intentado.

Su poder de titán era innato. Todos los titanes podían correr más rápido, saltar más alto, levantar más peso y golpear más fuerte que cualquier hombre en la tierra. No conseguía entender que no utilizara tales ventajas.

—Sin práctica nunca controlarás tu poder —dijo Teo—. Debes entrenar como cualquier buen soldado.

Mi mente se iluminó con una idea.

—Teo, deberías entrenarlo.

—¿Yo? —preguntó con escepticismo—. No.

Bronte le dio un bocado a una nectarina.

—No es mala idea.

—Sí, lo es —argumentó Zeus.

—Escucha al chico —replicó Teo—. No es tan impresionante como el resto de su familia. Tal vez haga bien en quedarse escondido.

—¿Crees que he querido esconderme en esta cueva durante quince años? —replicó Zeus—. Si Cronos se entera de que estoy aquí, enviará mercenarios para castigar a todo aquel que me haya ayudado, luego me capturará y me arrojará al Tártaro. Vivo con el temor constante de que venga a por mí.

—Acabas de describir el día a día de la vida de cualquier mujer de Tesalia —dije.

—Perdemos el tiempo. —Bronte cogió la caja de cartas, abrió la tapa y sacó un puñado de pergaminos—. Zeus no va a escucharnos, pero quizá esto lo convenza. —Lanzó una carta al fuego.

—¡No! —Zeus se arrodilló y trató de rescatar los trozos, aunque el pergamino se desintegró en las llamas.

Bronte sostuvo otra carta sobre el fuego.

Levanté la mano.

—Espera.

—Soy consciente de la crueldad de mi padre —dijo Zeus con los ojos llorosos—. Y precisamente dudo porque sé quién es. —Dejó caer la cabeza con los hombros hundidos—. Cronos no caerá.

Sentí un deseo abrumador de ayudar a Zeus. Las oráculos me habían mostrado al futuro Zeus en su trono. No podía imaginar cómo aquel muchacho llegaría a ser ese gran gobernante, pero no me interpondría en su destino.

Le tendí la mano.

—Eres Zeus, hijo del Dios de Dioses, y el siguiente en la línea de sucesión. No te arrodilles ante nadie.

Mi anillo empezó a brillar.

Medio segundo después, su anillo hizo lo mismo.

Zeus se acercó a mí y, cuando su palma se deslizó sobre la mía, una oleada de calor recorrió mi brazo, entonces, la visión de él reinando desde su gran salón regresó tan vívida que pude oír las nubes deslizándose por la torre. Zeus se convertiría en un verdadero dios digno de respeto. En su interior, más allá de su miedo, estaba su misión.

Se puso de pie, se veía pálido.

—¿Quién eres? —preguntó lentamente.

—Ya sabes mi nombre.

Parpadeó varias veces. Ahora me miraba de forma diferente, como si de repente hubiera compartido mi visión de lo que ocurriría.

Eubea llamó desde fuera.

—¿Su Excelencia? ¿Está bien?

Zeus retiró su mano de la mía. Aunque el ligero resplandor de nuestros anillos se desvaneció, el calor perduró, corriendo por mis venas.

—Diles que se vayan, Zeus —dijo Teo.

—No lo harás solo —añadió Bronte—. Estaremos contigo.

Zeus la miró, y luego a mí, y sonrió.

—Ya sabes lo mucho que me gusta estar en compañía de hermanas.

—Oh, Gea, ayúdanos —gimió Bronte.

Zeus se rio.

—Coronel Angelos, ¿podrá entrenarme sin hacer que os maten a vosotros y al resto de la isla?

—Eso sería lo ideal —respondió Teo.

Zeus se alisó el pelo encrespado.

—¡Eubea, retírate!

—Su Excelencia, ¿está seguro? —inquirió con cautela.

—Lo estoy.

Hubo un silencio.

—¡Oh, por todas las estrellas, Eubea! —dijo Zeus—. Estamos en mitad de la noche. Dile a la guardia que se retire. Nuestros invitados regresarán pronto al campamento. Proporciónales todo lo que necesiten. Se quedarán.

—¿Incluido el coronel, señor?

—Él también, y puede conservar sus armas.

Tras otra larga pausa, Eubea habló.

—Sí, Su Excelencia. Buenas noches.

El ruido de las armaduras se desvaneció.

Zeus se dejó caer en el lecho de cojines.

—¿A alguien más le iría bien un trago?

—A mí me vendría bien —murmuró Bronte a la par que guardaba las cartas en la caja.

Teo recogió el cáliz de Zeus, olfateó el contenido e inmediatamente lo arrojó a la hoguera.

—Nada de néctar durante el entrenamiento. Tus sentidos y facultades no pueden verse alterados por bebidas espirituosas.

Zeus se puso boca abajo y metió la cabeza entre dos almohadas.

Rebusqué en un baúl y le arrojé algo de ropa.

—Vístete adecuadamente para el entrenamiento de mañana.

—¿Mañana? —contestó Zeus—. ¿Es necesario empezar tan pronto?

—Tenemos mucho que hacer —respondió Teo, que ya parecía agotado ante la perspectiva—. Prepárate. Empezamos al amanecer.

# 13

A nadie le había gustado nuestro intento de secuestro. Por la mañana, dejé a Bronte dormida en nuestra tienda y, mientras cruzaba el campamento, todas las mujeres enmascaradas con las que me topaba se detenían para mirarme. No podía irme lo suficientemente rápido.

Seguí un sendero muy marcado que llevaba hasta la playa, donde disfruté de la refrescante brisa marina, y caminé por la arena húmeda hasta llegar a un par de figuras en la distancia. Teo estaba de pie sobre una roca semienterrada en la orilla. Zeus recogió una piedra enorme y la lanzó al oleaje. La marea alta golpeaba la orilla con un rugido de olas ondulantes y grises bajo el hosco cielo.

Zeus dobló las rodillas y levantó otra roca. Giró en círculo y la arrojó al mar con facilidad, lo que agitó las aguas con fuerza. Por lo que podía ver, la fuerza del Niño Dios era igual que la de cualquier titán, algo que no dejaba de ser impresionante.

Teo cruzó los brazos.

—Sigues utilizando demasiada fuerza. Suelta la roca antes de hacer la rotación completa y deja que la energía del giro termine de impulsar el lanzamiento.

A Zeus le temblaron las rodillas mientras recogía la siguiente roca. Al mirarme en mitad de la rotación, se distrajo, por lo que tropezó y cayó de espaldas y, acto seguido, el pedrusco aterrizó en su pecho. Teo y yo corrimos hacia él.

—¿Cuántas veces he de decirte que prestes atención a tus pies? —dijo Teo.

Zeus empujó la roca y se limpió la frente manchada de arena.

—Me he distraído.

—No te concentras. —Teo usaba un tono de voz tranquilo que intimidaba mucho más que un grito—. Eres un titán. Tu fuerza es innata, pero no debes huir de ella.

—Solo un titán de segunda generación.

—Sigue pensando así y sí que serás de segunda.

Zeus se sentó y se sacudió la arena de las manos.

—No soy mi padre.

—Tu padre no tropezaría con sus propios pies.

El Niño Dios se puso de pie, demasiado rápido sobre sus desgarbadas piernas, y casi se cae de nuevo.

—¡Agh! No puedo hacer esto.

—Solo fracasarás si te rindes —ladró Teo—. Abandonar no es una opción. Demasiadas vidas dependen de ti.

—Entonces sálvalas tú. —Zeus se marchó por la playa.

—¡Zeus! —llamé.

—Déjalo —respondió Teo—. De todos modos, le toca un descanso.

—Deberías ser más suave con él.

—Cronos no se detendrá. Zeus debe considerarse más grande que su padre o esto nunca funcionará. No tengo paciencia para perder el tiempo.

—Tal vez pueda ayudar entrenando con él —dije.

—No —respondió Teo inmediatamente—. Necesito tiempo a solas con él. Serías una distracción.

—Zeus no se esperaba que llegara antes. No ha sido su culpa.

—Es culpa suya por completo. Rea le envía doncellas para su entretenimiento y placer. No tiene autocontrol.

Nunca había visto a Teo sonrojarse, no obstante, parecía el momento apropiado. Yo misma sentía la cara en llamas.

—¿No me dejas entrenar con él porque soy una mujer?

—No he dicho eso.

—Es como si lo hubieras hecho.

Teo no se disculpó. Me pregunté a quién le preocupaba que distrajera, si a Zeus o a él. ¿O simplemente creía que no podía entrenar como un verdadero soldado?

Me acerqué a una roca, me puse en cuclillas y la rodeé con los brazos como había visto hacer a Zeus. Tiré con todas mis fuerzas, pero la roca no se movió.

Teo me señaló con una mano.

—Para. Te vas a hacer daño en la espalda.

—Puedo hacerlo.

—No seas ridícula. Pesa demasiado.

Teo no quería que entrenase porque era una mujer. A la matrona no le gustaba que usara mi lanza y mi escudo porque era una mujer. Tenía que vestirme como un hoplita para ir a cualquier sitio sin permiso y, cuando tenía permiso, debía ponerme la máscara.

Porque era una mujer.

Hice fuerza con las piernas y levanté la roca. Con cuidado de dónde ponía los pies, giré en círculo y la lancé al mar. La roca no cayó tan lejos como la de Zeus, si bien llegó más allá de lo que pensaba.

Teo se quedó boquiabierto.

—Altea…, tú… —En un instante, su expresión cambió—. Tenemos que salir de la playa. Hay que buscar refugio en los árboles.

—¿Por qué?

—Barco de esclavos. Vete.

Divisé el barco en el horizonte mientras Teo me instaba a correr. Nos retiramos a la línea de árboles y nos agazapamos en la maleza. A medida que el trirreme, impulsado por cientos de remeros, se acercaba, la nuca me ardía con más intensidad.

—¿Vendrán a tierra? —pregunté.

—No lo sé. Nunca he oído que los traficantes de esclavos lleguen tan al sur.

—¿Se habrán enterado de la existencia de la tribu?

—Están buscando algo. Se mueven muy despacio para estar de paso.

Me froté la nuca. No quería imaginar lo que significaba esa punzada de dolor, aunque solo aplazara la incógnita de por qué me ardía de repente la marca. Los juramentos de sangre unían dos almas, la del benefactor y la de la víctima. Ambas iban más allá del poder de un dios. ¿Me quemaba el cuello cuando Décimo pensaba en mí, cuando pronunciaba mi nombre? ¿Qué significaba?

—No creo que nos hayan visto. —Teo me ayudó a ponerme de pie—. Lanzaste esa roca más lejos de lo que creía.

—Estaba enfadada.

—Tienes mucho temperamento.

Le sacudí la arena del hombro.

—Nunca lo he negado.

La proximidad nos despertó sentimientos encontrados. Me debatí entre dos impulsos: volver a tocar su suave y desaliñado rostro, o empujarlo por no dejarme entrenar con Zeus.

Ganó lo segundo.

Le empujé en el pecho y me fui.

—¡Carrera de vuelta al campamento!

—No hemos terminado por hoy.

—¡Entonces pierdes!

Corrí por el camino. Cuando dejé de oír las olas, empecé a sentir que mis pies no tocaban el suelo. A veces, cuando corría, me imaginaba que tenía alas y podía volar, en cambio, esa vez era diferente. Lo sentía en el pecho, era una sensación como de fuego. Como si la luz del fuego hubiera brillado en la espalda desnuda de Teo…

De acuerdo, eso era lujuria, simple y llanamente. Ocurría a veces. En ocasiones, cuando algunos de los chicos más atractivos del pueblo llevaban a las ovejas al estanque que había junto al templo, me sorprendía a mí misma pensando en sus anchos hombros y sus grandes manos. Después de un buen revolcón en el bosque, nunca sentía la necesidad de verlos de nuevo.

Eso era lo que necesitaba de Teo. Cuando sintiera su peso sobre mi cuerpo, estaría satisfecha. Luego no lo vería de ese modo.

Durante los cuatro días siguientes, Teo y Zeus continuaron el entrenamiento y solo pararon para dormir unas pocas horas por noche. Bronte y yo merodeamos alrededor de la tribu y tratamos de mantenernos frescas en aquel clima primaveral inusualmente cálido. Las mujeres de la tribu no se quitaban los velos en nuestra presencia. Después de haber llevado una máscara en los pegajosos meses de verano en nuestra ciudad, cuando cada respiración era pesada y húmeda, me compadecí de ellas.

Intentamos mantenernos ocupadas. Las niñas más jóvenes, nacidas en la isla de madres que estaban embarazadas cuando huyeron de sus hogares, se reunían fuera de la escuela y escuchaban a Bronte cantar y actuar. Las niñas quedaban cautivadas, y les gustaba tanto que le pidieron que las ayudara a montar una obra de teatro. Bronte también se dedicaba a buscar grosellas, setas, hierbas, bayas y nueces en el bosque. Las cocineras de la tribu aceptaban con gusto sus ofrendas. Y, cuando descubrieron que era una experta tiradora con arco y flecha, las cazadoras la llevaron consigo. En una hora trajo su primer ciervo y después pasó otra hora debatiendo amistosamente sobre filosofía con las miembros de la tribu.

Yo me mantuve al margen. Por difícil que me resultara, permanecí alejada de Teo y Zeus, y me dediqué a entrenar a solas con mi lanza y mi escudo, así como a dar largos paseos por la montaña en busca de aire fresco. Descubrí una impresionante playa de arena rosa y una acogedora cala de agua cristalina donde podía nadar con peces de colores. Aunque la isla ofrecía un sinfín de rincones para explorar, yo seguía inquieta. Bronte y yo comíamos en nuestra propia mesa y evitábamos la hoguera nocturna en la que todas se reunían para socializar. No conseguía dormir del tirón.

Adrastea visitaba el campamento a diario para ver cómo estábamos, pero nunca se quedaba mucho tiempo. Ida y ella vivían en otro lugar. No había descubierto dónde, sin embargo, no podía ser muy lejos. Eubea se encargaba de atender nuestras necesidades. Rara vez la veíamos, excepto por las tardes, cuando regresaba con la pesca del día.

En el quinto día de entrenamiento de Zeus, planeé practicar con mi escudo y mi lanza, pero mi equipo había desaparecido. El arco y las flechas nuevos de Bronte, que le habían regalado las mujeres de la tribu, estaban allí en la tienda, en cambio, no había ni rastro de mi arma. Fui a preguntar a Bronte a la escuela, donde se encontraba ensayando la obra con algunas niñas. Al otro lado había una multitud de mujeres que animaban y gritaban.

—¿Has visto mi lanza y mi escudo? —pregunté a una de ellas.

—Eubea y otra chica lo cogieron prestado. Dijeron que lo sabías.

Las mujeres se habían reunido alrededor de un círculo. Eubea y otra mujer estaban en el centro, enzarzadas en un combate cuerpo a cuerpo. Eubea tiró a su oponente al suelo y cayó sobre ella. La multitud estalló en vítores. Eubea dejó que la mujer se levantara y desfiló con los brazos levantados por encima de la cabeza, victoriosa.

Mi escudo y mi lanza estaban a un lado, apoyados en un banco. Me deslicé entre la multitud y paré en seco. Una chica se hallaba sentada junto a mi equipo y se levantó al verme.

Era Sibila, la guardia a la que había emboscado fuera de la cueva de Zeus la otra noche.

—¿Te acuerdas de mí? —preguntó.

—Sí, claro.

—¿Y recuerdas hacerme esto?

Se quitó el pañuelo del cuello. Su garganta estaba magullada donde mi brazo había presionado su tráquea. Se me secó la boca, me sentía muy arrepentida. No recordaba haberla sujetado con tanta fuerza.

—Me he pasado los últimos días sin voz —dijo Sibila, aún con la voz ronca. Empezó a desnudarse.

—Lo siento —dije—. A veces no controlo mi propia fuerza.

—Ahórrate las disculpas —espetó. Siguió quitándose la ropa, hasta quedarse en ropa interior: una banda que le tapaba los pechos y unos pantalones sueltos. Tenía un cuerpo fibroso y ágil, como el de una gata salvaje.

—Nos vemos en el círculo.

—¿Perdón?

—¿Quieres recuperar tu lanza? Pelea por ella. —Sibila se dirigió al centro del círculo—. ¿O la hija de Stavra Lambros es una cobarde?

El nombre de mi madre creó un silencio en la multitud. Su respeto por ella era probablemente la razón por la que no nos habían arrojado al mar. No podía no estar a la altura de su recuerdo.

Después de desnudarme hasta quedarme en ropa interior, subí al área. El objetivo de una luchadora era tirar a su oponente al suelo. Cuando la espalda o los hombros de la oponente tocaban el suelo, se sumaba un punto. Se ganaba al llegar a tres puntos.

Eubea se adelantó.

—No hay límite de tiempo. Los agarres se limitan a la parte superior del cuerpo. —Se llevó un *salpinx*\* a los labios (un tubo de bronce recto y estrecho con una campana) y sopló en la boquilla de hueso. Un sonido penetrante atravesó el campamento. El público se acercó hasta el borde del área.

Los brazos de Sibila rodearon la parte superior de mi cuerpo. Lo siguiente que recuerdo es que estaba tumbada de espaldas, mirando el cielo de la mañana.

—¡Uno! —gritó Eubea. Se colocó sobre mí y me levantó mientras mi oponente se reía—. ¿Ya estás despierta?

Me zafé de su agarre y me enfrenté a Sibila. No era una gran luchadora, pero había tenido suficientes peleas con mis hermanas como para esquivar sus arremetidas.

Sibila volvió a arremeter contra mí. Giré a su alrededor manteniéndome fuera de su alcance. Ella se anticipó a mi siguiente movimiento, me interceptó, me hizo tropezar y me tiró al suelo.

—¡Dos! —gritó con el ceño fruncido—. Eubea tenía razón. No te pareces en nada a tu madre.

Me levanté de un salto, la agarré y la llevé hasta el borde del círculo. El público nos empujó hacia el centro. Sujeté a Sibila y la tiré al suelo.

—Uno —dije.

Cuando la dejé levantarse, se abalanzó de nuevo sobre mí. Nos abrazamos, hombro contra hombro, con las piernas bajas y las rodillas dobladas. Cedió y se metió entre la multitud. Seguí empujando, nos abrimos paso entre las espectadoras y caímos al suelo de lado. Me rempujó tratando de llevarme al suelo con la espalda.

Le metí la rodilla por debajo para impulsarla, y salió volando hacia atrás, de manera que casi aterriza de espaldas. Me abalancé sobre ella, le pasé el brazo por el magullado cuello y la tiré.

—¡Dos!

Eubea nos hizo un gesto para que volviéramos al círculo. Cuando me dispuse a regresar, Sibila se me echó encima. Me

\* Instrumento de viento de la Antigua Grecia de la familia de las trompetas.

arrojó al suelo, pero giré antes de tocarlo con la espalda. Me agaché para cargar contra ella. Mi cabeza aterrizó en su estómago y la hice retroceder, alejándola del círculo. El resto del público nos siguió. Bronte y las chicas de la escuela salieron a mirar.

No importaba.

Ya estaba harta de sus juegos, sus miradas y sus juicios.

Agarré a Sibila por la cintura y empujé. Empujé y empujé hasta el comedor. Su espalda chocó contra una mesa, la tiré al suelo y me arrodillé sobre ella. Ella se zafó de mí y caímos las dos. Al segundo se me echó encima, con los labios casi rozando mi oreja.

—Voy a disfrutar de tu lanza y tu escudo.

La empotré con todas mis fuerzas, la hice rodar hasta quedar debajo de mí y la sujeté contra el suelo.

—Tres —resoplé.

Otro sonido penetrante atravesó el campamento. Eubea se acercó con el *salpinx* en la mano y lo levantó por encima de su cabeza.

—Altea Lambros: ¡vencedora!

Me giré sobre las rodillas, con el pecho subiendo y bajando de forma agitada. Bronte vino corriendo desde la escuela y me ayudó a incorporarme. Sibila aún estaba recuperándose. Había caído con fuerza sobre ella y la había dejado sin aliento. La multitud no aplaudió mucho cuando Bronte me apartó.

Llamé por encima del hombro.

—¡Espero encontrar mi lanza y mi escudo en mi tienda!

Sibila me devolvió la mirada.

Bronte tiró de mí.

—¿En qué pensabas?

—¿Me has visto?

—Todo el campamento te ha visto.

—Bien.

—¿Bien? —Bronte sacudió la cabeza—. Estas mujeres son nuestras aliadas, Altea.

—Díselo a Sibila.

Entramos en la tienda y Bronte vertió agua de la jarra en el balde.

—Estrangulaste a Sibila hasta dejarla inconsciente. Tenía motivos para desafiarte y defender su honor.

—¿Honor? Eso ha sido una encerrona.

—Entonces estáis en paz.

Levanté las manos.

—¿Por qué te pones de su parte?

—No me pongo de su parte. Te estoy recordando que necesitamos su hospitalidad. Lanzar a una de sus guardias al otro lado del campamento no va a hacer que te ganes su respeto, y lo cierto es que no queremos su miedo. Sabemos lo que es vivir con temor. Lo único que crea es desprecio.

Me senté en el borde de mi saco de dormir.

—Tenía que ganar.

—Pero no debías presumir.

Abrí la boca, dejando ver los dientes.

—¿Has visto ese último ataque?

—Altea —gimió Bronte.

—Lo siento. No volverá a pasar.

Se dirigió a la puerta.

—He de volver a la escuela. Deberías mantenerte al margen el resto del día, y tal vez mañana también.

—No me voy a esconder como una cobarde.

—Estás más segura aquí. Me preocuparé menos sabiendo que no te metes en más peleas. Ahora, tengo una obra que preparar. No puedo lidiar con más distracciones.

—Vale —refunfuñé.

Se deslizó fuera de la tienda.

Tenía los brazos y las piernas llenos de barro y suciedad. Me froté hasta que el agua limpia quedó demasiado embarrada para ser útil, y luego me cambié de ropa. Ya me habían aparecido unos cuantos moratones en los costados. Me iba a doler todo el cuerpo, pero al menos todos sabían que era, en efecto, hija de Stavra Lambros.

Eso merecía cualquier dolor.

# 14

Aquella tarde, el anochecer disipó el irritante picor del calor diurno, pero aún me sentía mugrienta por el combate. Hice lo prometido y me quedé en la tienda todo el día, e incluso cené allí con Bronte, que trajo unos tazones de estofado de venado.

Charló mientras comía y me habló de la obra de teatro que ella y las chicas estaban montando. Representaban el nacimiento de Afrodita, el cuento favorito de la tribu.

—La obra no es muy larga, solo de un acto, pero las veo muy emocionadas, sobre todo por la canción final. No saben lo afortunadas que son. En ningún otro sitio se les permitiría subir al escenario.

—¿Cuándo empieza? —pregunté—. Quiero llegar temprano para conseguir un buen asiento.

Bronte removió su estofado esquivando mi mirada.

—Las cosas están tensas desde esta mañana. Has deshonrado a Sibila, y no una vez, sino dos. Sus amigas no se ven muy contentas, y con razón. Algunas tienen hijas que participan en la obra. Probablemente deberías mantenerte al margen, al menos hasta mañana.

—¿No quieres que vaya?

—Pues claro que querría que mis hermanas estuvieran ahí.

«Hermanas».

—Cleora se sentiría orgullosa de ti —dije suavemente.

—¿Seguro? —me interpeló Bronte—. ¿No se preguntaría por qué estoy enseñando a las niñas a actuar y cantar en lugar de ayudándola a liberarse?

—Destronar a Cronos es solo una de las formas en que el mundo debe cambiar. También es necesario mostrar a las niñas quiénes son, y ofrecerles nuevas opciones de lo que pueden llegar a ser.

Bronte se puso en la cabeza una corona de hojas que las alumnas le habían hecho.

—Esa soy yo, cambiando el mundo con una obra infantil.

Me dolió que no quisiera que asistiera esa noche, pero puse mi mejor sonrisa y la acompañé a la puerta.

—Si no estuviera sucia te abrazaría.

—También hueles mal. —Me besó la mejilla con cariño y se marchó.

Terminé la cena y me olfateé. Tenía razón. Recogí mis cosas de aseo y me puse en marcha.

El pequeño estanque a las afueras del campamento principal estaba desierto. La luz plateada de la luna brillaba en la superficie, imperturbable. Me quité la ropa y me metí en el agua fresca hasta la cintura. Me froté el pelo con el jabón que Adrastea nos había dado al llegar. Tenía el cuerpo lleno de moratones por el combate, aunque algunos ya estaban desapareciendo.

Terminé de enjabonarme y avancé más para enjuagarme. La luz de la superficie del estanque que me rodeaba se atenuó. Miré al cielo a través de las copas de los árboles. Era extraño. No atisbaba ni una sola nube, y la luna se distinguía rodeada de un sinfín de estrellas.

Una corriente de agua fría se deslizó a mi alrededor. Aquella mancha oscura se ensanchó, comiéndose la luz de las estrellas, y se acercó. Diferencié la forma de la sombra de un hombre flotando bajo la superficie, como la que había visto en el barco. El Devorador de Estrellas.

«Hija...».

Su voz ronca vibró a través del agua y se abrió paso a mi alrededor. Me quedé inmóvil, con la cabeza y el pelo chorreando. Algo frío y viscoso me rozó la parte superior del muslo. Di un salto y me cubrí el pecho.

—¿Quién eres?

«Somos los cielos. El sol es nuestro trono, la luna nuestro escabel, y las estrellas nuestro séquito. Somos el verdadero alfa y omega, el primero y el último».

Su voz transmitía rabia contenida.

Como hablaba en plural, no pude saber si se refería a alguien más. En cualquier caso, no era mi padre, y no exageraba su influencia sobre los cielos. Su mera presencia ocultaba la luz de las estrellas e incluso hacía palidecer la luz de la luna.

Me acerqué con cuidado hacia la orilla. Sin embargo, el Devorador de Estrellas me agarró la pierna y tiró. Me sumergí tan rápido que no tuve tiempo de tomar aire.

La oscuridad me envolvió. La luz de la luna no penetraba en el agua. Intenté liberarme, pero el Devorador de Estrellas me sujetó la otra pierna. Su frío tacto me subió por el cuerpo, paralizándome los brazos y dejándome anclada en el sitio. Sentí cómo los pulmones me palpitaban. El estanque parecía no tener fondo. La piel me ardía de frío.

«Hija, debes liberarnos». La voz retumbó en mis oídos. «Abre las alas y elévate».

La espalda me ardía como si dos manos ardientes me hubieran arañado los omóplatos. Me arqueé de dolor y mis brazos y piernas se liberaron. Pateé con fuerza, con la esperanza de llegar a la superficie. Tenía los pulmones vacíos y al borde del colapso.

Cuando por fin salí a flote, nadé con fuerza hasta el terraplén y me arrastré fuera del agua. Sofocada y jadeante, apoyé la mejilla en los guijarros del suelo. La poza volvía a brillar bajo la noche estrellada. El Devorador de Estrellas se había marchado.

Todavía me ardían los omóplatos. Me toqué por encima del hombro y noté las huellas de las manos en la parte alta de mi espalda, grabadas en la piel. Mientras las miraba, se desvanecieron.

Una sombra cayó sobre mí. Me puse de rodillas, levanté la cabeza y vi a Eubea con una toalla en los brazos. No llevaba el velo puesto. Tenía cicatrices en forma de cruz en las mejillas y la frente, pero no tenían el aspecto rojo y arrugado que dejan las quemaduras. Eran demasiado finas, como cortes de cuchillo.

—No eres la hija de Stavra Lambros —dijo Eubea.

—No paras de decir eso. Sé que mi madre era una gran mujer. Puedes decirlo sin insultarme.

—No —dijo Eubea pensativa—. Stavra era una buena mujer. Tú… tú serás grandiosa.

Me aparté el pelo mojado de la cara.

—Pero me odias.

—No nací ayer. Me impresionaste durante el combate.

—Nadie más parecía impresionado.

—Ellas prefieren no verlo. Cualquiera con algo de ojo podría decir que la forma de tu alma es poderosa. Tu cuerpo apenas consigue contenerla. Prácticamente brillas con luz propia.

No supe qué responder. Aquel elogio era generoso e inesperado, y no la humillaría rechazándolo.

—Gracias.

—No era un cumplido —insistió—. Eres aterradora.

—Oh.

Puso la toalla a mi lado.

—Considera esto un regalo de mi padre. Él querría que les pagara a tus padres lo que hicieron.

—¿Tu padre?

—Proteo. Es un comerciante de pescado en la ciudad.

—Sí —dije, sorprendida—. Conozco a Proteo.

Abrió los ojos de par en par.

—¿Cómo... cómo está?

—Bien. Su pescadería es la mejor del ágora.

—Estupendo —dijo Eubea, aunque con un deje de tristeza—. Hace mucho que no lo veo. Años atrás estuve casada con un hombre que se ponía celoso si hablaba con otro. No importaba que estuviera regateando con un mercader los ingredientes de nuestra cena. Mi marido esperaba a que llegara a casa y me pegaba hasta que no podía caminar. Mi padre pidió ayuda a Stavra y Tasos. Fui una de las primeras mujeres que trajeron de contrabando a Creta.

—¿Sabes por qué mis padres empezaron a trasladar refugiadas?

Eubea cogió un puñado de guijarros y empezó a lanzarlos al estanque, uno a uno.

—La hermana mayor de tu madre, Hebe, estaba casada con el hermano de mi marido. Mi marido era horrible, pero su hermano era peor. Stavra intentó ayudar a Hebe a salir con el primer grupo de mujeres, pero Hebe tenía demasiado miedo. Mi padre les prestó a Stavra y a Tasos uno de sus barcos de pesca, y yo debía manejar la vela. Teníamos que irnos o perderíamos la oportunidad, así que zarpamos, y tu madre y tu padre prometieron a Hebe que volverían. Tres días después, mientras estábamos en el mar, encontraron a Hebe muerta con la lengua cortada. Interrogaron a su marido, que negó haberla tocado.

De pronto, sentí la boca pastosa.

—No sabía que mi madre tenía una hermana.

—Stavra no volvió a mencionarla después de aquello. Hebe fue la razón por la que empezó a ayudar a las refugiadas. —Eubea lanzó la última piedra al agua y observó cómo se extendían las ondas—. El diseño del velo que lleva la tribu imita la máscara de Stavra para honrar los sacrificios que hizo por nosotras.

No creía que fuera posible, pero, en ese momento, estaba aún más orgullosa de mi máscara.

—Mi madre nunca dijo nada sobre este lugar, la tribu o las refugiadas.

—Nunca habría hecho eso. Las únicas mujeres que vienen ahora son las pocas afortunadas que escuchan rumores sobre la isla. Stavra no quería dejar de ayudar a las mujeres a escapar de sus hogares, incluso después de la muerte de tu padre, sin embargo, la guardia de Cronos estaba a punto de encontrarnos. No quiso arriesgarse a que nos descubrieran.

—¿Mencionó que mi padre murió en un accidente? —Me dio la impresión de que Eubea sabía más, aunque no quise indagar demasiado.

—Por desgracia, sí —respondió—. Según lo que me contó Stavra, ella y Tasos se encontraban cargando un barco de suministros cuando la polea se rompió. Tu padre fue arrastrado al agua con la cuerda, se lo llevó la corriente, y nunca se recuperó. Su pérdida cambió a Stavra. Dijo que, cuando Tasos se ahogó, desapareció la mejor parte de sí misma.

Apreté la mandíbula y se me empañaron los ojos. Descubrir más cosas sobre mis padres era un sentimiento agridulce. Quería saber de ellos, pero en ese momento necesitaba entender algo más.

—Eubea, ¿quién te hizo las cicatrices? ¿Fueron tus padres o tu marido?

—Lo hizo Ida, poco después de que llegara aquí. Ella realiza todas las purificaciones rituales de la tribu.

—¿Ida? —giré la cabeza—. Espera, ¿las otras mujeres también tienen cicatrices? Pero ¿por qué? Aquí están a salvo del mundo exterior.

—¿A salvo? —Eubea soltó una carcajada fría—. Mientras los hombres sigan pensando que pueden comprarnos, vendernos e intercambiarnos como si fuéramos objetos, nunca estaremos a salvo.

Empezó a picarme la marca de la nuca.

—Pero ¿por qué se hacen cortes?

—Afrodita es la mujer más bella del mundo, la diosa del amor. Su belleza perfecta atrae la mirada de los hombres, que se quedan tan cegados por su aspecto exterior que no ven la bondad de su corazón ni el valor de su alma. Nuestra tribu sabe que nuestro valor no depende de nuestra apariencia. Ida sugirió que todas realizáramos el ritual para emanciparnos del pasado y unirnos. Me siento más segura con mis cicatrices. Si mi marido me encuentra algún día, ya no me querrá.

No me atreví a decirle a Eubea que lo único que habían conseguido las mujeres que se hacían cicatrices voluntariamente en Tesalia era aumentar su popularidad entre los hombres.

Eubea abrió la toalla y me la echó sobre los hombros. Miró a la luna.

—Es espeluznante, ¿verdad? Pensar que Selene lo ve todo y que le resulta indiferente.

No estaba segura de su indiferencia, pero el comentario de Eubea me recordó una incógnita a la que había dado muchas vueltas.

—¿Crees que mi madre y mi padre tuvieron ayuda de alguien más para trasladar a las refugiadas? ¿Tal vez de un titán?

Eubea habló en voz baja, como para evitar que la diosa de la luna la espiara.

—Tus padres nunca mencionaron a un cómplice divino, aunque, en ese caso, dudo que lo hubieran contado. Ese tipo de traición a Cronos supondría el principio de una guerra.

Se me erizó la piel de los brazos. Intenté achacarlo al aire de la noche, si bien lo cierto era que una guerra entre titanes devastaría el mundo, y nosotros, los mortales, estaríamos en medio.

—Bañarse sola de noche no es seguro —dijo Eubea, enderezándose—. No habría nadie para ayudarte si pasara algo. Ven con alguien la próxima vez.

—Lo haré. Y, ¿Eubea? Gracias.

Ella hizo una mueca.

—¿Por qué me das las gracias? Has salido tú sola del agua. Probablemente habría dejado que te ahogaras.

—¿Probablemente?

—Supongo que nunca lo sabremos. —Se dio la vuelta para marcharse, y luego se detuvo—. ¿Cómo lo has hecho?

—¿Hacer qué?

—Estar tanto tiempo bajo el agua.

Todavía me dolían los hombros, una salvaje reminiscencia de las manos ardientes en mi espalda.

—Me habré enganchado con algo del fondo del estanque.

—Aun así, ¿cómo has aguantado tanto la respiración?

—¿Cuánto tiempo he estado sumergida?

—Pensé que habrías salido del estanque de alguna manera, sin que me diera cuenta. Entonces vi burbujas y me di cuenta de que todavía estabas ahí abajo. Cuatro, quizá cinco, minutos.

¿Cinco minutos? Tenía que estar exagerando.

—Supongo que tuve suerte.

Eubea me miró con desconfianza

—Mmm... —dijo antes de marcharse y dejarme en la orilla del agua oscura como el vino.

# 15

Un mensaje de Zeus llegó a mi tienda cuando el manto rosado del amanecer despertaba al mundo. Una chica me entregó el mensaje y salió corriendo. Estaba tan concentrada en lo que Zeus podría querer que hasta que no se hubo ido no me di cuenta de que no llevaba velo.

—¿Qué dice? —preguntó Bronte mientras se cepillaba el pelo.

Le eché un vistazo al breve mensaje en pergamino.

—Su Excelencia me ha convocado.

—Mmm... —Me dedicó una sonrisa picarona y continuó con voz cantarina—: A Zeus le gustas.

—¿Qué?

—Dijiste que te besó el cuello.

—Ese le besa el cuello a cientos de chicas.

Bronte bostezó. Se había acostado bastante tarde, debido a que se quedó limpiando después de la obra; que tuvo una gran acogida.

—¿Qué pasó entre los dos en la cueva la noche del secuestro? Por un momento, os mirasteis con tanta intensidad que parecía que estaba viendo un par de soldados listos para la batalla, como si pudierais plantarle cara a los cielos. Prometeo diría: «¿Dónde hay una pareja más poderosa que ellos?».

No sabía cómo explicar la visión que me mostraron las oráculos, así que decidí que era mejor no expresarlo con palabras, y me conformé con una respuesta más sencilla.

—Zeus decidió confiar en mí.

Bronte emitió un escéptico «ah», y las dos salimos al exterior.

El campamento bullía de actividad con mujeres que colgaban con afán hileras de flores entre las tiendas y en los árboles, y otras que apilaban leña en la enorme hoguera comunitaria.

—¿Para qué es todo esto? —pregunté.

—Esta noche la tribu honrará a Afrodita con el gran sacrificio de primavera —dijo Bronte—. Es de lo único de lo que hablan todas las chicas desde que llegamos.

Al otro lado del camino, dos pastoras llevaban seis ovejas negras y seis carneros blancos como la nieve —el sacrificio animal de esa noche a la diosa del amor— a un corral temporal en el centro del campamento. A veces se sacrificaban hasta cien reses u ovejas.

—¿Notas algo diferente? —comenté.

Ninguna de las mujeres llevaba el velo. Anoche, antes de dormir, le conté a Bronte todo lo que me había contado Eubea, tanto sobre nuestra madre como sobre la práctica de los cortes de la tribu.

—¿Por qué sonríes? —preguntó Bronte, con tono de reproche—. Todas tienen cicatrices en la cara.

—El primer día que llegamos, Adrastea dijo que la tribu no se quitaba las máscaras porque no confiaba en nosotros.

—¿Así que ahora confían en nosotros?

—Al menos en una de nosotras. —Le di un suave empujón con el hombro y me dirigí hacia el camino de la montaña.

—¡Seguro que soy yo! —gritó a mi espalda cuando me alejaba.

Quizá tuviera razón, pero le saqué la lengua de todos modos.

El aire de la mañana me refrescó la piel y los pulmones mientras corría por el sendero. La noche anterior había tenido pesadillas con manos ardientes que me tocaban el cuerpo. No tenía explicación para lo que había visto y sentido en el estanque, y hasta que no la tuviera, no se lo contaría a nadie.

Al llegar a la cima, me asomé a la cueva.

—¿Hola?

Nadie respondió.

Entré y me detuve. Las paredes habían sido despojadas de la mayoría de sus lujosas cortinas de seda. Lo que quedaba de ellas estaba rasgado, como si una manada de leones las hubiera rajado y destrozado.

Mi mirada se detuvo en Zeus, que estaba tumbado en el suelo, inconsciente.

—Por todas las estrellas —grité, y corrí hacia él.

Me arrodillé, le di la vuelta y sonrió.

—Divino día, Altea.

—¿Qué haces? —pregunté.

—Me hago el muerto.

—¿Por qué?

—Es una táctica ofensiva bastante común.

—Me has asustado.

Se sentó.

—Al coronel tampoco le hace gracia esa maniobra.

—Ya me imagino. —Me puse en pie y volví a mirar a mi alrededor.

—¿Qué ha pasado aquí?

—Teo y yo estuvimos practicando ayer con la espada —dijo Zeus mientras se incorporaba—. Seguí retrocediendo desde la playa y acabamos aquí en la cueva. Fue un poco doloroso.

Como ya no había tapices que cubrieran la roca, pude ver varios pares de alas pintadas en las paredes de piedra. Se parecían a las que habíamos puesto en la lápida de mi madre. Las alas tenían muchos significados, pero para mi madre representaban la forma básica del alma de cada persona y su capacidad para elevarse sobre esta vida y llegar al más allá.

—¿Quién las puso ahí? —pregunté.

—Mi madre lo encargó la noche en que nací, creo. Tal vez antes. Le costó mucho tiempo traerme al mundo. Ida las pintó a petición suya.

Conté las alas: cinco pares en total.

—¿Qué representan?

—Hay un par de alas por cada niño que Cronos devoró. El Todopoderoso no tiene reparos en asesinar a sus propios hijos. —Zeus se revolvió el pelo desordenado y rio ligeramente para disipar la tensión—. ¿Puedo ofrecerte algo de beber y comer?

—Sí, gracias. He venido corriendo sin parar a desayunar. —Me acerqué a las bandejas de fruta y probé unas bayas mientras él servía las bebidas de dos jarras diferentes. Me entregó un cáliz de vino.

—No te confundas de bebida. Tu muerte sería difícil de explicar al coronel Angelos.

—¿Néctar? —pregunté haciendo referencia al contenido de su cáliz.

—No me delatarás, ¿verdad?

—Ni hablar. No soy una chivata. —Le di un sorbo al vino y tuve que reprimir una tos. Era fuerte. Dudé que lo hubiera rebajado con agua—. ¿Qué tal el entrenamiento?

Zeus ingirió la mitad del contenido de su cáliz antes de responder.

—Fatal. El coronel Angelos es un oso.

—Así lo apodaron los otros soldados.

Zeus casi escupió el siguiente sorbo de néctar.

—¡Es implacable! La única razón por la que no estoy entrenando con él ahora mismo es que dije que tenía náuseas, de modo que me dejó dormir hasta tarde.

—Pensé que nunca mentías.

—A veces, cuando es benigno y me conviene, dilato la verdad. Anoche, después de correr durante horas, le vomité en las sandalias.

Reprimí una carcajada.

—Lo siento, no debería reírme.

—Adelante. Es gracioso, ¿no? Soy el único hijo que Rea logró salvar de su ruin marido, y soy el peor titán que ha nacido.

—La autocompasión no te sienta bien.

—Oh, pero es tan tentadora. —Zeus se estiró sobre el montón de almohadas y me miró por encima del borde de su cáliz—. He oído que tú y Bronte os habéis ganado a la tribu. Son un grupo difícil.

—Simplemente están cansadas de llevar el velo. No somos una buena compañía.

Inclinó la cabeza hacia un lado.

—¿Siempre haces eso?

—¿Hacer qué?

—Subestimar tus logros. Recordar a la gente tus defectos.

—¿Quién acaba de decir que es el peor titán jamás nacido?

Zeus levantó su copa.

—No te equivocas.

—Lo has dicho tú.

171

—Sí, y yo nunca miento. Mi desempeño últimamente ha sido menos que notable. Cada esfuerzo genuino que hago para progresar termina siendo un fracaso. —Zeus echó la cabeza hacia atrás y miró al techo—. ¿Y si no puedo lograrlo? —Su voz sonó tan débil que casi se me escapa la pregunta.

—¿Lograr qué?

—Que mi madre esté orgullosa.

Relajé los hombros liberando parte de la tensión.

—Tu madre ya está orgullosa de ti. Eres su hijo y el heredero del trono de tu padre.

—Esas no son cosas que me haya ganado.

—Pues gánatelas. Conviértete en el dios que ella cree que eres.

Me miró fijamente.

—¿Estaba tu madre orgullosa de ti?

La pregunta me pilló desprevenida y me dolió casi tanto como las manos invisibles del estanque.

—Creo que sí.

—¿Y lo estaría ahora?

Su intensidad me sacudió. Me alejé de él para esquivar su mirada.

—¿Me has llamado para hablar de mi madre? Todas las demás tienen cosas que decir sobre ella.

—Nunca conocí a Stavra, aunque me han dicho que era indomable —dijo Zeus—, hasta que Cronos finalmente la atrapó.

—Ese ha sido el destino de muchas mujeres.

—Lo pregunto porque siempre he querido tener una familia. —La atención de Zeus se desvió hacia las alas de la pared, que simbolizaban a sus hermanos perdidos—. Preferiría un mundo en el que mi padre no deseara mi muerte, no obstante, evidentemente, eso es pedir demasiado. Y, aunque sé que acabaría conmigo sin pensárselo dos veces, no lo odio. Tiene una gran familia que en su mayoría lo apoya, pero solo piensa en sí mismo, en sus propias necesidades y deseos, y en cómo conservar su preciado trono. Lo compadezco.

Me volví hacia Zeus.

—Tu compasión debe de ser la razón por la que el destino te eligió.

—¿El destino nos elige a nosotros?

—A veces creo que sí.

—¿Por qué? ¿Qué consuelo puede haber en saberse controlado por un poder cósmico?

Miré fijamente mi cáliz.

—Simplemente quiero creer que hay una razón para el dolor, para las tragedias y las pérdidas. Creer en el destino significa confiar en que todo saldrá como debe salir.

Zeus se enderezó y su rostro se iluminó. Se puso en pie de un salto, me quitó el cáliz de la mano y lo dejó a un lado.

—Está aquí.

—¿Quién está aquí?

—Acompáñame. Ya verás —dijo Zeus arrastrándome fuera de la cueva.

Nos quedamos en el exterior; el Niño Dios temblaba de emoción. Nunca lo había visto tan feliz, ni siquiera con su harén de doncellas risueñas, sin embargo, los árboles estaban tranquilos y nadie se acercaba por el camino.

—¿Qué pasa…?

Me cogió de la barbilla para levantarme la cabeza.

—Ahí.

Al principio solo veía el sol y tuve que cubrirme los ojos. Zeus me dio un codazo para que volviera a mirar. Un rayo de sol comenzó a tomar forma en el cielo, convirtiéndose en un carro dorado tirado por cuatro corceles de alas blancas, largas crines rubias y gualdrapas doradas a juego. El conductor hizo aterrizar el carro en el claro que había frente a la cueva. Tuve que parpadear varias veces antes de poder enfocarlo. No necesitaba que nadie me dijera que ese joven era un titán.

Todo en él era llamativo. Vestía una túnica de cuello alto de color burdeos oscuro que llegaba hasta el suelo y que enmarcaba su rostro; se trataba del estilo sencillo pero práctico que solían llevar los nómadas del desierto del este para protegerse de la luz. Su majestuosa corona era como la brillante aureola del sol. En la oreja izquierda tenía un adorno metálico de medio sol que abarcaba toda la longitud de la oreja y sobresalía como los rayos. Llevaba el pelo corto por un lado y largo y desgreñado por el otro, de un color dorado rojizo que solo había visto en el fuego de la cocina del que Cleora se había ocupado con cariño en el templo. Estaba bien afeitado y poseía unos ojos dorados que se estrechaban de manera que parecía un gato. El color de su mirada parecía líquido, casi luminiscente, lo que contrastaba con su piel morena e intensificaba la impresionante perfección de su esplendor. Incluso sus labios rojos brillaban como si acabara de probar el rocío de la mañana de una rosa.

El conductor descendió y las rocas y el bosque se estremecieron bajo sus inmortales pies.

—¡Helios! —dijo Zeus mientras saltaba sobre él.

—Primo —respondió el visitante—. Has crecido desde la última vez.

—No vienes mucho por aquí. Te veo volar todos los días.

—Trabajo, trabajo y trabajo. Debería visitarte por las tardes, pero para entonces ya he volado por medio mundo y estoy agotado. —Volvió a abrazar a Zeus—. Te he traído algo. Metis me ha estado dando la vara día y noche. No puedo volver sin una carta para ella, así que será mejor que escribas rápido la respuesta.

Zeus le arrebató la carta a Helios y entró en la cueva.

El dios titán del sol se fijó en mí.

—Buenos días.

Enmudecí. Era como si, de alguna manera, la lengua se me hubiera caído de tener la boca abierta.

—Es un placer conocerte. —Helios me tomó la mano entre las suyas y se la llevó a los labios. Una cálida sensación de exquisita euforia recorrió mi piel—. ¿Te gustaría conocer a mis caballos? Son bastante amigables.

Helios era sencillamente deslumbrante. Incluso cuando parpadeaba, podía ver su luz a través de los párpados.

—Ah, de acuerdo.

—Se criaron en el este, en mi tierra natal. Mi padre tiene su ejemplar más preciado en los establos de su casa, la Mansión del Coral. Ese semental ha engendrado todos los caballos que han volado en este carro.

Asentí con la cabeza. El titán Helios estaba ahí, hablándome —a mí— de su padre, el titán de primera generación Hiperión, el dios de la luz. La Cuarta Casa, el pilar del este, se conocía por dos cosas: los caballos y los agricultores. Muchos de sus habitantes emigraban a regiones de todo el mundo para plantar y cosechar cultivos. Supuestamente podían cultivar plantas en cualquier clima o suelo. Los nómadas orientales, supersticiosos, podían rezar a Gea por su parentesco con la tierra. Fueron la única excepción que hizo Cronos con respecto al culto a sus padres, además de las vestales, a las que se les permitió adorar a Gea por no provocar aún más la ira de su madre.

Acaricié a uno de los corceles de Helios. A diferencia de otros caballos, no tenían pelo, sino plumas cortas y suaves como las de los pájaros. Uno de ellos arrastró la pezuña delantera por el suelo y resopló.

—Le gustas, Altea —dijo Helios.

—¿Cómo sabes mi nombre?

—Lo veo y lo oigo todo; es una de las ventajas de ser el dios del sol. O una maldición, según cómo se mire. —Sonrió, mostrando sus radiantes dientes—. Mis primos dicen que soy pragmático, pero no te preocupes. Puedo guardar un secreto.

No estaba segura de a qué se refería, aunque, entonces, pensé que me estaba asegurando que no traicionaría a Zeus. Me pregunté por cuántos dioses sabrían de su existencia, y si aquello representaba una amenaza para nuestro plan.

Zeus regresó con otro pergamino. Sopló sobre la tinta húmeda para secarla y luego enrolló la carta y se la tendió a su primo.

—¿Qué dice Metis? —preguntó Helios.

Zeus se encogió de hombros con indiferencia.

—Me pidió que recogiera una flor especial del jardín de Ida y que la llevara siempre conmigo.

—Y, cuando la mires, debes pensar en ella. —Helios sonrió—. ¿Debo describirte una vez más la belleza de tu prometida?

El Niño Dios se sonrojó.

—Ya he oído hablar bastante de ella, gracias.

Me volví hacia él, sorprendida.

—¿Estás prometido?

—Con su prima, una oceánida —respondió Helios, moviendo las cejas.

Las Oceánidas, hijas de Oceanus, eran bellezas notoriamente inteligentes y encantadoras. Muchos marineros eran seducidos por estas embaucadoras que disfrutaban acosando a los hombres mortales.

—Zeus, ¿has conocido a Metis? —pregunté.

—¿Cómo? Si nunca salgo de la isla.

—Un día, este período experimental terminará —dijo Helios— y te llevaré a recorrer el mundo conmigo. —Se montó en su carro—. Ahora debo irme. El sol no se pondrá solo. Ha sido un honor conocerte, Altea Lambros. Deja de lado tus preocupaciones y descansa bien. Tu hermana Cleora está a salvo.

Me agarré a un lado del carro.

—¿Has visto a mi hermana?

—Soy el dios del sol —respondió Helios—. Lo veo todo.

—Excepto lo que ocurre por la noche —dijo Zeus—. Selene es la única que ve eso.

—Sí, bueno, no todos podemos ser mi hermana —respondió Helios con ironía mientras cogía las riendas.

—¿Puedes contarme más? —pregunté—. ¿Cómo está Cleora?

Helios cerró los ojos. Cuando los volvió a abrir, unos anillos de fuego brillaban alrededor de sus pupilas.

—Tu hermana te echa de menos. —Se me cerró la garganta. Helios parpadeó de nuevo y los anillos de fuego desaparecieron—. Cleora es más fuerte de lo que parece.

Entonces supe que la había visto de verdad. La gente solía confundir la cautela y la paciencia de Cleora con debilidad, pero en muchos aspectos era más resistente que Bronte y que yo.

—Adiós, primo —dijo Zeus mientras me rodeaba con el brazo—. Buen vuelo.

El dios del sol dio un latigazo en el lomo a sus corceles y el carro se elevó, dejando una estela de polvo de estrellas a su paso. Observamos cómo el carro se iba haciendo más pequeño hasta que se fusionó con la luz del sol.

Zeus me soltó.

—Tengo hambre.

¿Cómo pensaba en comida después de eso? Le seguí hasta la cueva aún algo aturdida. Apenas conseguía procesar lo que había presenciado. Zeus se sentó en unos almohadones y se comió unas almendras al tiempo que releía la última carta de Metis.

—No sabía que estabas prometido —dije.

—Todos los titanes tienen matrimonios concertados. —Una sonrisa se extendió por su cara y se hizo cada vez más amplia—. ¿Te molesta que te sentara en mi regazo a pesar de estar prometido?

—No. —Al menos, no lo creía—. Ignoraba que un titán, aparte de tu madre, supiera que estabas aquí.

—Nadie puede esconderse de mis primos Helios, Selene y Eos. Ellos apoyan a mi madre por encima de mi padre y no tienen nada que ver con las alianzas de sus padres. Son de fiar.

—¿Y Metis?

—Metis posee el don de la profecía, es una diosa de la sabiduría. Es imposible ocultarle nada. Me envió una carta el año pasado... o el anterior, no lo recuerdo. Decía que algún día dos hermanas viajarían desde Tesalia para verme, y me aconsejó que las escuchara.

Jugueteé con el anillo mientras echaba la vista atrás al momento en que las oráculos me hablaron sobre la suerte, el destino y el conocimiento ineludible.

—¿Qué más ha predicho?

Zeus se levantó y tomó mi mano.

—Que amaría a muchas mujeres en mi vida, pero que solo una sería mi igual.

Los anillos de nuestras manos comenzaron a brillar.

Sentí los latidos del corazón en la cabeza.

—Como tu prometida, seguramente Metis hablaba de sí misma.

—Sí, eso mismo pensé.

Alguien detrás de nosotros carraspeó.

Teo estaba en la entrada de la cueva, con gesto inexpresivo.

—Perdonad la interrupción —dijo con voz fría—. Es hora de que Zeus empiece a entrenar.

Zeus soltó lentamente mi mano, rozando el dorso con el pulgar. En cuanto dejamos de tocarnos, los anillos se oscurecieron.

—Fascinante —murmuró.

Los labios de Teo se tensaron.

—Hoy continuaremos con las lecciones de esgrima.

—No creo que mi cueva pueda resistir otra lección —dijo Zeus mientras señalaba las cortinas hechas jirones.

—Entrenaremos en el bosque. —Teo dio un paso atrás—. Esperaré a que estés listo.

Tomé eso como una indicación para salir y lo seguí afuera.

—¿Cómo va el entrenamiento? —pregunté.

—Bien —dijo Teo.

—Zeus no opina lo mismo.

—Se me resiste, aunque ya me lo esperaba. —Teo sonrió sin ganas—. Domina la técnica de hacerse el muerto.

—Sí, ha practicado ese truco conmigo esta mañana. —Sentí el impulso de explicarle lo que había visto entre Zeus y yo. Aun así, no quise darle más importancia. Después de todo, Zeus y yo no éramos más que amigos.

—Volví a ver el barco de esclavos —dijo Teo.

—¿Cuándo?

—Ayer por la tarde, por la costa norte. En definitiva están patrullando. Por seguridad, aléjate de las playas.

Zeus salió y bostezó ampliamente. Teo le lanzó una segunda espada y casi no la atrapa a tiempo.

—Vamos —dijo Teo.

Me despedí de ellos y vi cómo se adentraban en el bosque, con Zeus arrastrando los pies. Sus contradictorias versiones sobre el entrenamiento habían despertado mi curiosidad. Decidí seguirlos, lo suficientemente alejada como para que no me vieran. Su ruta nos llevó a una parte del bosque que aún no había explorado.

Más adelante, escondida entre los árboles, había una cabaña. Alrededor de la puerta principal crecía un jardín de flores de colores brillantes. La mayoría de ellas ya las había visto antes: jacintos, violetas, azafranes amarillos y rosas silvestres: las mismas que Ida llevaba tatuadas en el cuerpo. Sin embargo, no reconocí una de color azul zafiro con pétalos rojos. El arcoíris de colores era fascinante. No quería perder de vista a Zeus y Teo, pero me interesaba saber si ese sería el hogar de las ninfas del bosque. Me asomé por la ventana de una habitación ordenada que estaba llena de plantas y tenía mariposas clavadas en las paredes.

Un suave arrullo sonó por encima de mí. Miré hacia arriba y vi una tórtola blanca en el borde del tejado. Detrás de mí sonaron más arrullos. En las ramas de los árboles más cercanos a la casa había más tórtolas, una bandada entera.

Se me erizó el cuero cabelludo. Hasta el último pájaro me observaba.

La tórtola del tejado se lanzó sobre mi cabeza. La espanté, pero más pájaros volaron hacia mí y me picotearon el pelo. Me adentré en el bosque con las manos por encima de la cabeza, dándoles manotazos, no obstante, cada vez había más. Entonces, a través de la niebla de plumas blancas, vi a tres mujeres vestidas con pieles oscuras y pelajes de animales que se dirigían hacia mí a través de los árboles con alas negras como la noche más oscura y un brillo rojo en la mirada.

Grité y corrí más rápido. Las tórtolas seguían rodeándome y limitando mi visión. De repente, mi pie se encontró con que no había suelo donde pisar. Moví los brazos para ganar algo de equilibrio. Me encontraba en lo alto de un barranco. El fondo se veía muy abajo.

Las tórtolas me picotearon la cabeza, los brazos y los hombros. Me giré y las erinias volaron hacia mí. Se abalanzaron tan rápido que caí hacia atrás por el borde del barranco. Miré al cielo y vi que se detenían y miraban cómo caía en picado.

De pronto unos brazos me rodearon y me estrellé contra el suelo.

Esperé que llegara el dolor, pero solo me dolía un poco la cabeza.

—Uf —gimió una voz en mi oído. Era Zeus, que estaba debajo de mí—. Pesas más de lo que parece —se quejó.

—¿Cómo supiste que necesitaba ayuda?

—Seguí el sonido de tu grito. —Zeus se sentó acunándome contra él—. ¿Estás bien?

—Creo que sí. —Al sentarme, sentí un punto de dolor en la parte posterior de la cabeza, y cuando me toqué el dedo se me manchó de sangre—. Ay.

—Por todas las estrellas, pensé que te había cubierto por completo. —Me apartó el pelo para ver la herida—. No es muy grave. Solo es un pequeño corte.

—¿Cómo llegaste hasta mí tan rápido?

Se señaló a sí mismo con el pulgar.

—Dios.

Adrastea y Teo llegaron corriendo. Ella fue hacia Zeus. Teo se acercó a mí.

—¿Te has roto algo? —preguntó.

—Creo que no.

Me levantó para ponerme de pie y los tobillos me temblaban, de modo que me agarré a él para apoyarme. Teo me rodeó y vio la sangre en mi pelo.

—Estás herida —dijo.

—Zeus se llevó la peor parte.

—¿Qué ha pasado? —preguntó—. Te oímos gritar y vinimos corriendo. Nunca he visto a Zeus moverse tan rápido.

Bajé la voz para que solo Teo pudiera oírme.

—¿Las has visto?

—¿El qué?

—A las erinias. Enviaron una bandada de tórtolas tras de mí y luego me persiguieron por el bosque. Así fue como me caí.

Teo abrió los ojos de par en par, alarmado.

—¿Dijeron algo?

—No.

La voz de Zeus se elevó por encima de la nuestra, interrumpiéndonos.

—Deja de quejarte, Adrastea. Es Altea la que debería preocuparte.

—Estoy bien —dije. La adrenalina de la caída iba desapareciendo y en ese momento me dolía más la cabeza, aunque no quería preocuparlos.

Adrastea me arrancó una pluma blanca del pelo.

—Nos has dado un buen susto. Ten cuidado en estos bosques. Hay muchos barrancos y zonas empinadas con rocas sueltas.

—No estaba... —Me detuve, pensando que sería mejor no dar explicaciones. Prefería que pensara que me había ido de excursión y me había despistado.

—Te acompañaré de vuelta al campamento —dijo Teo en un tono que sonaba más a exigencia que a oferta.

Adrastea le puso una mano en el hombro.

—Yo la llevaré, coronel. Usted y Zeus pueden volver a su entrenamiento.

Vi cómo posaba su mano sobre él y apreté la mandíbula.

—Puedo volver por mi cuenta.

Teo frunció el ceño.

—No deberías estar sola.

No me gustaba que me tratara igual que Adrastea, como si fuera una mujer histérica que acaba de ver unos pájaros y se ha caído por descuido a un barranco.

—El campamento no está lejos —dijo Zeus—. La llevaré al sendero principal y podrá recorrer el resto del camino sola.

Acepté ese compromiso y nos pusimos en marcha juntos. Zeus hablaba de sus prácticas con la espada y de cómo se sintió cuando finalmente consiguió tumbar a Teo mientras yo escudriñaba con atención entre los árboles. No había tórtolas a la vista.

Miré detrás de nosotros. Teo y Adrastea nos seguían a una distancia prudente. Ella caminaba muy cerca de él, riendo y tocándole el brazo.

Llegamos a la cabaña y Zeus se detuvo a recoger una flor del jardín de las ninfas. Eligió la que yo no conocía, una violeta con pétalos de color rojo, y se la metió en el bolsillo.

—¿Para tu prometida? —pregunté.

Se encogió de hombros.

—Metis me pidió que la encontrara y la llevara conmigo, así que lo haré.

Teo y Adrastea casi nos habían alcanzado. Ella le volvió a tocar el brazo entre risitas. ¿Qué le estaba diciendo que era tan divertido?

—¿Qué te parece? —preguntó Zeus.

—Creo que se toma demasiadas confianzas.

Zeus puso una sonrisa tonta.

—Te gusta Teo.

Choqué mi hombro contra el suyo y fingió inclinarse hacia atrás y perder el equilibrio. Di un paso y luego me detuve.

—Zeus… No tenemos mucho tiempo. Lo sabes, ¿no?

Su expresión se tornó seria.

—Lo sé.

Salí justo cuando llegaron Teo y Adrastea. El sendero estaba desgastado y, cuando la cabaña ya quedaba muy atrás, me llamó la atención una luz en el suelo del bosque. Me acerqué a ella y me detuve.

Allí, en medio del sendero, había un narciso amarillo.

Busqué con la mirada cualquier otra señal de las erinias. Nada. Podría haber aplastado la flor bajo mis pies en señal de frustración, pero no quise arriesgarme a molestarlas. Las erinias querían que supiera que estaban cerca y que me observaban.

# 16

Cuando regresé al campamento, el dolor de cabeza resultaba casi insoportable, así que me acosté en la tienda para descansar. Debí de quedarme dormida, porque cuando volví en mí ya era de noche y sonaban unos tambores.

Bronte abrió la puerta de la tienda.

—Oh, bien, estás despierta. —Tenía un cáliz de vino en la mano y los ojos, vidriosos; como si no fuera su primera copa—. Te perdiste la matanza del sacrificio, pero la fiesta acaba de empezar. Teo andaba buscándote. Dijo que te habías caído y golpeado la cabeza.

Me froté los ojos. Tenía la parte posterior de la cabeza algo sensible, , el dolor era soportable.

—Estoy bien.

—¿Seguro? No recuerdo la última vez que dormiste en pleno día.

—Solo necesitaba un poco de tranquilidad. Ahora mismo salgo.

—Esperaba que dijeras eso. —Bronte bebió de la copa y sonrió—. ¡Por cierto! He recordado a quién me recuerda Teo.

—¿A quién?

—¡A Prometeo! ¿A que sí? Después de todo, es un hombre con aspecto de oso. —Bronte apuró el resto del vino de un solo trago—. Necesito otra copa. ¿Nos vemos fuera?

—¿Me traes una a mí también?

—Contaba con ello. —Salió de la tienda tarareando.

Me cambié de ropa y salí para unirme a la fiesta. La hoguera ardía con tanta intensidad que parecía de día en el campamento. Las llamas lamían el cielo y cortejaban a las ramas de los árboles. Todo el mundo llevaba quitones blancos, el pelo suelto, cepillado y brillante, y el cuerpo perfumado con aceite. Bronte se acercó corriendo y me puso un cáliz hasta arriba de vino en las manos.

—Por la luna —dijo—. Que siempre brille.

Chocamos las copas y bebimos. El vino estaba bastante aguado y su sabor afrutado rozaba el exceso de dulzura, no obstante, calmó mi cabeza palpitante con rapidez.

Tocaron la lira, los platillos y los tambores mientras las mujeres bailaban alrededor de la hoguera. Bronte daba saltos de un lado a otro a la vez que agitaba los brazos y contoneaba las caderas al ritmo de la música. Nunca la había visto tan despreocupada, ni tan borracha.

—¿Quieres bailar? —preguntó.

—Con todo mi ser.

No recordaba la última vez que había bailado, y menos con otras personas. Moverme al ritmo de la música fue una liberación que no sabía que necesitaba hasta que me sentí flotando.

Bronte y yo nos balanceamos y giramos, riendo y bebiendo. Ella cantaba sin palabras al ritmo de la música, sus ojos brillaban demasiado para alguien que solo había bebido vino.

—¿Has tomado opio? —pregunté.

—Solo vino. Se me ha vuelto a acabar, y a ti también. Voy a rellenar las copas.

Se alejó girando sobre las puntas de los pies con las copas levantadas sobre su cabeza.

Eubea me encontró bailando sola y me arrastró a la multitud de la gente. Los cuerpos se balanceaban a nuestro alrededor, girando, contoneándose y dando vueltas. Por todo el claro, las mujeres semidesnudas bailaban, reían, hablaban, hacían el tonto, jugaban, bebían y fumaban opio. No podía imaginarme algo así en Tesalia. Allí las mujeres nunca podían llegar a ese nivel de despreocupación.

Los tambores se ralentizaron hasta alcanzar un ritmo sensual. Yo balanceaba y sacudía las caderas y las nalgas. Los cuerpos se restregaban carnal y embriagadoramente mientras la gente se retorcía y sus figuras brillaban a la luz del fuego y al ritmo de los tambores. A los doce años, me convertí en una mujer y comenzó mi periodo; mi madre me había dicho que aprendería que los placeres de la noche pertenecían a las mujeres. Los dioses nos dieron la forma más gloriosa de toda la existencia, no para ser admiradas por los hombres, sino para la simple apreciación de vivir.

Todos sus cuerpos se rozaban, con las piernas entrelazadas y las manos en la cintura y en la espalda. Eubea se acercó a mí y se agarró de mis caderas. Nos balanceamos al unísono mientras su rodilla se deslizaba cada vez más entre mis muslos. La embriagadora música resultaba estimulante y me dejé llevar por el ritmo, me entregué a los sonidos, a los olores y a las caricias de la noche. Todos mis sentidos se intensificaron con la luz del fuego y la continua presión de los cuerpos a mi alrededor.

No sé cuánto tiempo bailé, sin embargo, cuando los labios de Eubea rozaron mi oreja en el más mínimo de los besos, ambas estábamos empapadas, con las caras encendidas y los cuerpos brillantes de sudor. Tuve la tentación de quedarme, pero se me estaba pasando el efecto del vino y el dolor de cabeza había vuelto.

—Estoy mareada —dije—. Necesito sentarme.

Eubea me soltó, aunque se quedó con las manos extendidas animándome a volver. Otra mujer ocupó mi lugar y se escurrieron la una contra la otra bajo un cielo de estrellas cambiantes. Dejé atrás el fuego y la música para descansar en un banco cercano.

Teo se acercó a mí.

—Bronte me ha pedido que te trajera esto. —Me tendió una copa de vino—. La he ayudado a llegar a la tienda. Ha bebido mucho.

—Gracias por cuidar de ella. —Me bebí la mitad de la copa con la esperanza de aliviar el dolor de cabeza, y ahora también el del tobillo. Había permanecido de pie demasiado tiempo.

—Tened cuidado. Le ponen zumo de opio al vino.

Eso explicaba el aturdimiento de Bronte y mi mareo.

Teo se sentó a mi lado. La noche aterciopelada nos envolvía, confiriéndonos intimidad.

—¿Qué tal tu cabeza? —preguntó.

—El vino ayuda. ¿Dónde está Zeus?

—Quería venir, pero le dije que descansara para el entrenamiento de mañana. Me preocupa que aún no esté completamente implicado. La idea del trono es demasiado abstracta. —Teo me miró fijamente—. Hoy ha sido más valiente que nunca. Oyó tu grito y se adentró en el bosque sin pensarlo dos veces.

—Tuve suerte de que llegara a tiempo.

Teo se quedó callado.

—Zeus está prometido —dije—. Lo que hay entre nosotros es solo amistad. Al menos para mí.

Teo estiró las piernas y cruzó los tobillos. Nos sentamos en silencio durante un rato y, luego, habló con voz suave.

—¿Por qué no te vas a casar nunca?

En general, no hablaría de algo tan personal con nadie más que con mis hermanas, no obstante, ya llevaba unas cuantas copas de vino.

—No me arredraré ante nadie. Y el hecho de encontrar a un igual es poco probable.

—Pero no imposible.

—Quizá no exista un igual para todos.

Los ojos de Teo se suavizaron como miel líquida.

—El mío existe.

Las mejillas se me encendieron. Bebí más vino, el calor de la bebida fluía a través de mí. Tal vez no fuera solo por la bebida…

La música volvió a animarse, atrayendo a más bailarinas a la pista. Otras se escabulleron en pareja hacia las tiendas. Ansiaba encontrar un rincón oscuro en el que refugiarme con Teo, pero no todavía. No había terminado de bailar.

—Voy a volver allí —dije, ignorando el dolor del tobillo—. Deberías acompañarme.

—Dudo que la tribu quiera que les estropee la diversión.

—Están demasiado borrachas y felices como para prestarte atención. —Le cogí la mano y tiré de él para que se pusiera en pie—. Quédate cerca de mí.

Dibujó una sonrisa.

—Con mucho gusto.

Me puse de puntillas y giré. Teo se rio —un sonido corto y alegre— y luego imitó mi giro. Tenía los pies y el cuerpo tan grandes que el gesto fue totalmente ridículo. Me balanceé de un lado a otro y él lo imitó también, así que empecé a dar vueltas y vueltas, y él intentó lo mismo, sin un buen resultado. Nos echamos a reír.

Algunas mujeres se mantuvieron alejadas de nosotros, aunque, cuando nos balanceamos con el ritmo, se acercaron de nuevo. Los brazos de Teo me rodearon y yo enganché los míos a sus hombros. Nuestras manos se deslizaron por el cuerpo del otro en una caricia más íntima que cualquier revolcón en el bosque con un chico del pueblo. En ningún momento sobrepasó los límites. Cuando el ritmo de los tambores disminuyó, yo ya había explorado cada parte de él.

Me abrazó. Teníamos las caras sudorosas y la ropa pegajosa. Levanté la barbilla para besarlo, pero entonces la música se detuvo. La tribu se reunió alrededor de la hoguera para arrojar pequeños objetos a las llamas, que respondían lanzando chispas anaranjadas al cielo nocturno.

—¿Qué están haciendo? —pregunté.

—No lo sé.

Nos acercamos y vimos que decenas de mujeres arrojaban rosas al fuego y, acto seguido, cerraban los ojos y susurraban al cielo. Incluso las niñas participaban.

Adrastea se acercó a nosotros.

—Forma parte del sacrificio de primavera —explicó—, quemamos una rosa como símbolo de nosotras mismas, creaciones de Gea. Y pedimos a Afrodita que perdone nuestros defectos y que reemplace nuestro dolor por su amor. —Nos pasó una rosa a cada uno—. ¿Os gustaría uniros?

—¿Esto me redimirá? —preguntó Teo mientras levantaba una ceja.

—Es una renovación. Todas las almas tienen cargas pasadas. Suéltala y ábrete a nuevos comienzos.

No estaba convencida de que un acto tan sencillo tuviera tanta repercusión, pero aún disfrutaba de los efectos revitalizantes del vino y el baile, y estaba dispuesta a participar por el bien de la velada.

—Nadie tiene por qué saber qué perdón busca usted, coronel —dijo Adrastea mientras posaba la mano en su hombro—. Eso queda entre usted y la diosa.

Teo se acercó a mí, alejándose de Adrastea. Ella lo miró a él, luego a mí, sonrió y se marchó.

—Tú primero —dije.

Teo se acercó al fuego, con una expresión de concentración, y arrojó su rosa a las llamas. Observó cómo esta se consumía en las llamas con una honda tristeza.

Hice girar la rosa bajo mi nariz. Dudaba que la diosa pudiera perdonarme lo que yo necesitaba. No podía retroceder en el tiempo y salvar a mi madre o a mi hermana pequeña, ni tampoco volver atrás y cambiarme por Cleora. Las erinias tenían todo el derecho a acosarme. Juré a mi madre que protegería a mis hermanas. Si no podía perdonarme a mí misma por no cumplir esa promesa, ¿cómo esperar que alguien más me perdonara?

—¿Altea? —preguntó Teo—. ¿Estás bien?

Las lágrimas me empañaron la vista.

—El vino debe de habérseme subido a la cabeza.

Me alejó del fuego, de vuelta a las tiendas. Me metí en la mía para ver cómo estaba Bronte mientras él esperaba fuera. Mi hermana dormía profundamente sobre su manta. Le quité las sandalias, acariciando el lunar en forma de estrella del talón, y le eché mi manta por encima. Dejé la rosa junto a ella y salí de nuevo.

—¿Cómo está? —preguntó Teo.

—En coma.

La intimidad que compartimos mientras bailábamos parecía ya muy lejana. Pensé en alargar la mano para tocarlo y recuperar así esa cercanía, pero la tristeza de sus ojos me detuvo.

—¿Por qué has pedido perdón?

Sus hombros se tensaron.

—No tienes que decírmelo.

Teo giró la cabeza y liberó la tensión del cuello. Luego dejó caer la barbilla sobre el pecho. Con la mirada baja, respondió.

—Pedí perdón por no proteger a tu hermanita.

Me quedé paralizada.

—Podría haber hecho algo. Haber protegido al bebé. Esconderlo.

—¿Por qué no lo hiciste?

—Por mi madre —admitió—. Si hubiera huido con la niña, la habrían utilizado en mi contra. La habrían castigado como si ella misma hubiera cometido la traición.

El corazón se me aceleró.

—¿No se enfrenta ahora a esa misma amenaza?

—Fue el riesgo que tuve que correr por su libertad.

Años atrás, la noche en que murió mi madre y se llevaron a mi hermanastra, Teo solo cumplía órdenes. Al fin lo entendía. No podía esperar que se enfrentara a Cronos por su cuenta, especialmente cuando yo era incapaz de hacer lo mismo.

—Te perdono.

Su mano me buscó en la oscuridad. Las yemas de nuestros dedos se tocaron y la distancia entre nosotros se evaporó. Nos inclinamos y nuestros labios se encontraron.

Teo aspiró con tal profundidad que pensé que podría inhalar el mundo entero, luego tomó cuidadosamente mi barbilla en su cálida mano y me besó con más intensidad.

Presioné mis labios contra los suyos con avidez, rapidez y necesidad contenida. Sus besos eran más lentos, delicados y medidos, con la cautela de un hombre que creía tener todo el tiempo del mundo. Su afecto era más profundo de lo que había previsto y no pude evitar hundirme en él.

Teo me acarició la espalda, las caderas y los pechos. Todos sus movimientos eran más lentos de lo que mi paciencia soportaba, pero me adapté a su minuciosidad, recorriendo su pecho y sus hombros con mis caricias.

Mientras Teo me besaba el cuello, eché la cabeza hacia atrás con la mente dando vueltas sin parar. No se trataba simplemente de saciar los deseos carnales.

Era importante.

Era una estupidez.

Tenía juramentos que cumplir, no era momento para distracciones. Siempre que había dejado que un hombre me tocara había sido con una intención estrictamente física. Esto... esto era complicado.

Apoyé mi frente en la suya.

—Debería irme.

Teo volvió a cogerme la barbilla con la mano y me besó, con una lentitud dolorosa, haciendo que mis piernas se derritieran. Estuve a punto de cambiar de opinión y proponerle entrar en su tienda, sin embargo, dio un paso atrás y susurró:

—Buenas noches, Altea.

Se dispuso a marcharse, aunque se detuvo y se agachó. Había florecido un narciso donde habíamos estado hace unos segundos.

Teo se levantó de nuevo, en un estado de alerta máxima repentino.

—¿Eso estaba ahí antes? —pregunté.

—No.

Pisó la flor y la aplastó contra la hierba con el talón.

Una gélida tristeza me atravesó hasta la médula. Me abracé a mí misma y temblé. Ya casi no teníamos tiempo.

Teo siguió escudriñando a nuestro alrededor en busca de alguna señal de las erinias. Finalmente, dijo:

—Duerme con el arma a mano.

Tras echar otro vistazo a su alrededor, se metió en su tienda. Yo me metí en la mía y encontré mi lanza en la oscuridad, entonces me acosté junto a Bronte. El calor de su cuerpo me arropó, pero no pude librarme del frío que se me había pegado a las entrañas como la escarcha.

Los erinias nunca dejarían de acosarme. El perdón y los nuevos comienzos eran un pensamiento encantador, no obstante, no estaría tranquila ni renovada hasta cumplir mi juramento. Al día siguiente, cumpliría con lo que debería haber hecho desde el principio.

Acudiría al Todopoderoso.

# 17

El amanecer llegó demasiado rápido. Bronte aún dormía cuando me levanté de la cama. Intenté no hacer ruido mientras me cambiaba de ropa, pero hice el suficiente para despertarla.

—Oh, mi cabeza —gimió.

—Vuelve a dormirte. Se te pasará el dolor. —La besé en la frente y me aparté—. Estás caliente. —Le toqué la cara con el dorso de la mano—. Tienes fiebre.

—Solo necesito dormir —dijo.

—Y agua —dije a la vez que colocaba el odre a su lado—. Veré qué puedo hacer para encontrar un remedio.

Murmuró algo ininteligible y volvió a dormirse.

Salí de la tienda y me protegí los ojos del sol de la mañana. Bronte no era la única que había bebido demasiado vino anoche.

El campamento estaba tranquilo. Pretendía alcanzar a Eubea antes de que saliera a pescar, como hacía casi todas las mañanas, sin embargo, su equipo seguía colgado junto al comedor, incluida la lanza que llevaba para defenderse de los dragones de mar.

Teo salió de su tienda. Me paré en seco al verle. Tenía los ojos inyectados en sangre y llevaba la misma ropa del día anterior.

—Bien, estás despierta —dijo ajustándose la correa del saco que llevaba al hombro. Una ráfaga de viento le agitó el pelo ondulado—. Me gustaría que hoy te unieras a la sesión de entrenamiento de Zeus. He pensado en lo que me comentaste y tienes razón. Tu asistencia será buena para él.

—Estaba buscando a Eubea. Bronte tiene fiebre. Esperaba que ella tuviera un remedio.

—Ida sería la más indicada para eso —dijo Teo—. Le dio a Zeus un té para el estómago el otro día. Mencionó que tenía muy buena mano.

191

Bronte necesitaba algo para la fiebre, y yo estaba preocupada por ella, sobre todo porque sería difícil marcharme y dejarla ahí en ese estado. Por otra parte, también debía hablar con Eubea para que me llevara de vuelta a Tesalia. Aunque, como no se la veía por ninguna parte, eso tendría que esperar.

—De acuerdo, pero he de volver pronto para ver cómo está Bronte.

—No debería llevar mucho tiempo.

Teo y yo nos adentramos en el bosque. El aire era más fresco entre los árboles, el suelo del bosque guardaba la humedad del rocío y el viento era más suave. Estábamos más callados que de costumbre. Quizá él también se había pasado la noche anterior reflexionando. Intenté apartar esos acontecimientos de mi mente, aun cuando, cada vez que se frotaba la barba o se lamía los labios, recordaba sus besos. «Ya se me pasará», me dije. Abandonar la isla, y con ella a Teo, me curaría el capricho.

El sendero nos llevó hasta la cabaña de las ninfas y el jardín de flores. Las persianas estaban cerradas. Pensé en detenerme y pedirle a Ida algo para la fiebre de Bronte, si bien preferí que Zeus o Adrastea se lo pidieran en mi nombre. Resultaba más probable que Ida los ayudara. Avanzamos hasta llegar a la zona del bosque que no quería volver a ver. El barranco por el que había caído cuando las erinias me persiguieron era tan escarpado y peligroso como lo recordaba, pero habían colocado una cuerda que iba de un lado a otro del barranco.

—¡Altea! —Zeus llegó apresurado por otro sendero de la colina, con la cara y el pecho mojados de sudor. Me pregunté cuánto tiempo llevaba corriendo—. El coronel dijo que podrías unirte a nosotros.

—¿Eso dijo? —miré a Teo de reojo.

—Hoy vamos a entrenar en la cuerda floja —dijo, dejando un saco—. Es mejor con varios participantes.

Zeus me dio una palmada en el hombro.

—No te preocupes, Altea. Hay una red.

En efecto, habían tendido una red de pesca a lo largo del fondo del barranco, aunque el desnivel continuaba siendo bastante grande. Teo sacó un odre de agua y un reloj. Colocó una clepsidra —un reloj de agua portátil— encima de una roca plana y nos explicó que contaría un tiempo de más o menos seis minutos.

—Tengo un premio para el más rápido en cruzar al otro lado y volver —dijo.

Los ojos de Zeus se iluminaron.

—¿Cuál es el premio?

Teo se sacó un par de brazaletes del bolsillo. Era una armadura de cuero que se llevaba alrededor de las muñecas y el antebrazo y que tenía grabados unos leones con un diseño casi idéntico al del brazalete de mi madre.

—Eran parte de mi primera armadura de combate —dijo Teo—. Hace años que no me quedan bien, pero los llevo conmigo para que me den buena suerte.

—Esos brazaletes serán míos —dijo Zeus, dando saltos de puntillas como una liebre—. Yo iré primero.

Caminó hasta el borde del barranco y estiró los brazos por encima de la cabeza.

—Se toma esto demasiado a la ligera. Bueno, esto y todo, en realidad —refunfuñó Teo.

—Pues ya verás lo pesado que se pone cuando gana —respondí.

Teo extendió la mano y rozó mi antebrazo con la punta de los dedos.

—Gracias por venir. Zeus lo hace mejor con público.

Una punzada de culpabilidad me golpeó de lleno en el pecho. No debía decirle a ninguno de los dos que me iba. Tratarían de disuadirme, pero había tomado una decisión.

Cleora no podía esperar a que Zeus creciera. Me cambiaría por ella, como tendría que haber ocurrido desde el principio.

Zeus comenzó a cruzar la cuerda. Colocó un pie delante del otro y los brazos extendidos. Teo comenzó a contar el tiempo con el reloj de agua, luego agarró una ballesta del saco y apuntó a Zeus.

—¿Qué haces? —pregunté.

—Aumentar el nivel de dificultad.

—¿Y si le haces daño?

—Las flechas no están afiladas.

—Eso no significa que no duelan.

—Le vendrá bien un poco de incomodidad. —Teo fijó la flecha, apuntó al objetivo, y esta salió volando.

Zeus se inclinó hacia atrás para evitar el golpe y, después, se enderezó para recuperar el equilibrio.

—Tu turno —dijo Teo mientras me tendía la ballesta.

—¿Yo? Preferiría que no.

—Zeus aprovechará la oportunidad para dispararte cuando le toque.

Acepté la ballesta.

—Colócala a un lado —dijo Teo—. Ahora pon la flecha y tira hacia atrás. Ya está bloqueada y lista para salir. Aprieta ligeramente el gatillo…

Solté la flecha y no le di por muy poco.

—No es la primera vez que lo haces —dijo Teo.

—Una vez un hoplita se dejó una ballesta en el campo. Practiqué durante unos días antes de que volviera a recuperarla.

Teo me entregó el resto de las flechas.

—Toma. No seas demasiado dura.

No lo fui. Estuve a punto de rozarlo un par de veces, pero Zeus se movía con rapidez.

Llegó al otro lado, se sintió más confiado y aumentó la velocidad en el camino de vuelta. No pude recargar lo suficientemente rápido para seguirle el ritmo, y pronto estuvo de vuelta en nuestro lado del barranco.

—¡Ajá! —gritó mientras movía los brazos por encima de la cabeza.

—¿Cómo lo ha hecho? —pregunté a Teo.

Comprobó el reloj de agua.

—Ha batido mi tiempo.

—¿Cuánto tardaste tú?

Teo apretó los labios.

—Más. Mucho más.

—Va a ser insoportable —gemí.

Zeus saltó hacia nosotros.

—Lo he hecho bien. ¿No lo he hecho bien? ¿Lo habéis visto?

Teo se frotó la frente. Le tendí la ballesta a Zeus y me remangué.

—Será mejor que no pierdas ante una insignificante mortal —dije—. Resultaría muy embarazoso.

Zeus se sacó del bolsillo la violeta que Metis, su prometida, le había pedido que llevara encima. Olfateó los pétalos aplastados con tal destreza que me hizo pensar que lo hacía una docena de veces al día.

—Ya soy un ganador —dijo con ojos soñadores.

Envidié su confianza.

Me adelanté y miré por encima del borde. La red de abajo parecía segura, sin embargo, como Zeus no se había caído, no podía estar segura. No temía las alturas, aunque estar cerca del borde me dejó sin aliento.

—Altea, no tienes que hacerlo si no quieres —dijo Teo—. El tiempo de Zeus será difícil de superar. No necesitas ponerte en peligro.

La insinuación me ofendió. La irritación por depender de Zeus se me iba acumulando y lo último que quería escuchar de Teo, o de cualquier otra persona, era que no podía vencer a un titán.

—Voy, Teo. Cronosmétrame o no. Voy a hacerlo.

Zeus sonrió.

—Buena suerte, insignificante mortal.

Extendí los brazos y puse un pie en la cuerda. Se balanceó un poco. Los primeros pasos fueron algo vacilantes, pero, cuando avancé un poco, encontré el equilibrio. Me mantuve firme, tratando de no mirar hacia abajo ni pensar en lo alto que estaba.

Una flecha me pasó zumbando delante de la cara. Me tambaleé hacia atrás, moví los brazos y redistribuí el peso.

—¡Bien hecho, Altea! —gritó Teo.

Preferiría que se callara. No había animado a Zeus y, en el mejor de los casos, suponía una distracción y, en el peor, una actitud condescendiente. Teo no abrió más la boca hasta que llegué al otro lado. Entonces, gritó que había llegado a la mitad del camino. Necesitaba que se callara.

Me dispuse a emprender la vuelta. Después de los primeros pasos inseguros, Zeus disparó otra flecha. Falló, pero lo intentó de nuevo, y esta me dio en la pierna con una fuerza considerable. Una punzada de dolor me hizo apretar los dientes. Mi concentración se tambaleó y miré hacia abajo.

Al siguiente paso no atiné en la cuerda y caí hacia delante. Me agarré a la tira a la altura del pecho, sujetándome por las axilas. No quería caer en la red.

—Zeus, ve a por ella —dijo Teo—. ¡Altea, aguanta!

Mi posición era demasiado peligrosa para levantarme, pero aún no estaba todo perdido.

—¡Puedo hacerlo! —Me descolgué y avancé por la cuerda con las manos, balanceándome de lado a lado para impulsarme. A pesar de mi afirmación, Zeus me alcanzó en un momento. Se columpió en la cuerda sin esfuerzo, colgado de una mano, y deslizó el brazo libre alrededor de mi cintura.

—Súbete a mi espalda —dijo.

—No. —Me dolían las manos. Me saldrían ampollas en las palmas. Con todo, no me agarré a él.

—Altea, suéltate y deja que te lleve —vociferó Teo.

Lo ignoré y seguí adelante. Zeus permaneció justo detrás de mí, casi sin esfuerzo. La injusta facilidad de sus movimientos me impulsó hacia adelante. Teo esperaba con los brazos extendidos hacia nosotros. Llegué al final y, mientras me levantaba, me agarró por la parte trasera del quitón y me puso a salvo. Me tumbé de espaldas y me quedé mirando los trozos de cielo azul que asomaban entre las copas de los árboles.

Zeus aterrizó justo detrás de mí.

—Lo siento, Altea.

—Tienes buena puntería —respondí, jadeando.

Teo me examinó la pierna.

—¿Estás bien?

—Es solo un moratón.

Ni siquiera me estaba escuchando.

—Zeus, tendrías que haber ayudado a Altea para traerla de vuelta.

—Ella no quería que yo…

—Hazlo de nuevo —dijo Teo—. Tu entrenamiento no ha acabado.

La mirada de Zeus se endureció.

—Se olvida de con quién está hablando, coronel.

—Sé perfectamente con quién estoy hablando —replicó Teo—. ¿Crees que por ser el hijo del Todopoderoso no eres responsable de tus acciones? Tus privilegios te hacen más responsable, no menos. Vuelve a empezar.

Zeus apretó la mandíbula.

—Lo siento, Altea.

—Lo sé —dije. No entendía por qué Teo estaba tan enfadado.

Zeus le lanzó otra mirada a Teo y este fue hasta la cuerda para cruzar el barranco de nuevo.

Teo me ayudó a ponerme en pie.

—Es un niño —se quejó—. Nuestras vidas, y las de nuestros seres queridos, dependen de un niño grande.

—Todavía está aprendiendo.

—Es el hijo de Cronos, Altea. ¿Crees que no heredó nada de su padre? Nunca he conocido a alguien más fanfarrón, egoísta, mujeriego y desleal que Cronos, pero Zeus puede superarlo.

—No lo hará. Tiene buen corazón.

—¿Lo tiene? —Teo se pasó una mano por la barba—. Debería haberte traído de vuelta.

—¿Por qué? —Entonces caí en la cuenta de la razón por la que Teo me había invitado a unirme—. Estoy aquí como cebo, ¿no?

—Estás como motivación. Zeus actúa rápido cuando otros están bajo presión.

—Menos mal que sigo necesitando que me salven —espeté antes de darle un empujón al pasar de largo.

Teo me detuvo.

—Altea, no me refería a eso. Zeus necesita un estímulo, algo que lo motive a pensar en alguien más que en sí mismo. Mira cómo respondió cuando casi te caes. Acudió rápidamente a rescatarte.

—No obstante, lo he arruinado. Debería dejar que me salvara como una niña buena, ¿no?

—¿Qué quieres de mí? —exigió Teo—. Hago lo que puedo para sacar algo de ese chico. Lo tiene todo, todo, en la palma de la mano, y desperdicia su fuerza en litros de néctar y hermosas doncellas. Puede que Zeus se convierta en un héroe, pero no seré yo quien lo enseñe.

—Teo —dije exasperada—. No puedes rendirte. No te vas a rendir.

—Necesito tiempo para pensar.

Se marchó a toda prisa.

Teo estaba demasiado molesto por un simple moratón en la pierna. Algo se me escapaba. Tal vez la espera, las dudas, la preocupación, el no saber nada sobre su madre. ¿Acaso yo no me sentía igual de ansiosa y frustrada? ¿No pensaba en marcharme?

En el preciso instante en que Teo desapareció en el bosque, Zeus vino conmigo.

—Altea, lo siento…

—Estoy bien. No le des más vueltas.

Se apartó el pelo sudado de los ojos.

—Teo no lo entiende. Él no tiene que enfrentarse a Cronos.

—Solo quiere ayudarte.

—Está tratando de salvar a su madre —dijo Zeus con seriedad—. Y tú intentas salvar a tu hermana. A ninguno de los dos os importa que mi padre me arroje al Tártaro mientras vuestras familias estén a salvo.

Di un brinco.

—Eso no es cierto.

—Ah, ¿no? —Zeus comenzó a darse la vuelta, pero se detuvo—. Puede que tengas tus reparos con el mundo exterior, pero al menos eres bienvenida allí. Si yo me voy de aquí, Cronos descubrirá que estoy vivo y no se detendrá ante nada para destruirme.

Cada palabra de mis juramentos me resonaba en la cabeza.

—Sé lo que hay en juego. Mi madre murió.

—Nosotros también moriremos. Será mejor que dejemos de fingir que tenemos una oportunidad de derrotar al Dios de Dioses.

Eso hizo que me encendiera.

—Bien. Vuelve a beber, fornicar y esconderte. Mi primera impresión de ti era correcta. Eres igual que tu padre.

La cara de Zeus se descompuso y me arrepentí inmediatamente. No lo decía en serio.

—Zeus, yo…

—Ya has dicho bastante. —Se internó en el bosque.

No sabía a quién seguir, si a Zeus o a Teo. O a ninguno de los dos. Nunca debí haber escuchado a las oráculos ni haberme vinculado a ese lugar. Creer en el destino me había hecho perder el tiempo y me había distraído de cumplir mi juramento. Debería haber sabido que no podía confiar en un poder cósmico. La fe siempre me fallaba.

Un cosquilleo me recorrió la columna vertebral. Me giré y vi a Ida detrás de mí, observándome. La ninfa, con el ceño fruncido, me hizo una seña con el dedo y luego desapareció por el camino que conducía a su cabaña. No me apetecía hablar con ella, pero seguía necesitando un remedio para la fiebre de Bronte. Cojeé detrás de ella para no forzar la pierna dolorida.

# 18

Ida había dejado la puerta abierta. Subí los escalones entre macizos de flores de colores y entré. El interior estaba impecable. El suelo brillaba y los muebles eran de madera cuidadosamente trabajada, tallada con hojas de vid. La decoración floral se complementaba con plantas reales. Había macetas por todas partes: en las mesas, en las sillas, en las estanterías y en cada rincón de la habitación. Mi olfato detectó algo de aloe y albahaca, pero no reconocí muchas de las hierbas y plantas. A Bronte le habría fascinado aquella colección. Tal vez podría identificarlas todas. Seguí el sonido del tintineo hasta la cocina del fondo.

La ninfa rubia colocó una tetera sobre el fuego de la amplia chimenea de piedra.

—Estoy preparando té —dijo—. Toma asiento.

Me senté en una silla baja.

—Percibo dos grandes cargas en tu alma, Altea Lambros. —Ida clavó sus brillantes ojos verdes en mí—. Las erinias te acechan y sufres una maldición.

—¿Cómo… cómo puedes saber que estoy maldita?

—Vi la maldición en tu alma en cuanto nos conocimos, es como una mancha negra. —Se tocó el pecho para indicar el punto exacto donde la había percibido. Sentí un escalofrío. Me miré, aunque no vi nada—. Tu alma se resiste a la maldición, pero no puedes mantenerla a raya para siempre. Los síntomas pronto se manifestarán.

—¿Qué síntomas? —pregunté, pensando en la sensación de ardor de la marca del cuello.

—Es difícil de saber. —Ida cogió dos tazas—. Los síntomas variarán dependiendo de los términos de la maldición.

—¿Cómo sabes tanto sobre maldiciones?

Sus labios dibujaron una sonrisa mordaz.

—He visto mucho dolor en mi larga vida.

—¿Se puede romper?

—La única manera de romperla es que el benefactor la revoque —dijo ella—. Al hacerlo, la maldición reclamaría la vida del benefactor como compensación. Si él perece antes de que sea revocada, la maldición te perseguirá hasta que finalmente tú también perezcas.

Sentí un vacío en el estómago. Décimo nunca me liberaría de la maldición, y menos a costa de su propia vida.

Ida sirvió té.

—Bébetelo todo. Te aliviará el dolor de cabeza. —Me quedé mirando la humeante taza—. Bebe —insistió—. No gano nada envenenándote.

Sorbí un poco. El sabor amargo me secó la boca, pero no era del todo desagradable.

—¿Tienes algo para la fiebre? Mi hermana Bronte no está bien.

Ida dejó caer una pequeña bolsa de hierbas sobre la mesa.

—Esto la ayudará. —Después me dio un paño húmedo y unas vendas—. Para las manos.

Me limpié las ampollas y me envolví las palmas de las manos con las vendas.

—¿Cómo sabes que las erinias me persiguen? —pregunté.

—Sus presas apestan. —Olfateó el aire e hizo una mueca—. Igual que una herida podrida. Las erinias seguirán buscándote hasta que cumplas tu juramento o te atrapen.

—No lo conseguirán —susurré. Cuando me convirtiera en prisionera de Cronos, y Cleora y Bronte estuvieran a salvo, cumpliría mi juramento y las erinias dejarían de perseguirme.

Ida levantó el dedo índice.

—Hay otra manera —dijo como si me hubiera leído el pensamiento—. Podrías pedirles una tarea expiatoria.

—¿Una qué?

—Piensa en ello como una vía de escape.

Se me cortó la respiración. ¿Una salida?

—Pero ten cuidado —advirtió Ida—. Las erinias son unas embaucadoras. Lo mismo les da torturarte hasta la muerte que ofrecerte un receso. Su misericordia es voluble.

Lo cierto es que la tarea expiatoria no sonaba como una solución real.

Ida recogió su cinturón de cuchillos y los extendió sobre la mesa.

—Vendrán a por ti muy pronto. Puedo ayudarte si lo deseas. —Sacó una vieja guadaña de aspecto afilado de su funda—. Aquí en la isla tenemos un ritual. Todas las chicas mayores de edad se someten a él.

—Te refieres a los cortes —afirmé.

—Con este rito, el miedo, la pena y el dolor desaparecerán. Estarás más centrada, más decidida, y serás más capaz de cumplir tus juramentos. —Ida levantó la guadaña—. ¿Qué dolor quieres hacer desaparecer?

Lo supe al instante: el recuerdo de la noche en que murió mi madre.

Ida pasó el dedo por la hoja curvada.

—Esta guadaña fue forjada a partir de una viruta de la hoz adamantina que Cronos utilizó para castrar a Urano. Cuando Rea nos la dio a mi hermana y a mí a cambio de custodiar a su hijo, recordé mi formación con Mnemósine, diosa de la memoria, antes de que se convirtiera en consejera del Todopoderoso, y encontré un propósito mayor para esta gran herramienta. El poder divino de la guadaña puede eliminar las ataduras del mundo mortal. Emanciparse significa desprenderse de las ataduras que nos encadenan. La separación es necesaria para la elevación.

—Si el ritual es tan importante, ¿por qué tú no lo has hecho?

—El adamante funciona de forma diferente en ninfas e inmortales.

Pensé en cómo la hoz de Cronos castró a Urano cuando ninguna otra arma podía hacerlo.

—¿Y por qué la cara? ¿Por qué no cortar a las mujeres en algún lugar menos visible?

—Cada vez que se miran, ven a una mujer valiente que se hizo dueña de su propio destino. —Ida pasó los dedos por su brazo, sobre sus tatuajes de rosas—. Cada flor representa a una mujer que ha pasado por la renovación, dejando atrás su pasado y creciendo para explotar su potencial. El poder del adamante me otorgó estas marcas como portadora de la espada. Las mujeres llevan sus cicatrices con orgullo, y yo llevo sus esperanzas.

La noche en que murió mi madre se repetía en mi cabeza. Me atormentaba cada detalle, hasta el olor a humedad de la sala de partos. No podía deshacer mis juramentos ni la maldición, en cambio, me despojaría de la culpa y el dolor. La vergonzosa verdad era que, si no hubiera temido a Cronos, me habría cambiado inmediatamente por Cleora. Mi mayor temor —morir como mi madre— me impedía cumplir mi juramento.

Ida se acercó a una silla equipada con correas ajustables para las muñecas, los tobillos, el pecho y el cuello. Me di cuenta de que así era como ataba a sus víctimas antes de cortarles la cara.

—Hazte la existencia más llevadera —dijo—. Un rato de dolor a cambio de una vida de alegría. Es más de lo que la mayoría de la gente puede esperar.

De hecho, muchas mujeres estarían de acuerdo. Cleora había estado dispuesta a quemarse la cara, y sin la garantía de olvidar el dolor, igual que muchas otras. La idea del alivio resultaba tentadora. Demasiado tentadora.

Ida se acercó a mí con la guadaña, con un brillo salvaje en la mirada.

—Ves algo dentro de ti que quieres que desaparezca —dijo—. Libérate de los lazos que te atan al pasado para poder seguir adelante y cumplir tus juramentos sin miedo.

Miré la afilada hoja e imaginé el alivio de no cargar con toda esa pena, toda esa ira. Podría enfrentarme a Cronos sin miedo. Pero mi madre había sufrido demasiado y yo no quería olvidar todo lo que sacrificó. Su ejemplo y, finalmente, su muerte me empujaron a ser mejor. Con todas mis imperfecciones, no me gustaría que eso desapareciera.

—Me arriesgaré a negociar con las erinias.

Ida hizo una mueca.

—Los erinias no se mostrarán misericordiosas.

—No, pero serán justas.

Cuando me di la vuelta para irme, Ida se abalanzó sobre mí. Le cogí la muñeca y se la retorcí, apuntando la guadaña a su garganta. Una expresión de terror congeló su rostro.

—Puede que hayas impuesto tus ideas a otras —siseé—, pero no a mí.

—Yo liberé a la tribu —gruñó—. Viven sin poner a un hombre por delante de sus necesidades. Pueden hacer lo que quieran, ser lo que quieran.

—Siempre y cuando se queden en la isla —repliqué—. ¿Y el resto de las mujeres del mundo? No podemos seguir perjudicándonos a nosotras mismas para satisfacer las expectativas de los hombres. Debemos dejar de encogernos para acomodarnos a ellos.

—Al mundo no le importa lo que ocurra con las mujeres y los niños. No puedes cambiar a los hombres ni tampoco a los dioses.

Le arranqué la guadaña de la mano.

—A pesar de todo, creceré. Prescindiendo de lo que queréis que crea sobre mí. Solía pensar que el mundo no pertenecía a las mujeres. Éramos meras espectadoras, discípulas, esclavas. Pero este mundo es nuestro.

Dejé caer la guadaña sobre la mesa y salí de la casa.

Me temblaban las manos. Gracias al té, me dolía menos la cabeza, sin embargo, eso no hacía más que amplificar el dolor de mi corazón. Pese a todas mis afirmaciones de valentía, nunca me había sentido más cobarde. Abandonar la isla no era huir. Era corregir un error. Bronte estaría a salvo con la tribu y yo podría enviar a Cleora con ella. Mi obligación, mi juramento, estaría saldado. Entonces, ¿por qué sentía que abandonaba a Zeus y a Teo?

Hice girar el anillo. Desconfiaba de su autoridad, pero necesitaba la seguridad de que podía enfrentarme a Cronos por mi cuenta. Al margen de la fuerza cósmica que impulsaba al anillo, quería saber que valía para algo más que el cumplimiento de mi juramento. Más allá del uso que el destino hiciera de mí.

¿Qué otorga valor a un alma? ¿Es lo que sufrimos por los dioses, o lo que logramos hacer a pesar de ellos?

Me detuve unos pasos más allá del porche. La fachada de la casa estaba diferente. Los narcisos habían invadido los parterres, ahogando a las demás flores con tantos brotes amarillos que apenas podía contarlos. Escuché un silbido. Cuando miré hacia arriba me topé con tres mujeres aladas encaramadas en el tejado observándome con ojos rojos y ardientes. Un escalofrío cruzó mi cuero cabelludo.

Las erinias.

Retrocedí un paso, luego dos. Un paso más, y una de ellas deslizó el flagelo chapado por el tejado de forma amenazante.

—Se te acaba el tiempo —siseó.

—Voy a cumplir mis juramentos —dije con la cabeza alta—. He encontrado la manera de que tanto Bronte como Cleora estén a salvo.

—No es suficiente.

Sus palabras me atravesaron, rápidas como una cuchillada.

—¿Qué más puedo hacer?

Las tres mensajeras de la justicia se pusieron de pie y sacudieron las alas. La que había hablado antes volvió a tomar la palabra.

—Tienes tres días.

—¿Tres días? ¿Tres días para qué?

Estiraron las alas —su envergadura era más del doble de su altura— y se dejaron caer desde la parte trasera del tejado.

Corrí alrededor de la casa, buscándolas.

—¿Tres días hasta qué? —supliqué.

Pero habían desaparecido.

# 19

Bronte no estaba en la tienda. La encontré sentada bajo un árbol en el patio de la escuela enseñando una canción a un grupo de niñas. Después del encuentro con Ida, ver los rostros llenos de cicatrices de las jóvenes fue demasiado. ¿De qué pasado las había liberado Ida? De ninguno. Las niñas habían pagado por los miedos de las demás.

Bronte me vio y frunció el ceño.

—Niñas, tenemos que hacer un descanso. ¿Por qué no vais a jugar? Volveré dentro de un rato.

Las niñas se quejaron, pero salieron corriendo hacia el claro para jugar al *ephedrismo,* un juego de carreras a caballito.

—¿Qué te ocurre, Altea? —preguntó Bronte—. Tienes un aspecto horrible.

—No soy yo la que ha tenido fiebre esta mañana —respondí—. ¿No deberías estar en la cama?

—Eubea me ha dicho que tomé demasiado opio. Me ha dado un té de algas por si acaso.

Había olvidado el remedio de Ida en la casa del campo, así que esa noticia supuso un alivio.

—¿Dónde viste a Eubea por última vez? —pregunté.

—Después de darme el té, se marchó a pescar. ¿Qué pasa?

—Aquí no. —Tiré de Bronte hacia el interior de la escuela y comprobé que se encontraba vacía—. He vuelto a tener un encuentro con las erinias.

Mi hermana se mordió el labio.

—¿Qué querían?

—Me han dado tres días para cumplir el juramento.

Bronte apoyó ambas manos en el escritorio y se inclinó hacia delante con una expresión sombría.

—¿Qué vamos a hacer?

Agradecí que se implicara en el dilema, pero no estaba en su mano resolverlo. Tenía que volver a Tesalia. Viajar hasta allí me llevaría dos días, por lo que me quedaba solo uno, para convencer a Cronos de que me cogiera a mí en lugar de a Cleora, antes de que las erinias me arrastraran al río Tártaro.

Se oyeron gritos fuera de la escuela. Salimos corriendo y vimos a las mujeres cogiendo escudos y lanzas y adentrándose en el bosque.

—¡Dragón de mar! —gritó una. Estaba empapada y cubierta de arena. La reconocí como una de las mujeres que pescaban con Eubea.

Bronte y yo corrimos hacia nuestra tienda para recoger las armas: su arco, sus flechas, mi lanza y mi escudo. Mientras corríamos hacia el mar, algunas guerreras regresaban de la playa. Se estaban retirando. Entre ellas se encontraba Eubea, que sangraba por un corte en el brazo y otro en la cabeza. Avanzaba con dificultad mientras la sangre le chorreaba por la frente y entre los ojos.

Bronte le pasó el brazo por la cintura para sujetarla.

—¿Qué ha pasado?

—Un dragón de mar ha atacado el barco —respondió Eubea—. Lo ha destrozado. Mi tripulación y yo nadamos hasta la orilla. Nos siguió. El coronel lo retuvo para que yo pudiera escapar.

Un rugido estremecedor sonó en la distancia.

—¿Teo sigue ahí? —pregunté.

Eubea asintió.

—Llévala de vuelta al campamento —dije a Bronte.

Corrí hasta la playa y me paré en seco. Un dragón de mar, medio varado en la costa rocosa, dobló su largo cuello hacia abajo y mordió la espada de Teo.

La bestia era enorme, con elegantes escamas en todos los tonos del mar; grandes dientes nacarados y redondos ojos dorados. De su cabeza sobresalían cuernos afilados, enmarcados por bigotes puntiagudos que se extendían desde sus huesudas mejillas como una melena. De las vértebras le salían largas púas unidas por una membrana que formaba una especie de vela. Su cuerpo, compacto y sinuoso, diseñado para maniobrar con elegancia en el agua, estaba encajado en la arena. Las cortas patas traseras se tensaban bajo su peso, por lo que las garras delanteras, que le servían para agarrar y cortar, tenían un alcance bastante limitado.

Teo se abalanzó sobre ella. La dragona lo agarró con los dientes por la parte trasera de la camisa y lo levantó del suelo. Teo se quedó colgando mientras ella sacudía la cabeza. Su arma cayó a la arena y ella lo arrojó, volando, al agua.

Corrí hacia ella con la lanza y el escudo preparados. Ella me apartó con la zarpa delantera. Volé por la playa y aterricé más allá, junto a mi arma y mi escudo. Ella aplastó el escudo y la lanza bajo su peso, y luego arqueó la cabeza hacia abajo para mirarme con sus brillantes ojos. Su hocico era más largo que mi cuerpo entero. Apretó los dientes y sus fosas nasales se ensancharon.

—Hueles a…

—¡Ahhh! —Zeus salió de entre los árboles con la espada en ristre y la atacó.

La dragona echó la cabeza atrás, con la sangre goteando por su mejilla.

Me puse en pie y recuperé la espada de Teo. Zeus se interpuso entre el dragón y yo. Busqué a Teo en la orilla y en el mar, pero no lo vi.

La dragona bajó la cabeza y la utilizó como ariete para tirar a Zeus al suelo. Intentó darle una dentellada y acto seguido se levantó de golpe.

—Eres un titán —gruñó.

Zeus se puso en pie. Su espada había caído fuera de su alcance.

Olfateó el aire una y otra vez.

—Tu sangre… No puede ser.

Zeus miró su espada.

—Es cierto —continuó la dragona—. Mi olfato no miente. Un hijo de Cronos vive… pero no por mucho tiempo.

Despegó los labios, con los dientes nacarados y brillantes de saliva, y se abalanzó sobre él. Él la esquivó saltando a un lado. La espada estaba casi a su alcance. Zeus corrió en su busca y la dragona lo persiguió, entonces, maniobró demasiado hacia el interior y no pudo adentrarse más en la playa. Justo antes de que Zeus llegara a la espada, ella lanzó una oleada de arena que cayó sobre él y enterró el arma.

Cargué contra ella y le hice un corte en el costado. Retrocedió y me rodeó con la zarpa, apresándome entre sus afiladas garras. Abrió la boca y se abalanzó sobre mí con los dientes por delante.

Un crujido y un ruido sordo rasgaron el aire.

En el cielo se había formado una tormenta cuyo centro era un remolino de nubarrones negros. Zeus estaba de pie frente al dragón, con el pecho agitado y los ojos azules fijos en ella. Sonó un trueno tan fuerte que, si hubiera podido moverme, el instinto me habría pedido agacharme y taparme los oídos.

Zeus levantó las manos por encima de la cabeza y después las bajó. Un rayo bajó de la nube de tormenta y golpeó la arena frente a nosotros. La dragona me soltó y retrocedió. Me alejé a trompicones mientras ella intentaba retirarse, pero se encontraba demasiado encallada en la arena.

El cielo se oscureció aún más con inmensos nubarrones que tapaban la luz del sol. Desde el mar llegaban poderosas ráfagas de aire y, con ellas, las olas. El creciente oleaje chocaba contra la dragona y golpeaba la orilla. El siguiente maretazo llegó a la arena que tenía bajo los pies y me arrastró al mar.

Teo nadó contra las aguas altas y se subió a lomos de la dragona. Alcanzó mi mano mientras pasaba, me atrapó y me subió a ella con él. Nos levantamos para sentarnos sobre su enorme lomo, muy por encima de las púas de la vela.

Zeus volvió a enderezar las manos. Su anillo brillaba con fuerza. Se oyeron más truenos y luego un rayo cegador descendió en zigzag, sin llegar a alcanzar a la dragona.

La bestia batió su cuerpo ondulante de un lado a otro, tratando de retroceder hasta el mar. Cada movimiento amenazaba con tumbarnos. Teo y yo perdimos el equilibrio y nos deslizamos por el flanco izquierdo del animal. Intenté agarrarme con las uñas por su costado, buscando algún tipo de sujeción. Una flecha me pasó rozando y se hundió en su piel. La agarré con una mano y me aferré a ella.

Teo siguió deslizándose y acabó cayendo al mar, donde luchó contra la corriente. En la orilla, Bronte estaba de pie detrás de Zeus, con el arco y las flechas en la mano. Disparó cuatro flechas más en el flanco de la dragona, creando más puntos de agarre. Las utilicé para trepar por el lomo de la bestia y montarme en su nuca.

La dragona se abalanzó sobre Zeus, lo capturó entre sus garras y lo empujó al suelo. Bronte lanzó más flechas. Una de sus certeras flechas golpeó a la dragona en la cara cerca del ojo. Antes de que Bronte se diera cuenta, la dragona se giró, cogió el arco con la boca y lo hizo pedazos.

Levanté la espada por encima de la cabeza y se la clavé en el cuello a la bestia.

Rugió y se retorció. Aguanté hasta que finalmente retrocedió y se sumergió en las aguas. Yo me vi arrastrada por la fuerza de la inmersión y la espada se deslizó fuera del cuerpo del dragón. Nadé hasta la superficie, donde me percaté de que su cresta se abría paso y comenzaba a rodearme.

Continué hacia la orilla dirigiéndome a la zona menos profunda de la playa y llegué justo antes de que la dragona me alcanzara, pues no podía ir más lejos sin quedarse varada de nuevo.

Con un gruñido de indignación, se sumergió en las profundidades.

Me desplacé hasta la orilla. Teo había salido del agua. Las nubes de tormenta empezaron a dispersarse, dejando salir la luz del sol, y los vientos amainaron. En la playa, Zeus yacía boca abajo en la arena. Teo y yo corrimos hacia él y le dimos la vuelta.

Zeus sonrió.

—¿Has visto eso?

—¿Cómo no verlo? —jadeé agotada.

Bronte corrió por la playa y nos alcanzó.

—Buen trabajo con la espada, Altea.

Me senté, sin aliento.

—No es tan impresionante como lo que hiciste con esas flechas.

—Yo he sido el más impresionante —dijo Zeus.

—¿Desde cuándo sabes que puedes provocar truenos y relámpagos? —preguntó Teo.

—Más o menos el mismo tiempo que tú.

—Lo has hecho bien, aprendiz. —Teo le revolvió el pelo, lanzando arena por todas partes. Sin embargo, sus ojos contenían algo más, una emoción más allá del orgullo que no podía discernir.

Zeus se puso de pie con las piernas temblorosas.

—Me siento extraño. Estoy muy cansado. Apenas puedo mantenerme despierto. —Arrastraba las palabras, luego puso los ojos en blanco y se desplomó.

Teo lo sujetó antes de que cayera al suelo.

—Zeus, no es momento de hacerse el muerto —dije exasperada.

Teo lo sacudió, pero Zeus no respondió.

—No creo que esta vez esté haciéndose el muerto —añadió Teo.

—¿Qué le ocurre? —preguntó Bronte.

—No lo sé —respondí—. Tráelo a nuestra tienda.

Teo llevó a Zeus al campamento. Cuando las mujeres y las niñas vieron al Niño Dios desmayado en sus brazos, se callaron y se apartaron a su paso. Teo puso a Zeus en la cama para examinarlo.

—Parece estar durmiendo —dijo Teo—. Lo que hizo debe de haber requerido una fuerza extraordinaria. Lo dejaremos descansar.

—Toda la tribu está esperando noticias —dijo Bronte—. Informaré de que está bien.

Salió de la tienda.

Teo me cogió la mano. La yema de su dedo frotó en círculos la parte interior de mi muñeca.

—Sobre lo de antes…

—Entiendo lo que estabas intentando hacer. Zeus necesitaba algo que lo inspirara para dejar de lado el miedo.

—No me cabe duda de que aún teme a su padre, como todos, pero necesitaba sobrecogerse ante algo más, como perderte a ti. —Teo se acercó más, nuestras respiraciones se entremezclaron y me apoyó las manos en la cadera—. Antes, cuando estabas en la cuerda floja y casi te caes…

En ese momento, me preocupaba más caer rendida a los encantos de Teo. Cuanto más tiempo pasábamos solos, y cuanto más me tocaba, más sentía que el beso de la noche anterior merecía un bis.

De repente, sin previo aviso, me empezó a arder la nuca. Me palpé la marca. La piel cicatrizada parecía normal al tacto, sin embargo, empecé a ver borroso. Me balanceé hacia delante y Teo me sostuvo, soportando mi peso.

—¿Qué pasa, Altea?

—Me encuentro… mal.

Afuera se escucharon gritos y llamadas a las armas. Nos acercamos a la abertura y miramos hacia afuera. El campamento estaba sumido en el caos. Las mujeres se estaban armando y reuniendo en el claro principal. Bronte nos vio y gritó.

—Nos están invadiendo.

—¿Quién? —pregunté.

—Comerciantes de esclavos.

Teo sacó su espada.

—Altea, quédate en la tienda. Sospecho que no están aquí solo por ellas.

—Pero…

—Quédate aquí.

Su tono me estremeció.

—Protege a Zeus —dijo con más suavidad. Sus ojos parecían preocupados no solo por el Niño Dios, sino también por mí. Teo echó hacia atrás la solapa de la entrada de la tienda y se apresuró a salir.

El caos del campamento se convirtió en una rápida organización. Las guerreras adoptaron sus puestos, posicionándose para defender sus hogares y familias. Nadie lloraba ni sucumbía a la histeria. Era como si supieran que ese día llegaría, que solo era cuestión de tiempo que el mundo exterior invadiera sus tranquilas vidas.

Bronte pasó corriendo con un grupo de niñas, apurándolas.

—Voy a llevarlas a la escuela —dijo.

Las niñas iban de la mano en una larga fila, aferrándose las unas a las otras. Para muchas de ellas, el único hombre que habían visto además de Zeus era Teo. Habría ayudado a mi hermana a poner a las niñas a salvo, no obstante, no podía dejar a Zeus.

Me metí de nuevo en la tienda para buscar un arma. Mi lanza y mi escudo estaban destruidos, y había perdido la espada en el océano. No tenía nada con qué defenderme. Ni siquiera un cuchillo de cocina.

La solapa de la tienda se abrió de golpe y Adrastea irrumpió en ella.

—Zeus, te advertí de que no... —Se detuvo al verlo desmayado en la cama—. Oh, mi querido muchacho. Altea, ¿está herido?

—Está durmiendo profundamente.

—Las nubes de tormenta que invocó se podían ver desde el otro lado del mar. Los comerciantes de esclavos las siguieron hasta aquí.

Se escucharon gritos de voces masculinas. La más fuerte de todas me heló la sangre.

—¡Tiren las armas! —ordenó Décimo.

La marca de la nuca me ardía con tal intensidad que hice una mueca de dolor mientras Adrastea y yo mirábamos a través de la pequeña rendija entre las solapas de la tienda. Décimo estaba en el centro del campamento, completamente armado con espada, casco, pechera y escudo. La compañía de hombres uniformados del general se esparcía a lo largo de los claros entre los árboles, y eran tantos que perdí la cuenta.

Algunos de ellos no eran soldados, sino que vestían con túnicas cortas y holgadas y sombreros de ala ancha.

—¿Quiénes son los hombres que van con los soldados? —pregunté.

—Comerciantes de esclavos. A la armada de la Primera Casa no se le permite llegar tan al sur. Violaría el tratado entre Cronos y Oceanus. Necesitaban otra forma de transporte para ocultar su presencia en las islas del sur.

No me sorprendió escuchar que Décimo se había aliado con un comerciante de esclavos. Pero ¿cómo nos habían encontrado? El barco de esclavos patrullaba estas aguas antes del espectacular despliegue de poder de Zeus. Las islas del sur eran grandes. No podía ser una coincidencia que se encontrasen tan cerca.

Al otro lado del campamento, Bronte llevó a la última niña al interior de la escuela y cerró la puerta. Teo no se atisbaba por ninguna parte.

—Que la Diosa nos ayude, nos han rodeado —suspiró Adrastea.

Décimo se paseaba con el pecho hinchado mientras sus soldados cercaban a la tribu. Los escudos y las lanzas de las guerreras eran poderosos, pero no contra tantos soldados.

Ida entró en el claro. Dos hombres de la tribu la apuntaron con sus espadas, amenazándola para mantenerla a raya. Décimo les hizo un gesto para que se retiraran. La ninfa se acercó a él y a un segundo hombre más delgado, con el pelo largo y decolorado por el sol y una barba desaliñada hasta el pecho. Los tres intercambiaron unas palabras y a continuación Ida señaló la escuela.

Adrastea y yo volvimos adentro.

—Mi hermana —susurró para sí misma—. ¿Qué estás haciendo?

—¿Quién es el segundo hombre al lado de Ida?

Adrastea respondió en un débil susurro.

—Rastus, el capitán del barco de esclavos. A Rastus le compramos el recién nacido que Rea utilizó para engañar a Cronos, el que creía que era Zeus. Ida trató con él unas cuantas veces más después de que Stavra comenzara a traer refugiados aquí. Cuando la tribu se formó, todos acordaron no permitir chicos en la isla. Pensamos que si era un lugar solo para mujeres, nadie sospecharía que Zeus se escondía aquí. Cuando las refugiadas embarazadas daban a luz varones, Ida se los entregaba a Rastus, no obstante, su último encuentro fue hace años.

—¿Y el general Décimo?

—No sabía que se conocían.

Oímos gritos, así que nos asomamos de nuevo. Varios soldados habían comenzado a derribar la puerta de la escuela con un ariete. Décimo esperaba cerca. Las madres atacaron, pero no llegaron a entrar en el patio de la escuela. Los soldados las despacharon con hojas de doble filo, sin piedad y sin dudar ante la matanza.

Rompieron la puerta y Décimo irrumpió en el interior. Salió de la escuela un momento después arrastrando a Bronte por el pelo. Otros hombres sacaron a las niñas y las pusieron de rodillas en el claro. Sus llantos eran una agonía.

Los traficantes de esclavos reunieron a las mujeres y empezaron a contarlas a ellas y a las niñas como si fueran cabezas de ganado. En Otris se solían celebrar subastas de esclavos iguales que aquella. Mi madre nunca me permitió asistir a una. Decía que me insensibilizaría ante el valor incalculable de un alma.

Décimo arrastró a Bronte al centro del campamento, cerca de Rastus e Ida, y la tiró al suelo. Luego la agarró de nuevo por la nuca y le puso la espada en la garganta.

—¿Dónde está Altea? —gritó—. ¿Dónde está el hijo de Cronos?

Bronte le escupió a la cara. Décimo la golpeó con la empuñadura de la espada en la cabeza y ella se desplomó.

El corazón me palpitaba con fuerza. Me invadió un frío, intenso y oscuro miedo.

—¡Altea Lambros! —gritó Décimo—. ¡Sé que estás ahí fuera!

Este era el momento, mi momento de dar un paso adelante y cumplir con mi juramento. Pero ¿cómo iba a cambiarme por Bronte cuando se suponía que debía ofrecerme para sustituir a Cleora? Resultaba imposible llevar a cabo las dos cosas. De nuevo, solo podía salvar a una de mis hermanas.

—¡Sal, Altea! No me obligues a destrozar este campamento para encontrarte.

Algo tiró de mí y me atrajo hacia él como si mi mente no tuviera voluntad propia. Me dirigí a la abertura de la tienda hasta que Adrastea me tiró atrás.

—Yo iré —dijo.

—Pero mi hermana…

—Necesito hablar con Ida.

Antes de que pudiera seguir discutiendo, Adrastea salió y se dirigió directamente a su hermana. Ida estaba de pie junto a Décimo, con las manos sobre sus cuchillos.

—¿Qué has hecho? —preguntó Adrastea.

—He hecho lo que debería haberse hecho hace años, cuando Rea nos pidió que entregáramos nuestras vidas a los dioses.

—En aquel momento aceptaste de buen grado. Fuiste tan leal que incluso le puso tu nombre a la montaña en la que escondió a su hijo, hermana. Rea lo hizo para mostrar su aprecio por tu sacrificio.

—¿Dónde está ella ahora? Desperdicié quince años en el futuro de un niño mientras renunciaba al mío. El Dios de Dioses habría encontrado a Zeus tarde o temprano. ¿Qué habría hecho al descubrir nuestra traición? Nos he salvado.

—Has condenado al mundo. —Adrastea se acercó a su hermana, sus pasos eran cautelosos.

—El Todopoderoso nos absolverá.

—Pero ¿podrás perdonarte a ti misma?

Ida escudriñó la situación, desde las guerreras a punta de espada hasta las niñas que lloraban suavemente junto a mi hermana inconsciente, y entonces volvió a mirar a su hermana.

—Se avecina una guerra, Adrastea. Debemos estar en el lado ganador.

—No hay forma de ganar. Para el Todopoderoso siempre serás una simple mujer.

Ida sacó un cuchillo de su cinturón: la hoz adamantina.

—Alguien iba a llevarse el mérito por entregar a Zeus. Nos merecemos esa gloria.

Adrastea se acercó a su hermana, sin preocuparse por los hombres que echaron mano de sus espadas.

—La traición nunca genera gloria.

—Prometiste que, si nos quedábamos en la isla, algún día seríamos libres —espetó Ida—. Sin embargo, seguimos siendo esclavas de los titanes.

Adrastea extendió una mano a Ida.

—Hermana, por favor. ¿No te acuerdas? Aceptamos un destino aquí para poder estar juntas.

La mandíbula de Ida se suavizó un poco.

—Únete a nosotros, Adrastea. Seamos libres por fin.

—¿De qué sirve permanecer juntas si una de nosotras se ha perdido? —Adrastea acarició el rostro de su hermana—. Solo quiero que seas feliz.

—Y yo también quiero que tú lo seas, por eso esto será rápido.

Ida sacó su guadaña y la deslizó por el costado de Adrastea.

—¡No! —gritó Eubea.

Un guardia la golpeó y la empujó, ella se quedó ahí tirada con la mano en la mejilla.

Adrastea se apagó mientras miraba a su hermana. Las dos ninfas se abrazaron mientras en el pecho de Adrastea se extendía una mancha roja. Ida la bajó suavemente al suelo, donde terminó inerte, con los ojos en blanco.

Ida levantó la mano y en el interior de su muñeca apareció otra rosa.

Las mujeres y las niñas lloraban. La cabeza me daba vueltas, respiraba con dificultad y el corazón me latía a mil por hora.

Bronte se despertó y se puso de rodillas.

Décimo volvió a ponerle la espada en el cuello.

—¡Altea, tu hermana es la siguiente! No me hagas buscar en las tiendas.

Jadeé y sentí un escalofrío. Por un lado, era consciente de que debía ignorarlo. Sin embargo, un fuerte grito interno me decía lo contrario. He de hacerlo. Me dispuse a salir de la tienda, pero unas manos me agarraron y me hicieron retroceder.

Teo me sujetó contra su pecho. Se había colado por la parte trasera de la tienda mientras yo contemplaba la escena desde la parte delantera.

—No te dejaré ir con él, Altea.

—Tengo que hacerlo.

—Décimo no matará a tu hermana.

—No lo entiendes. Debo ir con él.

Teo me miró perplejo.

—Eres Altea Lambros. No has de hacer nada porque un hombre te lo diga.

Luché contra el frenético deseo de acudir junto a Bronte. Tenía la espalda bañada en sudor y las articulaciones no me respondían.

Teo me estrechó entre sus brazos.

—Bronte estará bien.

—¿Cómo saberlo?

—Es una rehén muy valiosa. Décimo podría usarla en contra tuya o de Cleora, pero solo si está viva. —Teo aflojó su abrazo y me frotó la parte baja de la espalda—. Voy a soltarte. Quédate conmigo. ¿Me oyes?

Le oí, aunque no podía prometérselo.

—Altea, ¿me estás escuchando? Si te capturan no harás ningún bien a Bronte o Cleora. Tenemos que poner a Zeus a salvo. Has visto de lo que es capaz. Las oráculos no mentían. Él es nuestra única esperanza.

Teo me soltó y se dirigió a Zeus. Colocó el brazo del chico sobre su hombro y levantó al titán de la cama con un gruñido.

—¡Altea! —gritó Décimo—. ¡Ven aquí ahora!

Teo me sostuvo la mirada.

—Vamos. He preparado el barco.

Tenía sentimientos encontrados. Zeus no era, de ninguna manera, más valioso para mí que Bronte, pero ¿cómo podría negar su inestimable valor para el resto del mundo? Por un momento, consideré cambiar a Zeus por la libertad de Bronte y la mía, si bien Décimo nunca lo aceptaría. Él había venido a por mí.

—Altea —susurró Teo—. Confía en mí.

Lo hacía. Era de mí misma de quien no me fiaba. La necesidad de obedecer la llamada de Décimo se agitaba en mi interior como un chucho hambriento que espera las sobras de su amo. Este era uno de los síntomas de la maldición. Debía de serlo. Su control sobre mí me impedía pensar con claridad y saber con certeza qué era lo correcto.

Teo salió sigilosamente por la parte trasera de la tienda, abriendo el camino. Me obligué a seguirlo. El anillo de cuerda comenzó a brillar, al igual que el de Zeus. Esa tranquilidad, procedente de la fuerza cósmica que nos había unido, me obligó. Proteger a Zeus era la opción correcta. Considerar lo contrario supondría el fin de todos nosotros.

Un soldado yacía en el suelo con una herida abierta y sangrienta en el pecho. Pasamos junto al muerto y nos encontramos con otro. Teo había dejado un rastro de cadáveres desde la playa.

Había arrastrado la barca hasta el agua. Teo cargó a Zeus dentro, entonces escuché unos gritos detrás de nosotros.

—¡Altea!

La estruendosa voz de Décimo me detuvo. Algo se deslizó alrededor de mi cuello, como una cadena que me ataba a él. Me giré para volver; la etiqueta me ardía tanto que se me empañaron los ojos.

—Altea —dijo Teo mientras me agarraba por el brazo—, quédate conmigo.

Pero mi cuerpo tenía voluntad propia. Empecé a alejarme de la barca, de Zeus y de Teo.

Unas manos fuertes me agarraron y me llevaron bajo el agua. Empujé contra la fuerza que me retenía. Entonces esas mismas manos me dejaron salir a tomar aire. Jadeé, y me sumergieron de nuevo. Salí a flote por segunda vez, con un poco de tos, pero más lúcida.

Teo me abrazó contra él y, en ese momento, aquellas manos me acariciaron la nuca.

—Altea Lambros —dijo con firmeza—, sube al bote.

Entré junto a Zeus. La ropa mojada se me pegaba al cuerpo frío y tembloroso. Teo empujó la barca hacia el agua, luchando contra la marea.

Una docena de hombres salieron corriendo del bosque en nuestra busca. Teo, todavía en el agua, nos empujó más lejos hasta que el oleaje levantó la barca. La marea creciente nos impulsó de nuevo hacia tierra. Teo rempujó con más fuerza, pero el mar se mostraba implacable.

Los soldados nos alcanzaron andando por el agua y atacaron. Teo abatió al primer soldado con su espada y luego al siguiente, de manera que el agua se tiñó de sangre. Remé en contra de la corriente. La cicatriz de mi cuello me provocaba un dolor punzante en el cráneo. Un momento después, Décimo salió de entre los árboles.

—Traidor —gritó Décimo—. ¡El Todopoderoso pidió su cabeza, coronel!

—Tendrá que esperar a que termine con él —respondió Teo.

Décimo se acercó a él.

—No has preguntado por tu madre.

Teo dejó de atacar a los otros soldados y se limitó a esquivar sus embestidas.

—Todavía está a mi servicio —continuó Décimo—. Pero la cambiaría por Altea. Tráemela y tu madre será libre.

Remé con más fuerza, con los brazos temblando. Si Teo aceptaba, no me quedarían fuerzas para luchar ni contra él ni contra la maldición que me ataba a Décimo.

—Tu palabra no significa nada —dijo Teo.

—Lo dice un traidor —espetó Décimo—. Supongo que tu madre volverá con el Todopoderoso. Está buscando una nueva esclava que le lave esos mugrientos pies.

Teo levantó su espada y se dirigió hacia Décimo. Atravesó a cinco hombres abriéndose camino hacia el general. A pesar de mis remos, la barca seguía bajando hacia la playa, y la distancia entre Teo y nosotros era cada vez mayor.

Décimo se metió en el agua uniéndose al ataque de sus compañeros. Había tantos soldados acercándose que apenas podía distinguir a Teo entre ellos.

Los arqueros se alinearon en la playa.

En un último intento de contraataque, Teo lanzó la espada hacia el general. Décimo se apartó y esta cayó al agua.

Teo nadó hasta la barca y se subió. La primera oleada de flechas se hundió a nuestro alrededor. La mayoría desaparecieron en el mar, pero algunas llegaron a la embarcación. Teo se lanzó sobre Zeus y una flecha le alcanzó en el hombro.

Abrí la vela y la até como había visto hacer a Teo. Los vientos marinos nos arrastraron, alejándonos de la orilla. La siguiente tanda de flechas se acercó lo suficiente como para oírlas zumbar hacia nosotros, pero no como para alcanzarnos.

Teo se apartó de Zeus con un gemido. Até la jarcia y me acerqué a él. Se trataba de un tiro limpio; la flecha había atravesado su hombro y había salido por el pecho.

—Quita la punta de la flecha —dijo, entregándome su cuchillo.

La corté.

—Ahora tira de ella por detrás con ambas manos.

Agarré la flecha con tanta fuerza que me dolieron las manos vendadas y tiré. Teo se dobló hacia delante con otro gemido de dolor mientras se agarraba el hombro. La herida sangraba a borbotones. En cuestión de segundos, él también perdió el conocimiento.

Un sudor frío me recorrió todo el cuerpo. El impulso de volver a la orilla, con Décimo, se retorcía dentro de mí. Desafiarlo había activado un dolor tan ardiente que me quemaba como un intenso escalofrío. Permanecí firme y mantuve el rumbo hasta que la isla desapareció en el horizonte. Exhausta y temblorosa, me tumbé al sol con la esperanza de que este me calentara. El día era cada vez más luminoso y cegador, pero la gélida agonía fue empeorando hasta que, por fin, sucumbí.

La luz del sol centelleó a través de mis párpados y me despertó. Una mujer, con el aspecto más peculiar que jamás había visto, se cernía junto a mi cama.

—Estás despierta —dijo, con voz sedosa.

Era tan... rosa. Una cascada de rizos rosados caía por su espalda y por sus esbeltos hombros en suaves mechones. Su rostro en forma de corazón lucía unos labios gruesos y satinados, unos ojos felinos y dorados y unos prominentes pómulos teñidos de color cereza. Su piel parecía cambiar de color según el ángulo en que inclinara la cabeza, pasando del rosa a un brillo dorado que resultaba hipnótico. Su túnica rosácea cubría la parte superior de su esbelto cuerpo y su fina cintura, y se le ceñía a las caderas antes de caer en cascada hasta los talones. Mirarla me produjo la misma extraña sensación de liviandad que se experimenta en ese dulce momento entre el sueño y la vigilia, cuando ni el sueño ni el mundo físico parecen reales.

—¿Quién eres? —pregunté—. ¿Dónde están Teo y Zeus?

—Soy Eos, la prima de Zeus. Él está con el coronel y Metis, su prometida. Han estado esperando a que te despertaras. Mi hermano, Helios, os encontró a los tres a la deriva en el mar y os trajo aquí, a la Mansión de Medianoche.

La diosa del amanecer se ocupó de que estuviera bien cubierta. Tenía tantas capas de mantas encima que estaba calentita, excepto en los labios, que sentía como si hubieran estado presionados contra el hielo durante horas.

Ese era el hogar de Helios en el oeste, su lugar de descanso después de arrastrar el sol por los cielos en su carro cada día. La habitación estaba recubierta con ricas telas color marfil y decorada con exuberantes macetas. Un amplio arco se abría a un espacioso balcón que daba a un patio con fuentes, al mar azul y a las oscilantes palmeras. El sonido de las vacas cercanas llegaba junto a una suave brisa, y el sol poniente proyectaba una luz dorada sobre los suelos de mármol, que la reflejaban y daban a la habitación un aspecto acogedor.

Aparté las mantas y puse los pies en el suelo. Me recorrió un temblor.

—¿Por qué tengo tanto frío?

—Tu escalofrío interior es consecuencia de haber desafiado la maldición que te echaron —dijo Eos—. Posees un alma obstinada e inquieta, Altea. La mayoría de los mortales se ven indefensos ante una maldición así.

—No tengo tiempo para estar indefensa.

—Tiempo —dijo Eos con nostalgia—. Qué incentivo tan práctico. Los titanes olvidamos lo motivadoras que pueden ser las horas.

Me puse en pie. Sentía los huesos quebradizos, como si se hubieran quedado a la intemperie durante la primera helada de otoño.

Sonó un golpe en la puerta y luego entró un joven esclavo.

—Señora Eos —dijo—. El amo Helios regresará pronto. Desea ver a todos los invitados en la sala de recepción antes de la cena.

—Estaremos allí pronto —respondió Eos, a modo de despedida—. ¿Te encuentras lo suficientemente bien como para asistir, Altea?

La sensación de frío en mis pulmones me dificultaba la respiración, pero no se lo hice saber.

—Puedo ir.

Eos señaló la ropa y las sandalias que me habían sacado.

—Te dejo para que te vistas. —Salió de la habitación, dejando una nube de brillo rosado a su paso.

Salí al balcón. La terraza daba a un paisaje verde, una extensión ininterrumpida de palmeras y arena en todas las direcciones. Deseé que mis hermanas estuvieran aquí para compartir la vista conmigo. La nostalgia me invadió y los ojos se me llenaron de lágrimas. Volví a la habitación y me cambié de ropa, con movimientos mecánicos y vacíos.

Se oyó un golpe en la puerta. Le pedí que entrara.

Teo se encontraba en el umbral, también con ropa limpia. Llevaba el pelo largo y mojado hacia atrás y desprendía un intenso olor a jabón. Llevaba el brazo derecho en cabestrillo, justo donde lo había atravesado la flecha.

Percibió que tenía los ojos enrojecidos y se acercó.

—Tus hermanas estarán bien, Altea.

El hecho de que supiera el motivo de mi tristeza me hizo llorar aún más.

—Los soldados invadieron Creta por mi culpa —susurré—. Décimo había venido a por mí.

Teo me atrajo a sus brazos.

—Eos me dijo que estabas maldita —dijo—. ¿Fue Décimo?

—Por eso tuve que luchar tanto para resistirme a él. La maldición me obligaba a ir con él.

Teo me deslizó el dedo por la nuca, siguiendo el trazado de la marca.

—La próxima vez que sientas que una fuerza te atrae hacia él, recuerda lo que me dijiste: tú no te arredras por nadie.

Apoyé la cabeza en su hombro sano. En el exterior, el crepúsculo tendía una bruma marina sobre la mansión y los alrededores. Los esclavos encendieron antorchas para iluminar los caminos y pasillos de piedra. El dormitorio no tenía tal luz, así que nos quedamos a oscuras, envueltos en la llegada del atardecer.

—Por fin has entrado en calor —dijo Teo, con la voz ronca—. Te estabas congelando antes cuando te visité mientras dormías.

—Aún tengo los labios fríos.

Su mirada bajó hasta mi boca lentamente. Me dije a mí misma que no volvería a besarlo, no obstante, cuando sus labios rozaron los míos, me entregué a él buscando olvidar mis preocupaciones, pero ocurrió lo contrario; su beso aumentó mi tristeza. Me tembló el labio inferior y las lágrimas surcaron mis mejillas. No me merecía ese consuelo, esa vía de escape. No cuando mis hermanas estaban prisioneras.

Teo sintió mis emociones cambiantes y me abrazó contra su pecho con sumo cuidado. Me acurruqué contra él, con cuidado de no tocarle en el hombro herido, y dejé que su abrazo suavizara mi dolor. No me mostraba cariñosa con nadie más que con mis hermanas, pero tocar a Teo representaba un bálsamo sanador que no había conocido antes y, en ese momento, era el único que quería.

Alguien carraspeó en la puerta.

—Siento interrumpir —dijo Eos. Los ojos de la diosa se iluminaron. No se arrepentía en absoluto de habernos sorprendido mientras nos abrazábamos—. Los demás están esperando.

Teo deslizó las manos por mi brazo, reacio a dejarme ir.

—Todo irá bien, Altea.

Aunque pareciera una ingenua, lo creí.

Seguimos a Eos fuera de la habitación por los pasillos iluminados con antorchas que se abrían al cálido atardecer a través de grandes columnas y arcos. Los esclavos de los jardines agitaban antorchas y el humo dispersaba a los insectos y empañaba el aire, lo que hacía que todo pareciera un sueño. Las cigarras nos deleitaban con su música, y su canto se hacía más fuerte a medida que el crepúsculo daba paso a la noche.

Llegamos a la impresionante sala de recepción. Se trataba de un espacio abierto decorado en colores dorados y plateados que gozaba de una impresionante vista de los jardines y la costa. Las paredes estaban pintadas con murales del suelo al techo que representaban el cielo en sus distintas fases; del amanecer al mediodía y del atardecer a la medianoche. Estaba realizado con tal arte y esmero que la habitación parecía encontrarse en el cielo.

Helios y Zeus bebían de cálices y comían pequeños pasteles de una bandeja. Los acompañaban dos mujeres cuyo aspecto no podía ser más diferente. Una de ellas tenía el pelo largo, liso y pálido, además de unos brillantes ojos plateados y piel de marfil. Su vestido entallado brillaba como si la luz de la luna acariciara su curvilínea figura. La segunda mujer tenía la piel tan oscura como la de Helios. Sus rizos cortos, de color negro, eran un suave telón de fondo para sus ojos, sorprendentemente azules. La sencilla túnica le caía sin entallarse al cuerpo. La mano de Zeus descansaba en la parte baja de su espalda, mientras que la mujer que brillaba como un rayo de luna no tenía acompañante masculino. Supuse que sería Selene, diosa de la luna, y que la mujer que se encontraba con Zeus era Metis, su prometida.

Un esclavo nos ofreció vino a Teo y a mí. Yo decliné la oferta, pero Teo aceptó una copa. Zeus dejó a Metis para saludarnos. Tenía el mismo aspecto físico —seguía siendo un muchacho escuálido con el pelo rizado y revuelto—, si bien se comportaba de forma diferente, con más confianza.

—Altea —comentó—. Me alegra ver que estás mejor.

—Lo mismo digo —señalé.

Metis se unió a nosotros y deslizó sus dedos por el pelo de la nuca de Zeus. Desprendía un olor divino, a sal marina y salvia.

—Altea —dijo—. Estaba esperando esta visita.

Sentía curiosidad por saber si la profetisa oceánica había previsto ese encuentro, no obstante, preguntar me parecía entrometido.

Helios se acercó a nosotros. Llevaba un grueso delineado dorado alrededor de los ojos y más joyas que la última vez que nos vimos.

—Coronel Angelos —dijo a modo de saludo—, he oído que ha tenido problemas con los soldados de la Primera Casa.

—Estamos en deuda con usted por habernos acogido —respondió Teo.

—Nos complace su visita. Espero que os guste el vino. Es de mi bodega. Muchos dicen que mi colección privada es la mejor del mundo. Perdonad mi falta de modales. Ambos habéis conocido a Eos. Dejadme que os presente a nuestra hermana, Selene, y a nuestra prima Metis.

Metis seguía ocupada acariciando el pelo de Zeus, pero Selene nos prestó toda su luminosa atención. Su mirada atenta y directa nos resultaba familiar, casi reconfortante.

—Selene no habla mucho —dijo Helios—. Se comunica proyectando sus pensamientos.

Selene nos sonrió tímidamente a Teo y a mí. Una voz tan suave como un susurro nocturno llenó mi mente.

«Encantada de conoceros».

—¿Ella también puede oír nuestros pensamientos? —preguntó Teo.

—No —respondió Eos—. Debes responder en voz alta.

—El placer es nuestro —dije.

Helios le dio una palmada en la espalda a Zeus.

—Qué delicia ver a los primos unidos. Por fin una reunión familiar. Si hubieras llegado un día antes, también habrías conocido a Afrodita. Estuvo de visita.

De repente fui consciente de dónde me encontraba y me sentí aturdida. Esos eran titanes de segunda generación, parientes del Dios de Dioses.

—¿No sois todos aliados de Cronos? —pregunté.

La mirada dorada de Helios relampagueó en una inesperada muestra de temperamento.

—No todos están de acuerdo con la forma de gobernar de nuestro tío. Sí, ha sido una época de paz y felicidad para los hombres, pero la formación de un ejército y una armada ha molestado a algunos miembros de la familia. Muchos de sus sobrinos están descontentos con su decisión de no elegir un sucesor. Si le ocurriera algo… bueno, habría una guerra abierta entre los titanes para ver quién ocuparía su lugar. Nos gustaría tener más estabilidad. Un sucesor designado facilitaría mucho las cosas.

—¿El sucesor no es Zeus? —preguntó Teo.

—Extraoficialmente. Hasta hoy, la mayoría de los titanes no sabían que existía. Pero los truenos y relámpagos que invocó se vieron desde los cuatro pilares de la tierra. Justo en ese momento surcaba los cielos en mi carro. Era difícil no verlo.

Zeus palideció, luego apuró su bebida e hizo una señal para que un esclavo le sirviera más.

—Ningún otro titán posee semejante fuerza —dijo Metis en voz baja—. Toda la familia se había reunido en Otris para la procesión que da inicio al Festival de la Primera Casa. Cronos los interrogó a todos y dedujo que lo habían traicionado.

—Canceló el resto de las fiestas y los envió a todos a casa —añadió Eos—. Tenemos órdenes estrictas de entregar a Zeus. La Casa de quien lo haga recibirá un reconocimiento especial. Cada equinoccio de verano, su nombre será aclamado junto al del Todopoderoso.

Para un dios que vivía eternamente y que ya contaba con las riquezas más inimaginables, tal reconocimiento y adoración eran más valiosos que un tesoro.

—¿Qué hay de Rea? —preguntó Teo—. ¿La castigará?

—Nuestra tía huyó a las islas del sur —dijo Helios con tono preocupado—. Metis envió un aviso a Rea hace unas horas. Ella abandonó el palacio mucho antes de que Zeus invocara la tormenta.

Selene giró sus grandes ojos iluminados por la luna hacia Helios.

—Sí, hermana —respondió—. Sé que no tienes mucho más tiempo. —Se volvió al resto para explicárnoslo—: Selene no puede quedarse mucho tiempo. Estas son sus horas más ajetreadas. Sentémonos para la cena.

Justo en ese momento una esclava apareció en la puerta. La seguimos hasta la terraza, donde habían colocado una gran mesa bajo las estrellas y la luna. No entendía cómo Selene estaba tanto aquí como allí. Con todos esos titanes alrededor, estuve tentada de preguntar, pero entonces nos dirigieron a nuestros asientos.

Teo se sentó a mi izquierda; a mi derecha, Metis y Zeus. Helios, Selene y Eos estaban al otro lado de la mesa. Ver al magnífico trío, codo con codo, me deslumbró. Era como contemplar el cielo del amanecer, del día y de la noche a la vez.

—He imaginado este momento muchas veces —dijo Metis mientras los esclavos nos servían platos de jabalí y una colorida variedad de curiosas frutas—. Cada uno de vosotros es de gran importancia para el futuro del mundo. Mi prometido, por supuesto, tiene su vocación, al igual que su feroz guardiana, Altea. Incluso el coronel desempeña un papel importante. —Volvió su solemne mirada hacia Teo—. Tu padre fue invitado a esta conversación, pero la rechazó.

Teo se puso visiblemente tenso.

¿Por qué iba a recibir su padre una invitación?

—Espera —dijo Zeus, con la boca llena de carne—. ¿Quién es el padre de Teo?

Metis miró a Zeus y a Teo alternativamente.

—¿No se lo has dicho? —preguntó.

Teo cogió su copa de vino.

—No es algo de lo que hable a menudo.

—Sí, pero ahora estás en compañía de titanes —dijo Metis—. Tu secreto está a salvo con nosotros.

—¿Por qué es un secreto la identidad de tu padre? —pregunté—. Dijiste que te abandonó.

—Fue mi madre quien lo dejó —corrigió Teo, evitando mi mirada—. Muy pocos saben que soy su hijo.

Los tres dioses que teníamos enfrente escuchaban sin demasiado interés mientras cenaban. Al parecer, todos conocían el origen de Teo, salvo Zeus y yo.

—¿Y bien? —insistí—. ¿Quién es tu padre?

—Perdón —respondió Metis, como si no se le hubiera ocurrido terminar de contarlo—. El padre de Teo es nuestro primo Prometeo.

Casi me atraganté con mi propia saliva a la vez que miraba incrédula a Teo.

—¿Eres… eres… medio titán?

—Bueno, eso explica por qué eres fuerte como un oso —dijo Zeus antes de meterse en la boca otro enorme trozo de carne.

Teo se bebió el resto del vino y levantó la copa para pedir más. Un esclavo se la rellenó inmediatamente. Teo tenía el cuello rojo y estaba claramente incómodo, pero yo no había acabado.

—¿Sabe Cronos que eres hijo de Prometeo? —pregunté.

—No, que yo sepa —respondió Teo—. Diría que ni siquiera Prometeo lo sabe. Mi madre nunca se lo dijo.

Metis se acercó a mí para apoyar una mano en el brazo de Teo.

—Tu padre estaría orgulloso de tus logros, coronel Angelos.

—¿Angelos? —dije—. ¿El apellido de tu madre?

Sin dejar de evitar mi mirada, Teo asintió.

Zeus levantó la cabeza y una brillante sonrisa se dibujó en su rostro infantil.

—Esto nos convierte en primos segundos. Ahora puedo llamarte primo Teo.

—O no —dijo él.

Nunca había conocido a otro medio titán aparte de mi hermanita. Mi mente voló hacia el recuerdo de Teo deshaciéndose de cuatro hombres casi sin esfuerzo. ¿Su fuerza era la mitad de la de un titán o el doble de la de un hombre normal? ¿Podía beber néctar y comer ambrosía? Tenía mil preguntas más, pero

Helios apoyó los codos en la mesa, juntó las manos sobre su plato y se dirigió al grupo.

—La asistencia de Prometeo habría sido valiosa por su don de previsión, sin embargo, en muchos sentidos, sus predicciones habrían sido redundantes. Los que estamos aquí, mis hermanas y mi prima Metis creemos en la antigua profecía de que el tiempo de Cronos en el trono llegará a su fin. Estamos dispuestos a facilitar ese cambio, en la medida de lo posible, dado que hemos jurado defender el trono del Dios de Dioses y no podemos romper nuestra promesa sin sufrir sus grandes consecuencias.

—¿Qué profecía? —pregunté.

Metis señaló mi anillo.

—Esa cuerda vino de las oráculos —dijo—. Te dijeron que un hijo de Cronos lo destronaría. Esa profecía viene de mucho tiempo atrás.

Tocó el anillo con la punta del dedo. Comenzó a brillar y ella se quedó totalmente inmóvil, casi sin respirar. Entonces sus ojos abiertos se nublaron con una película lechosa.

—¿Se encuentra bien? —preguntó Teo.

—Está teniendo una visión —respondió Helios.

Mi anillo brillaba suavemente, del mismo color que los sabios ojos de Metis. En aquella vasta bruma celestial brillaban enormes estrellas. Estas comenzaron a encogerse, acelerando a medida que se alejaban de mí hasta que pude ver todo el universo desde su perspectiva.

Metis parpadeó y sus ojos volvieron a la normalidad. Mi anillo se oscureció.

—Te observa —susurró.

Dejó caer mi mano y miró hacia abajo, murmurando para sí misma. No buscaba su consejo, pero sí quería saber quién me observaba, pues intuía que ella sabía algo de la figura oscura en el agua, el Devorador de Estrellas.

Metis apuró su cáliz de néctar con manos temblorosas.

—He visto lo que hay que hacer. Cronos debe consumir un brebaje mágico que lo debilitará. La bebida proviene de una rara violeta que solo se encuentra en Creta. Zeus, ¿recuerdas mi carta? ¿Hiciste lo que te pedí?

—¿Hice lo que me pediste? —preguntó alegremente. Se metió la mano en el bolsillo y sacó la violeta de pétalos rojos que había recogido del jardín de Ida.

Metis se la quitó.

—Tendré el brebaje preparado por la mañana.

—¿Y después qué? —pregunté.

—Después tú, Altea Lambros, envenenarás a Cronos.

Todos se volvieron hacia mí.

—¿Ella? —preguntó Helios—. ¿La... mortal?

—He visto la mano que debilita al Todopoderoso, y es la suya.

Nadie habló. Deseaba desesperadamente saber qué pensaban Zeus y Teo, sin embargo, ninguno de los dos dio su opinión. Haría lo que fuera necesario para liberar a mis hermanas, pero ¿envenenar al Dios de Dioses? Parecía una tarea más adecuada para un titán.

—¿Estás segura? Las oráculos dijeron... —me interrumpí cuando Metis negó con la cabeza.

—Este es tu camino —insistió—. El tuyo y el de tus hermanas. —La expresión de la oceánida no admitía discusión—. Para el brebaje, necesitaré pelo de todas vuestras cabezas —dijo, señalando a Teo, Zeus y a mí—. Todos vosotros desempeñaréis un papel. Vuestra lealtad mutua hará que el brebaje sea más fuerte.

Arrancó un pelo de la cabeza de Zeus, que hizo una mueca de dolor. Teo se arrancó otro, y Metis insistió en que le pasara tres míos. Los colocó junto al violeta y sus ojos volvieron a brillar brevemente de color blanco lechoso.

—Ya está en marcha —declaró.

—¿Cuándo ocurrirá? —preguntó Zeus.

—Mañana comienza.

—Está bien, entonces —dijo Helios con una sonrisa nerviosa.

Puede que tuviera problemas con mi papel en ese plan, pero no me atreví a preguntar, ni a él ni a los demás dioses, qué opinaban sobre confiar la responsabilidad de destronar a su gobernante a una mujer mortal.

Selene se apartó de la mesa y se levantó. Inclinó la cabeza en señal de despedida y, al hacerlo, una voz llenó mi mente.

«Velaré por tus hermanas, Altea. Descansa bien esta noche».

Esa promesa de la diosa de la luna era un favor que nunca podría devolver. Levanté la copa y brindé por ella, como siempre hacía Bronte.

—Por la luna. Que siempre brille.

—Por la luna —repitió Zeus con alegría.

Selene entró en el jardín, donde un mozo de cuadra esperaba con uno de los caballos de alas blancas que tiraba del carro de Helios. Un esclavo le puso a Selene una capa brillante con capucha sobre los hombros. Ella se puso la capucha y montó en el caballo a la mujeriega. Agitó las riendas y el corcel alado se internó en el cielo nocturno. Volaron por encima del estanque y luego se elevaron hacia el cielo, volando directamente hacia la media luna plateada hasta que se fusionaron con su luz y se fundieron con los cielos.

Su partida cambió el tono en la mesa de la cena. Helios declaró que estaba cansado por un largo día de viaje y se excusó. Zeus comenzó a bostezar. Él y Metis abandonaron la mesa, él para ir a la cama y ella para preparar el brebaje. Eos se demoró hasta que terminé de comer y luego preguntó si quería una visita guiada por la mansión. Teo había seguido bebiendo sin parar e ignorándome, así que decidí que la discusión que quería tener con él sobre su padre titán podía esperar y acepté su invitación.

Nos levantamos de la mesa y paseamos por un laberinto de largos pasillos iluminados con antorchas.

—Tu llegada es una bendición —dijo Eos—. Hacía mucho tiempo que no veía a Helios tan optimista. Como dios del sol, lo ve todo día tras día, también la tristeza y el dolor del mundo. Eso lo consume y tiene muchas diferencias con la forma de gobernar de nuestro tío.

Siempre había considerado que los titanes eran monstruos egoístas; nunca los imaginé capaces de preocuparse por el bienestar de los mortales.

—¿Cómo lo lleva Selene? —pregunté.

—Ella también ve mucho dolor. Los mortales se amparan en la noche para ocultar muchas de sus fechorías, pero ella tiene una naturaleza más indulgente. Helios puede ser tan duro como el sol. Se preocupa profundamente por lo que ocurre en el mundo. Todo lo que toca su luz es valioso para él. Sería un buen gobernante, no obstante, la intensidad de sus obligaciones diarias nunca le dejaría tiempo suficiente para dedicarse a un trono. —Eos miró a la luna, a su hermana—. Aunque soy la más joven de nosotros, mi papel es asegurar que tanto Selene como Helios cumplan con sus funciones.

—Tú los cuidas.

—Así como cuidas a tus hermanas mayores y, ahora, a Zeus. También lo has acogido.

No había pensado en él como mi responsabilidad, pero eso explicaría por qué me preocupaba el complot de los titanes para destronar a Cronos. Como prometida de Zeus, Metis estaba realmente interesada en que se convirtiera en el próximo Todopoderoso, si bien nada impedía que Eos, Selene o Helios —o cualquier titán, en realidad— trataran de ocupar su trono.

Eos se detuvo ante la puerta de mi habitación. Nuestro recorrido por los terrenos había terminado.

—Vuelvo a casa, a mi mansión —dijo—. Antes de irme, debo advertirte. No todo lo que oyes sobre Cronos es cierto. Mnemósine, la diosa de la memoria, es la asesora de mi tío. Cuando no quiere que los demás sepan lo que está haciendo, le ordena que manipule los recuerdos de los demás a su favor. Mi padre, Hiperión, protestó enérgicamente cuando mi tío se tragó a su primogénito. Visitó el Palacio de Eón para intentar razonar con él y, cuando volvió a casa, no recordaba haber ido. La propia Rea se niega a estar a solas con Mnemósine. Cualquiera que trabaje en el palacio, o que pase tiempo con Cronos, podría tener los recuerdos alterados. Tu madre se dio cuenta de que su memoria había sido manipulada y acudió a Oceanus en busca de ayuda. Sus aguas revitalizantes pueden restaurar algunos recuerdos, pero la persona debe saber primero que su mente ha sido manipulada, algo de lo que la mayoría nunca se da cuenta.

Cambiar los recuerdos de la gente era una violación impensable. ¿Qué otras verdades habría alterado Mnemósine por orden de Cronos?

—¿Pudo Oceanus curar a mi madre?

—En más de un sentido. Restauró algunos de sus recuerdos, y también la ayudó a sacar a las refugiadas de Tesalia proporcionándoles un pasaje seguro a través del mar.

Mi corazón se hinchó de orgullo. Mi madre se había aliado con un titán, con el único dios que se enfrentó a Cronos.

—¿Mencionó cuál de sus recuerdos había alterado Cronos?

—Nunca lo dijo, aunque estoy segura de que Oceanus podría decírtelo.

Cada vez me intrigaba más conocer al dios del mar, pero tendría que esperar hasta que mis hermanas estuvieran a salvo.

—Eos, ¿a ti te han alterado la memoria?

—Esa es una pregunta complicada, ¿no? —respondió ella, haciendo una mueca con sus labios sonrosados—. Porque si mi memoria hubiera sido alterada, probablemente, no lo recordaría.

Me abracé a mí misma, estremecida ante la idea. ¿Cuántas verdades creí que eran en realidad mentiras sembradas por el Dios de Dioses para engañar al mundo?

—Deberías descansar —dijo Eos—. El amanecer trae nuevos comienzos y nuevos retos.

Entre la revelación de la ascendencia de Teo, el vago plan del brebaje mágico y la posibilidad de que todo lo que mi madre me había contado sobre Cronos se basara en recuerdos alterados me habían dado motivos más que de sobra para preocuparme. A pesar de su hospitalidad, no me atrevía a confiar en esos titanes, especialmente en lo que respectaba al Niño Dios. Lo único que me tranquilizaba era que no podían matar a su primo Zeus. Aun así, la discusión sobre el brebaje mágico hacía evidente que se podían emplear otras tácticas para debilitar a un titán.

¿Deseaban realmente esos titanes que el Dios de Dioses cayera y el Niño Dios se alzara? ¿O era todo una estratagema?

Hasta que lo supiera, no podía involucrar a Zeus o a Teo más de lo que ya lo había hecho. Fuera lo que fuese lo que el destino hubiera planeado para mí, seguiría adelante sola.

Le di las buenas noches a la diosa del amanecer, luego me dirigí a mi dormitorio y me senté en la oscuridad hasta que no pude soportar más el tormento de mis propios pensamientos inquietos, y el sueño me acogió en sus brazos.

# 21

Una suave canción de cuna llegó a mis oídos. Me encontraba al borde del barranco del bosque, el mismo en el que había caído en Creta, solo que, esta vez, el vacío estaba lleno de agua y no había ninguna cuerda tendida para cruzarlo. La canción de cuna, la que mi madre me cantaba cada noche, se paró en seco, y una voz me llamó desde el otro lado.

—Altea.

Mi madre estaba de pie al otro lado del barranco. Su figura se veía parcialmente oscurecida por la noche, pero, por lo que pude ver de ella a la luz de las estrellas, era tan alta y fuerte como recordaba.

—Mi estrella fugaz, debes de estar cansada. Cruza nadando y ven a descansar conmigo un rato. Es hora de dormir.

Sumergí un dedo en el agua tranquila y oscura. La gélida temperatura sería incómoda para nadar, pero llevaba tanto tiempo sin ver a mi madre...

El sonido de un llanto llegó desde el otro lado del río. Mi madre sostenía a un bebé acurrucado en sus brazos.

—Altea, tu hermanita espera que la conozcas. Le he puesto nombre. Cruza nadando y te lo diré.

No pude negarme. Me desvestí hasta quedarme en ropa interior y me metí en las profundas y gélidas aguas. Mi madre empezó a cantar de nuevo mientras mecía al bebé. Empecé a cruzar el barranco, nadando rápidamente para calentar los músculos.

Algo en el agua me rozó la pierna. Me detuve y giré en círculo para buscar una señal en la oscuridad. No había nada, así que nadé con más fuerza hacia el otro lado, siguiendo el sonido del canto de mi madre. A mitad de camino, una mano fría me rodeó el tobillo. Intenté soltarme, pero la mano me agarró con fuerza y me arrastró hacia abajo, hacia el abismo.

De repente, me encontraba en una playa ante una cordillera. Un cielo gris, sombrío y oscuro se agitaba repleto de nubes de tormenta. La ladera de las montañas más cercanas estaba plagada de celdas, jaulas que albergaban cíclopes y monstruosas bestias de mil manos. En la celda más alta, cerca del pico de la montaña, dos ojos ardientes me miraban fijamente.

«Libéranos, hija».

Reconocí a Urano por las alas. Era más grande que la sombra que había visto en el mar y el estanque, pero seguía siendo él. El Devorador de Estrellas.

«Libéranos y venceremos a Cronos».

Urano tenía buenas razones para destruir al Todopoderoso, aunque se encontraba atrapado en el Tártaro, donde ningún mortal podría poner un pie sin perecer.

«Nosotros somos el cielo. El sol, la luna y las estrellas son nuestros. Libéranos y gobierna sobre las estrellas junto a mí. Tócalas y serán tus armas para blandirlas».

La mano me soltó el tobillo. Mientras pataleaba hacia la superficie, en mi cabeza resonó la estruendosa voz de Urano.

«Esperaré, hija. Esperaré a que te eleves...».

Llegué a la superficie, jadeando.

Mi madre estaba al otro lado del barranco, con el bebé llorando en brazos. Su mirada triste se me clavó en el alma.

—Tienes que ir, Altea. Tus hermanas te necesitan.

—No, mamá. Ya voy. Espérame.

Se alejó de la orilla y se perdió en la noche, canturreando. Nadé hasta allí y salí del agua. Me puse en pie y corrí tras ella. El canto cesó, pero los gritos del bebé me rodearon. Había perdido de vista a mamá y al bebé. El dolor del pecho se expandió en una fría melancolía. Estaba perdida en la quietud del bosque, sola.

—Por favor, no te vayas otra vez, mamá. Haré lo que te prometí. Cuidaré de mis hermanas.

La niña seguía llorando.

Me desperté bañada en lágrimas. Teo se hallaba a mi lado, sentado al borde de la cama, cantando. Una calma envolvente se apoderó de mí y alivió mis preocupaciones. Mis músculos se relajaron y mis lágrimas se secaron. Cuando empecé a dormirme de nuevo, un pensamiento me asaltó.

—Tu voz. Es tu poder de titán. Ya sentí su influencia cuando me cantaste en el barco, y también la primera noche en la isla cuando me tarareaste en la tienda.

—Shh —dijo Teo mientras me acariciaba el pelo—. Vuelve a dormir. No tendrás más pesadillas esta noche.

Me aferré al bálsamo de su tacto. Esa sería la última noche en la que podría disfrutar de su cercanía.

Teo volvió a cantar, su melódica voz acalló la agitación de mi corazón. Lo último que pensé antes de dormirme fue lo extraño que era que hubiera elegido la misma canción de cuna que siempre cantaba mi madre, como si él también hubiera estado en mi sueño.

Me desperté sola. A mi lado, en la cama, había una pequeña ampolla verde: ¿el brebaje mágico con el que envenenaría a Cronos?

Me metí el frasco en el bolsillo y fui a buscar a Metis. Todas sus garantías místicas de que yo, de entre todas las personas, me enfrentaría al Todopoderoso y lo debilitaría parecían absurdas a la luz del día. Una parte de mí esperaba que esa tarea imposible recayera en otra persona. Solo me quedaban dos días para liberar a mis hermanas antes de que las erinias me apresaran.

Los pasillos estaban vacíos. No se escuchaban pasos ni voces, no se veía a ningún esclavo ir o venir. Helios y Eos se habrían ido a cumplir con sus obligaciones y, tal vez, Selene tuviera su propia mansión donde descansaba durante el día, pero ¿dónde andaban Metis y todos los demás?

Recorrí los pasillos y me asomé a las puertas abiertas. Todas las habitaciones en las que investigué se encontraban vacías. Volví sobre mis pasos y fui al recibidor donde nos habíamos reunido la noche anterior. Tampoco había nadie, y seguía sin ver a ningún esclavo en la mansión o el jardín. En la terraza, vi la mesa del comedor preparada para el desayuno. Una de las sillas había caído al suelo de lado, y todas las copas estaban llenas de vino.

—¿Teo? —llamé—. ¿Zeus? ¿Hay alguien ahí?

Los platos de gachas, los pasteles de miel, entonces fríos, y la silla caída aumentaron mi preocupación. Zeus nunca dejaría la comida sin tocar.

Llegaron ruidos del jardín, pasos y sonidos de hombres gruñendo. Vislumbré algo familiar a través de la maleza: el uniforme de un soldado.

Con un cuchillo de mesa, me escabullí detrás de un seto y permanecí agachada. Un grupo de soldados pasó corriendo. Salían de la mansión y se dirigían a la costa. Uno de los jardineros o esclavos había dejado una pala cerca. La cogí y me escabullí por un estrecho camino hacia los acantilados.

El muelle privado de Helios estaba muy abajo, en una cala protegida. Allí solo había un barco amarrado: un trirreme gigante que enarbolaba el alfa y el omega azules y blancos de la Primera Casa. La reluciente nave era el buque insignia del Todopoderoso, el orgullo y la alegría de su vasta armada.

Me agaché y observé cómo los marineros cargaban innumerables barriles de vino en el trirreme. Estaban saqueando el almacén de Helios. Observé la estrecha orilla en busca de rostros conocidos y se me cortó la respiración. Los hombres de Cronos no solo habían venido a por el alcohol.

A plena vista, junto a los ajetreados marineros y custodiado por un par de soldados, Zeus estaba atado a un mástil junto a los muelles con una gruesa cuerda alrededor del torso. La cabeza le colgaba con la barbilla apoyada en el pecho y tenía los brazos y piernas inertes. No podía ver a Teo ni a Metis, y esperaba que eso significara que se encontraban escondidos o habían escapado. Sin embargo, los soldados habían registrado la mansión, así como el almacén. ¿Dónde más podrían estar Teo y Metis?

Una vez me hube asegurado de que no había más guardias cerca de Zeus, y de que el resto de los soldados y marineros estaban ocupados, me metí el cuchillo y la pala en la faja que llevaba en la cintura y comencé a bajar por la pared de roca. Me agarré a los salientes más seguros y descendí hasta una posición protegida cerca del mástil, y oculta desde el muelle.

Cuando mis pies tocaron la playa, los brazos y las piernas me temblaban por el esfuerzo. Los guardias que había junto a

Zeus estaban frente a frente y miraban con atención a los marineros, que casi habían terminado de cargar los barriles de vino en el trirreme.

Me acerqué sigilosamente por detrás del más cercano y le estampé la pala en la cabeza de tal manera que lo dejé inconsciente. El segundo guardia se giró al oír el ruido y le di con el mango en las tripas y luego le golpeé en la cara con el lado ancho de la pala. Con ambos guardias fuera de juego, tiré la pala a un lado y corrí hacia Zeus.

—Despierta —susurré con voz ronca mientras le cortaba las ataduras con el cuchillo desafilado de desayuno.

Se desplomó contra la cuerda, con los ojos entreabiertos y la cabeza ladeada. Aunque parecía despierto, estaba lejos de estar lúcido. Después de serrar la cuerda con más vigor, esta cayó finalmente a sus pies y él, de rodillas.

—Ay —dijo, con algo de retraso.

Deslicé su brazo sobre mis hombros y traté de levantarlo. Puede que fuera delgado para alguien de su altura, pero seguía siendo un peso muerto.

—Vamos, Zeus —gruñí—. Tienes que ayudarme.

—¿Altea? —balbuceó—. No siento las piernas.

—¿Te han drogado?

—Lo último que recuerdo es haber bebido vino en el desayuno. —Intentó levantarse y tropezó. Caí con él sobre la arena y aterricé sobre su pecho. Sus labios se curvaron con pereza—. Por fin te tengo donde quiero.

—No me vengas ahora con tus historias de virilidad, Zeus.

Emitió un gemido, una genuina muestra de incomodidad, mientras intentaba levantarlo de nuevo. Por fin, consiguió poner los pies en el suelo y distribuimos su peso entre nosotros.

Una docena de soldados salieron de donde se habían escondido entre las rocas y nos cortaron el paso. Incluso los salientes de arriba estaban custodiados por arqueros. Décimo se adelantó y una escarcha invernal me heló las entrañas. Rechacé la fuerza que me atraía hacia él, y la marca de la nuca me ardió de dolor.

—Altea —dijo con el tono de un padre decepcionado—. Te he estado esperando.

Zeus echó la cabeza hacia atrás.

—¿Quién es este bastardo?

No podía soportar su peso por más tiempo. Lo bajé al suelo y susurré:

—Quédate ahí. —Luego dije más fuerte—: Libéralo, Décimo. Es a mí a quien quieres.

El general mostró una sonrisa divertida.

—No tengo por qué elegir. Os tengo a los dos.

—Nunca me has tenido. —Cada músculo de mi cuerpo, hasta el más fino tendón, tembló en señal de protesta al tiempo que levantaba el cuchillo de mesa hacia mi garganta.

Décimo se burló, aunque su expresión se endureció.

—Es un farol.

—No sabes de lo que soy capaz. —Acerqué la hoja y me pinché la piel. La sangre brotó de forma instantánea como un goteo cálido. La mano me tembló con más fuerza. Estaba a punto de desmayarme por la influencia de la maldición, pero me mantuve firme.

Décimo me apuntó con la espada, un movimiento carente de sentido teniendo en cuenta que ya me estaba apuntando a mí misma la garganta.

—¡Altea, deja esta locura! El Todopoderoso ha solicitado tu presencia. Debo llevarte al Palacio de Eón.

—Deja ir a Zeus, e iré contigo. —El gélido castigo de la desobediencia comenzó a anestesiar mi determinación. La piel de todo el cuerpo se me erizó. No lograría resistirme a la maldición por mucho más tiempo.

Décimo se rio al verme temblar.

—Vendrás conmigo, gatita, porque lo digo yo.

Teo apareció por arriba, bajando por el camino principal hacia el muelle. Caminaba libremente y llevaba puesto su uniforme de coronel. No me miró. A pesar de llevar la espada en la mano, su llegada no provocó ninguna respuesta del general y sus hombres.

—Coronel Angelos, tenía usted razón —dijo Décimo—. Dejamos a Zeus a la intemperie y Altea acudió directamente a él.

Bajé el cuchillo.

—¿Teo? —susurré.

No respondió ni reaccionó, ni siquiera para mirar un segundo en mi dirección.

—Hemos vaciado el almacén, señor.

—Teo —dije con más brusquedad—. Eres el mentor de Zeus. No puedes hacer esto.

—En realidad, ya lo ha hecho —respondió Décimo.

Apunté con el cuchillo hacia Teo, pero la realidad me golpeó en la cara.

—Qué estúpida soy —suspiré—. Sabía que no debía confiar en un hombre, y menos en un oficial del ejército del Todopoderoso.

—No tuve elección —dijo Teo poniéndose a la defensiva—. Las erinias también me perseguían. Anoche vinieron a mi habitación y me asignaron una tarea expiatoria. Después de entregaros a ti y a Zeus al Todopoderoso, quedaré liberado de mi juramento al trono, y mi madre y yo seremos libres.

—Me importa una mierda lo que te hayan prometido.

—¿Qué harías tú por tus hermanas? —replicó Teo—. ¿Por tu alma?

Me negué a contestar.

—Ojalá estuvieras muerto —gruñí.

Teo retrocedió, mostrando así su primer signo genuino de remordimiento.

—¡Preparaos para salir! —llamó Décimo.

Un soldado me desarmó, pero el frasco de la bebida mágica seguía guardado en mi bolsillo. Dos hombres agarraron a Zeus y lo arrastraron hasta ponerse de pie. El Niño Dios se sostenía con más facilidad que antes, la droga que le habían puesto en el vino del desayuno iba desapareciendo. Me sentía tan indignada por la traición de Teo que nos arrastraron hasta la mitad del muelle antes de que me diera cuenta de que, aunque no íbamos armados, tampoco nos encontrábamos indefensos.

—Zeus —dije—. Creo que se aproxima una tormenta.

Él frunció el ceño mirando el claro cielo azul.

—¿Una tormenta…? Oh.

El Niño Dios arrojó a un guardia al mar y lanzó al otro contra el grupo de soldados que estaba detrás de nosotros, tirando a Teo encima de Décimo. Su excesiva fuerza no era un espectáculo de truenos y relámpagos, pero era eficaz. Le di un rodillazo a mi guardia en la entrepierna y luego lo empujé al agua.

En el lado más alejado del muelle donde se encontraba Zeus, Metis apareció en una embarcación más pequeña, dirigiendo la vela, y le hizo una seña. Zeus saltó al agua y se subió a bordo con ella.

Me dispuse a saltar al mar, pero Décimo me rodeó con sus brazos y me arrastró hacia atrás. Pateé y me revolví, dándole un codazo en la nariz torcida. Impertérrito, me arrastró más lejos y me arrojó a la cubierta. El tobillo malo se me dobló y la pierna entera se me retorció de dolor.

—¡Atrapad al Niño Dios! —gritó Décimo.

Los soldados se apresuraron a acercarse al muelle justo a tiempo para ver cómo una gran ola de espuma blanca levantaba el barco de Metis y lo arrastraba mar adentro. La oceánida y el Niño Dios se alejaron con gran velocidad del alcance de los arqueros, impulsados por un gran poder invisible.

Décimo se abalanzó sobre Teo.

—Debería haber previsto esto, coronel.

—Metis es una profetisa, señor. Cómo iba a saber…

—Fallaste en la entrega de Zeus. Ya no te necesito. —El general señaló al soldado más cercano a Teo y dijo—: Deshazte de él.

Teo golpeó al soldado en el estómago con la empuñadura de su espada y luego se lanzó al agua desde el muelle. Los arqueros lanzaron flechas tras él y esperaron a que su cuerpo flotara hasta la superficie, pero no salió.

—Maldito sea —gruñó Décimo—. ¡Seguid buscando!

Sabía que no encontrarían a Teo. Estaba ligeramente molesta conmigo misma por preocuparme, no obstante, resultaba satisfactorio ver fracasar a Décimo.

—Borra esa sonrisa de la cara, gatita. —Décimo me levantó y me aplastó contra su apestoso cuerpo—. Llevo mucho tiempo pensando en esto.

—Ojalá te devoren los cuervos.

—Sé amable —advirtió, mientras sus ásperas manos manoseaban mis pechos y pellizcaban mis pezones. Reprimí el dolor, negándole cualquier reacción. Restregó su rostro sudoroso contra mi mejilla y mi oreja—. Por desgracia, no puedo seguir hasta que te reúnas con el Todopoderoso.

Décimo me dio una fuerte palmada en el trasero y luego me pasó a otro soldado mientras terminaba de supervisar los preparativos de la tripulación para partir.

Un guardia me llevó cojeando por la pasarela y me encadenó al palo mayor, a plena vista de toda la cubierta. Los marineros subieron a bordo, la multitud de remeros tomaron sus puestos en los remos y, luego, a las órdenes del timonel, el cómitre marcó el ritmo de los remeros. Estos impulsaron la enorme embarcación hacia los bruscos vientos y navegamos mar adentro, acercándonos cada vez más al Dios de Dioses y a su trono en la cima del mundo.

# 22

El regreso a Otris fue muy duro para mí. El trirreme se movía veloz, pero aún faltaba un día de viaje desde la Mansión de Medianoche hasta el puerto y, luego, dos horas más de camino por la montaña hasta la ciudad. Quedaba menos de un día para que las erinias vinieran a buscarme.

La ciudad estaba bastante apagada en comparación con años anteriores. Aunque el desfile de los titanes fuese cancelado, el Todopoderoso tendría que haber permitido que el pueblo continuara con otras de las celebraciones que se hacían en su nombre. Por todas partes había decoraciones polvorientas para el Festival de la Primera Casa. Las cintas de flores colgaban en los callejones en forma de zigzag, con los pétalos destrozados por el viento. Las banderas de Alfa y Omega colgaban de las ventanas, y había hoces en las puertas de las casas, como muestra de lealtad a Cronos.

Durante el festival, los mendigos podían llamar a cualquier puerta y ser invitados a entrar para compartir el tradicional pan de la ofrenda con los anfitriones. Por la noche, las familias celebraban simposios y cenas que comenzaban con una borrachera y terminaban con una gran comida. Los invitados disfrutaban del entretenimiento proporcionado por artistas ambulantes, generalmente esclavos, que bailaban y tocaban instrumentos. Los favoritos de Cleora eran los que hacían acrobacias sobre un aro rodeado de cuchillos. La gente solía vestirse con túnicas tradicionales tejidas en marfil, como la que llevaba Cronos al castrar a su padre, pero al haberse cancelado las representaciones teatrales y los simposios, la alegría había desaparecido de las calles.

El carro se detuvo ante las puertas del palacio y me colocaron un saco sobre la cabeza antes de continuar. Una vez más, nos detuvimos y un guardia me sacó de allí. Me tambaleé, demasiado mareada y débil por la falta de alimento. Décimo se había negado a darme de comer después de que vomitara el pescado salado que me había dado durante el viaje. Subí cojeando varios escalones entre dos soldados. En la parte superior el suelo era más resbaladizo y nuestros pasos resonaban a nuestro alrededor. Una puerta se abrió con un chirrido y me quitaron el saco de la cabeza, revelando un gran dormitorio.

—No estás aquí como doncella de honor —dijo Décimo—. Eres una invitada. No me avergüences. Come y descansa. Debes estar presentable para Su Excelencia.

Décimo presionó sus labios contra un lado de mi cabeza y se marchó.

Sucia y cansada del viaje, me sentía fuera de lugar en aquella elegante habitación. La estancia era limpia y bonita, desde los muebles hasta las alfombras y las cortinas. Había un balcón con una impresionante vista de los cuidados jardines bajo el sol del ocaso.

Un gran buitre negro se posó en la terraza y me miró fijamente. El amenazante pájaro se acercó de un salto. Cogí una almohada de la cama y me preparé para lanzarla, sin embargo, el buitre despegó y se perdió de vista.

Dejé la almohada y me di un festín. Después de devorar queso, aceitunas, uvas y carne curada —en el aparador se encontraban todas mis comidas favoritas— junto con un cáliz de vino rebajado con agua, me sentí agradablemente llena y agotada. Me tumbé en la cama y me tapé la cara con la almohada para que no entrara la luz.

Oí que se abría una puerta y a continuación alguien saltó sobre mí.

—¡Altea! —Bronte me quitó la almohada de la cara—. Estaba tan preocupada por ti.

—¿Por mí? Yo lo estaba por ti. —La abracé tan fuerte que hizo un gracioso sonido de estrangulamiento, así que paré—. Bronte, ¿de dónde vienes? ¿Cómo has llegado hasta aquí?

—Llegué anoche de Creta. El barco de esclavos me trajo junto con un par de docenas de mujeres de la tribu. Las guerreras se amotinaron cuando llegamos a puerto. Eubea lideró la cruzada, pero no pudo llegar hasta mí porque no estaba en la bodega de carga con las demás. Me trajeron aquí y los soldados me pusieron en una habitación junto al solárium. ¿Has visto a Cleora?

—No, ¿y tú?

Bronte hizo una mueca.

—No. ¿Dónde están Zeus y Teo?

—No lo sé. Fuimos al palacio de Helios y nos reunimos con Metis, la prometida de Zeus, y algunos de los primos de Zeus. Helios, Eos y Selene nos ayudaron a planear el derrocamiento de Cronos en pos de Zeus, sin embargo, esta mañana llegó Décimo. Teo arregló el intercambio de Zeus por la libertad de su madre. Zeus escapó con Metis, y Teo lo hizo por su cuenta. Décimo me atrapó y me trajo aquí.

Bronte frunció el ceño y me tocó el brazo para consolarme.

—No me puedo creer que Teo te haya traicionado.

—No debería confiar en un soldado. —Me encogí de hombros ante su contacto, demasiado herida para aceptar su consuelo o para decirle que Teo era hijo de Prometeo. De todos modos, el parentesco de Teo con los titanes parecía irrelevante en ese momento. Dudaba que volviéramos a saber de él—. ¿Has visto a alguien desde que llegaste?

—Solo a los guardias y a la consejera del Todopoderoso, Mnemósine.

Se me aceleró el pulso.

—¿Te dijo algo que te hiciera sentir extraña?

—Me hizo preguntas sobre nosotras, como qué nos gusta comer y cómo preferimos pasar el tiempo. Le dije que tú bailas y yo canto, y otras cosas inocentes.

Me abracé a la almohada, sosteniéndola sobre mi agitado corazón.

—Eos, la diosa del amanecer, me dijo que Mnemósine puede alterar los recuerdos. Piensa bien, Bronte. ¿Hay algo que te haya hecho olvidar?

Bronte reflexionó durante un largo rato antes de responder.

—Sinceramente, no lo creo. Como te he dicho, solo me hizo preguntas sobre nuestros intereses. Dudo que alterara eso.

Yo no estaba tan segura, aunque parecía la misma de siempre.

246

Bronte se sentó con las piernas cruzadas, se inclinó hacia delante y susurró:

—He vigilado a los guardias del palacio. Como dice Prometeo: «La observación es la ventana a la solución». —Me contó el número de soldados que había visto desde su llegada, cuarenta y nueve, y me explicó que los guardias cambiaban de posición cada treinta minutos, por lo que dos veces por hora llegaban nuevos hombres con ojos y oídos frescos, y barrigas llenas. Me llevó al balcón para mostrarme sus movimientos. Observamos cómo hacían dos cambios de turno y, a través de ellos, los guardias mantenían plena seguridad alrededor de cada puerta, portón y camino del jardín. Las observaciones de Bronte fueron sucintas y precisas, pero, sobre todo, sirvieron para verificar lo que yo ya sabía. Ningún prisionero del Dios de Dioses tenía escapatoria.

Me metí la mano en el bolsillo, dudaba si contarle a Bronte lo del brebaje mágico, por si había espías escuchando. Finalmente, decidí que no valía la pena el riesgo y lo guardé.

Llamaron a la puerta. Entró Décimo, flanqueado por su hermano, el brigadier Orrin —o como yo prefería llamarlo, Cararrata—, y tres soldados de bajo rango. El general nos lanzó nuestros velos.

—Ponéoslos —dijo.

Bronte se colocó su máscara de serpiente y yo mi máscara alada.

—Vamos —dijo Décimo—. El Todopoderoso está listo para verte.

Los deliciosos manjares que había comido se me revolvieron en el estómago. Ojalá yo también me sintiera lista para verlo a él.

Subimos por una torre hasta el gran salón. Perdí la cuenta de los escalones que subimos, aunque mi tobillo malo sintió todos y cada uno de ellos. De vez en cuando, había una rendija que permitía ver el mundo exterior: el sol poniente o las nubes doradas. Por lo demás, no veía más que las lisas paredes y los brillantes suelos de la torre.

Salimos de la escalera y entramos en un lustroso vestíbulo con altas puertas dobles de las que colgaban aldabas gigantes y tan altas que resultaban hasta frívolas, pues ningún hombre podía alcanzarlas. Por otra parte, probablemente, eran ideales para un titán.

Al acercarnos a las puertas, estas se abrieron solas.

Sonó una música de lira, una composición suave que recordaba al canto de los pájaros. Los soldados se hicieron a un lado en el umbral para dejarnos entrar a Bronte y a mí.

El gran salón, de mármol brillante y piedra, parecía el mismo que había visto en la visión que me mostraron las oráculos. Decenas de enormes columnas sostenían una imponente estructura redonda que se abría a amplios balcones en tres de sus lados. La sala rectangular era larguísima. La vista de la puesta de sol sobre Tesalia quedaba parcialmente oculta tras las nubes doradas.

Otros cien pasos o más y la música se detuvo.

Cleora entró desde uno de los balcones con una lira de plata en la mano.

—Me dijeron que habíais llegado —dijo.

Nos apresuramos a acercarnos a ella y nos abrazó suavemente. No olía del todo bien, una extraña combinación de bayas de enebro y escarcha otoñal. Llevaba el pelo largo, rojo y rizado —un estilo nuevo— e iba vestida con un quitón amarillo, el color que menos la favorecía. La fina corona de oro que llevaba en la cabeza me causó una gran confusión.

—¿Qué es todo esto? —preguntó Bronte—. Estás ridícula.

Cleora pasó por alto el insulto y nos tomó a cada una de la mano.

—Tengo mucho que contaros —dijo—. Podéis quitaros los velos. No los necesitáis aquí.

—Me dejaré el mío puesto —respondí. No pretendía irritarla con mi terquedad. Simplemente quería conservar la familiaridad que me proporcionaba llevar la máscara de mi madre.

—Hazlas pasar, Cleora.

La voz masculina no era fuerte, pero llenó la sala. Sin embargo, no veía a nadie y mucho menos a alguien que pudiera encajar con esa intensa voz.

—Venid —dijo Cleora, radiante.

Nada me pareció más fuera de lugar que su sonrisa.

Bronte y yo intercambiamos miradas de reojo mientras la acompañábamos. Décimo y Cararrata nos seguían lo suficientemente cerca como para no olvidar su presencia. Cuando habíamos recorrido más de la mitad del pasillo, el otro lado de la sala finalmente se hizo visible.

Allí, el Dios de Dioses ocupaba uno de los seis tronos, tres vacíos a un lado y dos al otro. El buitre negro que había visitado mi terraza descansaba en un soporte detrás de él. Este soporte estaba hecho a partir de una hamadríade muerta, con el rostro del espíritu grabado en el tronco. En cuanto a su tamaño, el Todopoderoso parecía normal en la mayoría de los aspectos. No medía quince metros como me habían hecho creer, sino que era de complexión y estatura medias. Su esbelta figura estaba bien proporcionada y, como todos los dioses, su belleza era innegable. Esperaba a alguien de una magnitud, esplendor y atractivo extraordinarios, pero su físico era bastante discreto.

Sin embargo, por lo demás, Cronos estaba lejos de ser una persona ordinaria.

En su melena brillaban llamas blancas y en sus oscuros ojos relucían estrellas. Su piel brillaba con un color bronce de lo más atractivo y sus labios, perfectamente rojos, poseían un brillo encerado. Aquella intensa y penetrante mirada se centró en mí. Su rostro desprendía sabiduría e inteligencia mientras me evaluaba.

—Cleora —dijo, aún escudriñándome—. ¿No nos presentas?

—Su Excelencia. Estas son mis hermanas menores, Bronte y Altea.

—Altea —dijo Cronos para sí mismo—. Qué nombre tan singular.

—Lo eligió nuestra madre. —No pude contenerme—. ¿Te acuerdas de Stavra Lambros?

—Por supuesto. Cleora y yo estamos encantados de teneros en casa. Por favor, perdonad todo lo que habéis tenido que andar para llegar aquí. Pensamos que disfrutaríais de las vistas.

—Son… notables —admitió Bronte, un poco a regañadientes. Me pregunté si parecía tan desconcertada como ella.

—Ven a admirar las vistas desde el balcón —sugirió Cleora.

Condujo a Bronte al exterior mientras yo permanecía con el Todopoderoso. El general se situó lejos de los tronos al tiempo que el brigadier vigilaba a mis hermanas en la terraza.

—Es interesante el anillo que llevas, Altea —comentó Cronos—. ¿Puedo verlo?

—No —respondí rotundamente—. ¿Qué le has hecho a Cleora?

—¿Hacerle? —preguntó Cronos—. Está como en casa y es libre de salir cuando quiera.

—Es tu prisionera. Su miedo a lo que le hiciste a nuestra madre la mantiene cautiva.

—Lo que le hice a tu madre —dijo Cronos, repitiendo mi afirmación con desprecio—. Stavra Lambros estuvo contenta aquí hasta que su embarazo fue demasiado avanzado para ser cómodo y, entonces, la envié de vuelta contigo y tus hermanas.

Estuve a punto de abalanzarme sobre él por atreverse a sugerir que nuestra madre hubiera elegido su compañía en lugar de la nuestra, pero solo me contuve por puro asco.

—Ella te odiaba, igual que yo te odio a ti.

—Altea —me riñó Cleora, que regresó justo a tiempo para escuchar mi declaración—. Estás hablando con el Dios de Dioses.

—Un dios al que siempre has detestado —repliqué—. ¿Qué te ha hecho, Cleora? Te ha vestido como si fueras una muñeca.

—¿Te ha convertido en una de sus doncellas de honor? —preguntó Bronte.

—¡No! Él nunca haría eso —Cleora miró a Cronos—. ¿Se lo decimos?

—Sí, es el momento. Vamos a disipar sus preocupaciones.

—Adelante —dijo Bronte cruzando los brazos sobre el pecho. Admiré su tenacidad. Cada vez que Cronos hablaba, se me encogía el estómago.

Se levantó del trono. De pie, era más alto que cualquiera de nosotras. Avanzó con la total seguridad de su posición de superioridad, lo que me recordó al nuevo aplomo de Zeus.

—Como le dije a Cleora, vosotras tres sois de la nobleza. —Cronos inclinó la cabeza como si fuéramos diosas y dijo con reverencia—: No sois mujeres mortales. Sois diosas… Mis hijas.

Se me escapó una carcajada. Lo absurdo de su afirmación no merecía otra respuesta.

Cronos apoyó una mano solemne en mi hombro.

—Siempre has sabido que eras diferente. La forma de tu alma me es muy familiar. —Cuando me tocó, los omóplatos me empezaron a arder, y a mi sombra, que se proyectaba en el suelo bajo el sol poniente, le salieron alas. Miré por encima de mi hombro y no vi nada, pero un gran poder aleteaba como un pájaro enjaulado dentro de mí, luchando por escapar.

Cronos se acercó a Bronte y le tocó el hombro.

—Siempre te has sentido más confiada cuando estás conectada con la tierra. Tu alma te une a ella. —Su sombra se encogió y se transformó en un pequeño dragón alado.

Se zafó de su mano y se quitó el velo.

—¿Qué truco es este?

—No hay truco. Sois mis hijas. Diosas y titánides.

El general Décimo se enderezó y se puso rígido. Si eso era cierto, cosa que dudaba mucho, había marcado a una hija del Todopoderoso.

—Devoraste a tus hijos —replicó Bronte.

—Un rumor necesario, que yo mismo inventé. Enséñaselo, Cleora.

Cleora se quitó la sandalia para mostrarnos la marca en la parte inferior del talón.

—Esta pequeña cicatriz se debe a que Padre nos pinchó los pies con la hoz de adamantina cuando éramos niñas. El poder del adamante nos despojó de nuestra fuerza divina para poder ocultarnos de los titanes que buscaban su trono.

—Muchos de nuestra familia de titanes desean ser mis sucesores —explicó Cronos—. Los más jóvenes son los más problemáticos. Helios, Selene y Eos llevan décadas conspirando en mi contra.

La cabeza me daba vueltas con un torbellino de dudas, pero Cleora creía en esa locura. Necesitaba entender lo que le había dicho para poder revertir su lavado de cerebro.

—Nos despojó... —dije—. ¿Así que nuestra fuerza divina está...?

—Encerrada por vuestra seguridad. —Cronos volvió a su trono y acarició el pecho de su buitre negro—. Os hice un favor al enviaros al mundo como mortales. Es una vida más simple y más amable.

—¿Un favor? —repliqué—. Las mujeres del mundo que has construido están tan hambrientas de bondad que la aceptarán de un monstruo.

—Tu madre solía decir lo mismo —dijo Cronos.

—Stavra Lambros nos enseñó bien —respondí.

—Hablo de vuestra verdadera madre —dijo—. Stavra os crio a las tres, sin embargo, no os dio a luz.

De nuevo, mi lengua quedó sepultada bajo una avalancha de preguntas y dudas.

—¿Esas baratijas de leona que lleváis? —continuó, señalando mi brazalete y el collar de Bronte—. Son símbolos de mi consorte, Rea. Ella quería que tuvieras algo suyo cuando os entregó para que os criaran los mortales.

Bronte agarró su collar con ambas manos.

—Nuestra madre es Stavra Lambros.

—Mnemósine alteró la memoria de Stavra para que creyera, con la más profunda de las convicciones, que ella os había dado a luz a las tres. En realidad, ella os acogió cuando aún erais bebés. —Cronos sonrió dulcemente a Cleora—. Mi querida hija, ¿quién es tu madre?

—Rea —respondió ella sin dudar.

—¿Y quién es Stavra Lambros? —preguntó él.

Cleora pareció confundida por un momento y luego respondió:

—Es la sirvienta que nos acogió.

—Ya es suficiente —dije—. Quiero volver a mi habitación.

—Yo también —espetó Bronte.

Cleora dibujó otra sonrisa forzada.

—Debéis de estar cansadas. Las dos habéis hecho un largo viaje para llegar hasta aquí.

—Ven con nosotras, Cleora —dijo Bronte.

Cronos apoyó los codos en los reposabrazos de su trono y juntó las yemas de los dedos.

—Cleora prometió tocar para mí un poco más. ¿No es así, hija?

Cleora asintió con modestia.

—Sí, Padre.

No podía entender lo que estaba viendo. Después de todo lo que habíamos pasado Bronte y yo para llegar hasta aquí, Cleora lo estaba eligiendo a él antes que a nosotras.

—Cleora, ¿cómo has superado tu miedo a él? —pregunté—. Casi te quemas la cara con cruces de castidad para evitar llamar su atención.

Sacudió la cabeza con tristeza, como si deseara que yo pudiera entenderlo.

—Me equivoqué con él, Altea. Padre es generoso y amable. Me prometió que nunca tendría que casarme. He encontrado un futuro en el palacio, una vida real que no incluye dirigir una cocina o jurar lealtad a Gea, una diosa ausente.

—¿Es eso cierto? —preguntó Bronte al Todopoderoso.

—Cleora seguirá siendo una diosa virgen, por siempre pura e impoluta —respondió.

—Nada podría estropearla —repliqué—. Ella es perfecta sin importar lo que haga o deje de hacer con un hombre. ¿Y desde cuándo te preocupa tan poco Gea, Cleora?

—Padre se ha portado bien conmigo —respondió ella, en un susurro.

—Entonces, ¿por qué te alejas de nosotras? —Bronte le tendió una mano suplicante—. Nos has echado de menos. Sé que lo has hecho.

Entonces lo vi, un destello de duda en Cleora. Estaba ahí dentro, enterrada bajo aquel disfraz, bajo la voz tímida y la sonrisa falsa.

El buitre negro graznó y erizó las plumas.

—Estás molestando a Sophos con toda esta charla de irse, Cleora. —Cronos acarició la cabeza del pájaro—. Ya sabes que te adora.

Cleora se acercó al buitre y le acarició la cabeza.

Una sonrisa de suficiencia despegó los labios de Cronos, mostrando sus afilados dientes.

—General, devuelva a mis hijas a sus aposentos —ordenó—. Terminaremos esta discusión después de que hayan tenido tiempo de pensar en lo mucho mejor que serán sus vidas una vez acepten su herencia.

Bronte y yo empezamos a marcharnos lentamente y, luego, aceleramos el paso para alejarnos de él. Todavía los escuchábamos cuando Cleora comenzó a tocar la lira de nuevo.

Bronte susurró para no ser escuchada por encima de la música.

—¿Sabes lo que me contaste sobre Mnemósine? Creo que podría haber alterado la memoria de Cleora.

Odiaba pensar que eso fuera cierto, pero era la única posibilidad que podía aceptar. No sabía quién era esa mujer, no obstante, desde luego, no era nuestra hermana.

## 23

Mi petición de ver a Bronte fue ignorada tres veces. Después de salir del gran salón, nos llevaron a nuestras respectivas habitaciones sin decirnos cuándo volveríamos a vernos. Necesitaba hablar con ella sobre Cleora y sobre cómo encontrar una forma de salir de aquí.

Llamé a través de la puerta al guardia para pedirle una vez más que me dejara ver a Bronte. Traté de usar mi supremacía como titánide y diosa, lo cual seguía pareciéndome un sinsentido, pero el soldado se sintió lo suficientemente intimidado como para buscar una respuesta real a mi petición en lugar de ignorarla. Regresó tras obtener la aprobación de su superior —Décimo, sin duda— y me acompañó por una gran escalera doble hasta el solárium de la planta principal.

Me detuve en la puerta y esperé a que mis ojos se adaptaran a la oscuridad. Con la escasa luz de la luna que brillaba a través de los techos altos y abiertos, no podía ver a nadie dentro, sin embargo, oía a mi hermana cantando suavemente.

—¿Bronte? —llamé.

—Por aquí.

En el aire flotaba un fuerte olor a flores almizcladas, hierbas picantes, almendros dulces y tierra recién labrada; todos los olores que asociaba a mi hermana, amante de los jardines.

Doblé la esquina de un bosquecillo de limoneros, hasta llegar a una zona iluminada por un farol, y me detuve en seco. Bronte estaba arrodillada en el suelo, cuidando un parterre de jardín repleto de peonías blancas y rosas. Junto a ella, también de rodillas, con las manos en la tierra, estaba Cronos.

Bronte sonrió.

—Altea, ven a oler estas peonías. Son divinas. Díselo, Padre.

—Sí que lo son —dijo Cronos.

Se me helaron las entrañas.

—Bronte, ¿qué estás haciendo?

—Me reuní con Padre y Mnemósine para cenar. Sirvieron todas mis comidas favoritas y vinos y postres. Luego sugirió que viniéramos aquí. Sabe lo mucho que adoro trabajar en el jardín.

—Tiene un gran don —dijo Cronos—. ¡Y sabe cantar!

Bronte se sonrojó —¡se sonrojó!— y siguió cavando. Nunca, en toda mi vida, la había visto sonrojarse por un hombre. Por ninguno.

Algo dentro de mí se partió en dos. Me acerqué a Cronos y me abalancé sobre él.

—¿Qué le has hecho?

—¿A mí? —intervino Bronte—. Padre se ha portado bien. Me ha dejado debatir sobre filosofía con él en la cena. Va a organizarme una velada para que conozca a Prometeo.

—Bronte, te está engatusando.

—Altea —dijo Cronos—, no entiendo tu constante ira. He tenido una agradable cena con Bronte y ahora estamos disfrutando juntos del jardín. No seas tan amargada.

—Ella te odia —espeté.

—Altea —me riñó Bronte—. ¿Por qué tienes que ser tan mala?

La agarré del brazo y tiré.

—Levántate. Te voy a llevar a tu habitación.

—No he terminado aquí. —Se zafó de mi mano—. ¿Por qué siempre dices a los demás lo que deben hacer?

—¿Perdona? —pregunté, atónita—. Yo no hago eso. Mnemósine ha manipulado tus recuerdos, Bronte. No sé cómo lo hace, pero estas no somos nosotras.

—¿Por no estar de acuerdo contigo? —Se puso de pie—. Disculpa, Padre. Ya no me apetece seguir en el solárium. Me voy a la cama.

Él se levantó junto a ella y le acarició el brazo, como había hecho con el buitre.

—Duerme bien, querida.

Y, sin más, Bronte se marchó furiosa. Sin disculparse. Ni siquiera una mirada atrás para comprobar que su hermanita estaría bien. A solas con el Todopoderoso.

—No tenías por qué estropear este buen rato, Altea. —Cronos se quitó cuidadosamente la suciedad de las manos—. Bronte estaba disfrutando.

El Todopoderoso no era lo que había previsto. Imaginaba un monstruo baboso con las mujeres, pero ni a mis hermanas ni a mí nos miraba con deseo. De hecho, parecía vernos con alegría.

—Me juzgas, Altea —dijo Cronos.

—Absolutamente.

Se rio.

—Te pareces tanto a tu madre. He visto esa mirada en Rea innumerables veces.

—Mi madre es Stavra Lambros.

—Stavra fue una sirvienta leal, si bien no era tu madre. —Cronos señaló dos sillas colocadas en un pequeño rincón entre cerezos. Ignoré su invitación a sentarme, pero él mismo tomó una silla, cruzó las piernas y se recostó, relajado y seguro de sí mismo. Me pregunté si se sentaba en cada silla como si fuera un trono—. Rea me regaña a menudo por el trato que doy a nuestros hijos. Ella no confiaba en mis intenciones. Supongo que estaba tan preocupado por protegeros de los titanes que no pensé en considerar que la vida entre humanos también podía causar estragos. El apetito de los hombres es insaciable.

—Tú eres responsable de ellos. Eres su gobernante.

—Soy su dios, y además imperfecto, no obstante, la humanidad tiene fama de desobedecer y desatender a sus deidades.

Me callé absteniéndome de dar mi opinión. No merecía conocer mis pensamientos.

—Como gobernante de la Primera Casa, mi posición me ofrece una rara perspectiva sobre los demás —dijo—. Puedo discernir la forma del alma de los demás. ¿Te gustaría conocer la tuya?

Estuve a punto de negarme solo para fastidiarlo, sin embargo, estaba intrigada.

Cronos se enderezó y susurró.

—Nunca antes había visto un alma como la tuya.

Me estaba provocando, pero no quería preguntar.

—Tu alma tiene la forma de un león alado —dijo con orgullo—. Los leones son conocidos por su ferocidad y majestuosidad. Son los gobernantes del reino animal, respetados por su poder, su agresividad y su fuerza. Las alas también son significativas. Demuestran un deseo de independencia e invencibilidad. Son atributos impresionantes.

Tal vez sus halagos hubieran funcionado con Cleora y Bronte, pero conmigo perdía el tiempo.

—¿Qué te dijo mi madre, Stavra Lambros, que tanto te molestó? Los testigos cuentan que en el salón del trono te habló de algo que te irritó.

El comportamiento de Cronos cambió hacia la tristeza.

—Mi hermano Oceanus le llenó la cabeza de mentiras.

—Quieres decir que le devolvió la memoria. —Casi tenía miedo de hacer mi siguiente pregunta, pese a ello, no pude contenerme—. Cuando mi madre se enteró de que no éramos sus hijas, de que habías manipulado su memoria, ¿qué hizo?

Cronos apoyó la barbilla en la mano y el codo en el reposabrazos.

—Amenazó con revelar vuestras identidades a menos que abdicara del trono en favor de Oceanus. Cuando los soldados vinieron a por Stavra aquella noche en el templo, ella había planeado deciros a ti y a tus hermanas quiénes erais. No podía dejar que eso sucediera.

—Así que la trajiste aquí y la forzaste.

Cronos negó con la cabeza.

—No, eliminé esos pensamientos dañinos de su cabeza. Desgraciadamente, manipular una memoria es un proceso delicado. Una vez es inofensivo. Dos veces, complicado. A la tercera… los resultados pueden ser adversos.

—Le arruinaste la vida —aseguré— y ahora haces lo mismo con mis hermanas.

—Son más felices y las veo más contentas aquí conmigo.

Retrocedí hacia la puerta.

—Íbamos a empezar de nuevo en otro lugar, lejos de ti.

—Los recuerdos felices echan raíces en la mente —dijo—. Son los más fuertes y los más difíciles de reemplazar. Si Cleora y Bronte hubieran estado realmente contentas con sus antiguas vidas, no las habrían olvidado tan rápidamente.

Mi voz tembló de rabia.

—Eres un monstruo.

—Soy tu padre y sé lo que es mejor para ti. —Cronos se levantó y se acercó a mí. De cerca, su mirada penetrante era casi paralizante—. Ese anillo que llevas… ¿De dónde lo has sacado?

—Fue un regalo de las oráculos.

—Es un emblema de mi madre. Las oráculos la sirven. —Me cogió la mano y me arrancó el anillo—. Nada de Gea es bienvenido en mi casa.

¿Gea era el poder cósmico detrás de mi anillo de cuerda? Pensé en todas las veces que el oportuno brillo del anillo me había influido, me había tranquilizado. ¿Gea me había guiado todo ese tiempo?

Cronos aplastó el anillo en su puño.

—Disfruta de estas últimas horas con tus recuerdos, Altea. El poder de Mnemósine es inmenso, pero se limita a una sesión por día. Mañana te visitará. No te resistas. Será mucho menos dañino.

El guardia me agarró del brazo y tiró de mí. Subí las escaleras tras él hasta llegar a mi habitación. El cierre y el bloqueo de la puerta me sacaron del aturdimiento. Golpeé la puerta hasta que me sangraron los nudillos. Luego me deslicé hasta el suelo y lloré.

La llamada se produjo justo después de que los esclavos intentaran retirar mi plato de desayuno y mi copa de vino sin tocar. Había pasado la noche en vela ideando un plan. Antes de abrir la puerta, comprobé que todo estuviera en su sitio.

Cuadré los hombros y abrí la puerta.

Unos bracitos se abalanzaron sobre mí y me agarraron por la cintura. Cleora y Bronte estaban allí con una niña de no más de siete años. La niña me abrazó con fuerza, presionando su mejilla contra mis costillas.

—¡Altea, eres tú! —sonrió—. ¿Te acuerdas de mí?

Miré a mis hermanas por encima de su cabeza color trigo. Me observaban con expectación, pero yo estaba demasiado sorprendida como para decir nada. Esperaba encontrar a Mnemósine.

—Tenemos la misma nariz —dijo la niña.

Entonces la miré, la miré de verdad. Sin embargo, no tenía ni idea de quién era.

—Lo siento, creo que no...

Bronte puso los ojos en blanco.

—Esta es Danica, nuestra hermana medio titán.

Me quedé con la boca abierta.

—Déjanos entrar —dijo Cleora, pasando junto a mí.

Entraron y empezaron a moverse por la habitación. Bronte se dirigió directamente a la comida. La niña, Danica, se dejó caer en mi cama y balanceó los pies.

—¿Te gusta la sorpresa? —preguntó.

Yo abría y cerraba la boca sin emitir sonido alguno.

—Se ha quedado sin palabras —dijo Bronte.

—Me ocurrió lo mismo —añadió Cleora.

Danica soltó una risita.

—Sí, pero vosotras dos no pusisteis esa cara. —Arrugó la nariz y dejó caer la mandíbula, imitándome.

Cerré la boca.

—¿Cómo...?

—He vivido aquí toda mi vida —dijo Danica como si fuera décadas mayor—. Mi padre me acogió y las niñeras me criaron.

—¿Padre?

—Cronos. —Volvió a soltar una risita, acto seguido bajó de un salto y se paseó por la habitación.

Cleora alcanzó la copa llena de vino que había servido antes, no obstante, la agarré y la alejé de ella.

—Me voy a beber eso. —Me la llevé a los labios y fingí beber. En el fondo de mi corazón, quería creer que nuestra hermanastra había sobrevivido, pero había algo que no me encajaba. Cleora y Bronte no aceptarían tan fácilmente a una desconocida, por muy adorable que fuera, ni se presentarían así como si se tratase de una noticia cualquiera—. Cleora... Bronte... ¿Recordáis la noche en que murió mamá?

—¿Murió? —respondió Bronte—. No está muerta.

Se me encogió el corazón.

—Me refiero a Stavra.

Danica frunció el ceño.

—Vuestra madre es Rea.

En ese momento miré a la chica con más detenimiento. No se parecía en nada a Stavra, ni siquiera a Cronos. Había algo en ella que me desconcertaba. Ansiaba reunirme con mi hermanastra, pero todo eso resultaba demasiado conveniente.

—Debiste de tener miedo cuando te alejaron de nosotras —dije—. Estabas aprendiendo a caminar.

—Oh, sí —dijo, con los ojos grandes y solemnes—. Os eché muchísimo de menos. Aunque, a decir verdad, no os recuerdo bien. Era muy pequeña.

Esperé a que Bronte o Cleora la corrigieran, a que le recordaran a Danica que nos la habían quitado la misma noche en que mamá murió al darla a luz. Ninguna de las dos dijo nada. Había considerado —y esperado— que el hecho de que apareciesen por ahí dándome órdenes como lo hacían normalmente podría significar que aún conservaban algunos recuerdos intactos, sin embargo, estos ya habían desaparecido.

¿Por qué razón fabricaría Cronos recuerdos para Bronte o Cleora, y, además, crearía un falso hogar para enviarnos allí con una impostora que se hacía pasar por nuestra hermanastra? Era más que manipulador y egoísta. Era una locura.

Se oyó otro golpe en la puerta. Cleora respondió.

—¡Oh, Mnemósine! Entra.

Una mujer bajita entró en la habitación moviéndose con la gracia de una bailarina. Una melena roja salpicada de cintas blancas enmarcaba su rostro. Sus ojos grises me recorrieron y su pequeña y rosada boca se torció.

—Creía que estabas sola —dijo.

—Ya nos íbamos —respondió Bronte antes de meterse un puñado de nueces en la boca. Cogió a Danica por los hombros y la guio hacia la puerta.

Cleora se quedó allí, jugueteando con su labio inferior. Por un momento pensé que recordaría quién era y que intervendría para protegerme, pero, en lugar de eso, extendió la mano y me apartó un mechón de pelo.

—Necesitas un cepillo mejor —dijo, y salió.

Volví a quedarme boquiabierta, totalmente consternada.

La diosa de la memoria me miró con el ceño fruncido.

—Así que tú eres la tercera hija del Todopoderoso.

—Eso dicen —respondí con rigidez.

Se encogió de hombros.

—Somos lo que hemos nacido para ser.

Me agaché frente al barril de vino, con los nervios a flor de piel por el encuentro con mis hermanas.

—¿Quieres un trago?

—No, gracias.

—Más para mí. —Me serví una segunda copa y sostuve las dos.

—¿Nerviosa?

—¿Tú no lo estarías? —contesté.

Mnemósine se rio. Fue una risa corta pero genuina.

—Nadie me ha preguntado eso nunca.

—Tal vez deberías considerar lo que se siente cuando te quitan los recuerdos y los sustituyen por mentiras.

Sus ojos brillaron.

—Me recuerdas a Stavra. Siempre podía coger una situación sombría y convertirla en algo soportable.

—Hagámoslo más ameno, ¿de acuerdo? —Le ofrecí a Mnemósine la primera copa de vino, la que había servido antes de que llegaran mis hermanas.

Mnemósine dudó, luego frunció los labios y aceptó la copa. Para ser tan chata y regordeta, tenía unos dedos extraordinariamente largos y finos.

—Tienes unas manos preciosas —dije.

De nuevo, una ligera carcajada.

—Ningún halago te salvará.

—¿No? Entonces supongo que tendré que emborracharte.

Dio un sorbo al vino.

—Me gustas. Espero que esto no te cambie demasiado.

—Brindemos por eso.

Mnemósine levantó su copa por encima de su cabeza.

—Por Altea. Que reine por mucho tiempo.

Incliné la cabeza en señal de agradecimiento, chocamos las copas y dimos un largo trago. Cuando dejamos las bebidas, me empezaron a sudar las palmas de las manos. Me las sequé en la falda.

—¿Qué tipo de cosas alteraste en la memoria de Stavra?

—No estoy segura de que deba decírtelo —respondió Mnemósine, y luego se burló de sí misma—. ¿Qué estoy diciendo? Eliminaré de tu memoria lo que sea.

Intenté reírme, pero no lo conseguí.

—Te diré algo. —Bajó la voz hasta un susurro conspirador—. La muerte de Tasos no fue un accidente.

Esa confesión me pilló desprevenida. Hice una pausa y contuve mi creciente temor al preguntar:

—¿Cómo que no fue un accidente? Todas las personas con las que he hablado de la muerte de mi padre me dijeron que se ahogó.

—Mentira —respondió sombríamente—. A veces soy incapaz de alterar los recuerdos. Algunas mentes se encuentran tan entrelazadas con su alma, que modificarla sería remodelar su propia esencia y, evidentemente, no poseo esa habilidad. La de Tasos fue una de las pocas mentes que no pude cambiar.

Me tembló la voz al responder.

—¿Qué le pasó realmente?

—Para proteger vuestra existencia y ubicación, Cronos ordenó que lo mataran. Después, cambié la memoria de Stavra sobre la muerte de Tasos para que no recordara lo que había sucedido realmente. Ella repitió ese recuerdo alterado a otros hasta que la verdad quedó enterrada. —Mnemósine se tornó más reflexiva—. A veces, olvidar el pasado puede ser un acto de piedad.

La verdad de la muerte de mi padre casi consiguió desmoronar mi determinación. Cronos había matado a mis padres y convencido a mis hermanas de su inocencia. Dejé de lado mi dolor, mi pánico a convertirme en su próxima marioneta sumisa, y volví a concentrarme.

—¿Dónde me pongo? —pregunté.

—Siéntate en esa silla —dijo.

Hice lo que me pidió. Mnemósine se colocó detrás de mí y puso las manos a ambos lados de mi cabeza, extendiendo sus dedos para cubrir la parte posterior de mi cráneo.

—Lo mejor que puedes hacer —dijo— es despejar la mente y centrarte en respirar.

—Suena bastante fácil.

Exhaló sobre mí. En el reflejo del espejo de hojalata que tenía frente a mí, vi a Mnemósine inclinar la cabeza y murmurar algo en voz baja. Un momento después, levantó la cabeza y frunció el ceño. Se llevó una mano a la sien.

—Perdóname —dijo—. De repente, estoy mareada.

—Siéntate aquí. —Me levanté y le ofrecí mi silla.

—No sé qué me pasa. Quizá debería haber descansado más antes de nuestra sesión. —Se frotó las sienes y cerró los ojos.

Cogí las dos cuerdas que había dejado a un lado, una larga y otra corta, y la até a la silla con la cuerda más larga. Cuando hice el nudo, levantó la cabeza.

—¿Qué estás haciendo? —dijo somnolienta.

—Te sugiero que despejes la mente y te centres en respirar. —Le metí la cuerda más corta entre los labios a modo de mordaza y le puse un saco vacío en la cabeza.

Cogí su copa de vino vacía y la tiré al patio. Luego, para asegurarme, por si acaso confundía las dos copas, vacié la otra. El frasco con el resto del brebaje mágico estaba en mi bolsillo. Había puesto la mitad en la bebida de Mnemósine, ya que Metis no me había dicho cuánto constituía una sola dosis. Vertí el resto en mi cantimplora y la cerré, esperando que fuera suficiente.

Llamaron de nuevo a mi puerta.

—¿Quién es?

—Cleora —llamó mi hermana—. ¿Habéis terminado tú y Mnemósine?

—Sí. —Arrastré la silla por la habitación, coloqué a la diosa de la memoria en un rincón y reacomodé las gruesas cortinas a su alrededor.

—Padre nos ha convocado —dijo Cleora a través de la puerta.

—Ya voy.

Me atusé el pelo, me sequé las palmas sudorosas en la falda y abrí la puerta. Cleora miró detrás de mí, hacia la habitación, hacia las manchas de vino del balcón.

—Un pequeño accidente —dije mientras deslizaba la correa de la cantimplora sobre el hombro.

Ella levantó una fina ceja.

—¿Te ha gustado conocer a nuestra hermana perdida? Esperaba más emoción de tu parte.

Tuve que fingir que mi memoria había sido manipulada.

—Supongo que estaba en *shock* —dije, y añadí un profundo suspiro.

—Sí, fue maravilloso que papá nos reuniera. Acompáñame. No esperará eternamente.

Yo tampoco lo haría.

# 24

Cronos nos esperó en el vestíbulo de entrada y nos abrazó de una en una, a mí la última.

—¿Te gustó la sorpresa, Altea?

—Sí. Gracias, Padre. —Me quemaba llamarlo así, pero tenía que convencerlo de que mi memoria había sido alterada.

—Entonces también te gustará esta sorpresa —dijo, acompañándonos hacia la entrada.

Los guardias abrieron las puertas. A través de ellas, pasó Teo guiando a un burro que tiraba de un carro. El alivio que sentí al verlo a salvo fue rápidamente sustituido por la rabia, sobre todo hacia mí misma por seguir preocupándome por él. Detuvo el carro a una buena distancia de nosotras, aunque lo suficientemente cerca como para ver su contenido: un cuerpo.

Zeus.

No podía entender cómo Teo había capturado al Niño Dios, de cualquier forma, una vez más, Zeus estaba inconsciente.

—Coronel Angelos —llamó Cronos—. Llega justo a tiempo.

—¿La tienes? —contestó Teo.

El Todopoderoso hizo un gesto con la mano y, desde un lado del palacio, los guardias trajeron a una mujer mayor atada. Caminaba encorvada pero con la cabeza bien alta, sin mostrar ni miedo ni reverencia al Dios de Dioses.

—Tu madre es libre de marcharse —dijo Cronos—. Su servicio al trono ha concluido.

Los guardias la desataron. Ella les dirigió una mirada furiosa y cojeó hasta su hijo.

—¿Qué has hecho, muchacho? —preguntó.

Teo la rodeó con un brazo y la condujo hasta las puertas abiertas.

—Te he preparado una habitación en la taberna, mamá. Ve a comer y a descansar.

Ella le dio una palmadita en la mejilla y lanzó una mirada a nuestro grupo en las escaleras del palacio.

—Ten cuidado, hijo.

Teo esperó hasta que saliera por la puerta y se apartó del carro. El general Décimo ordenó al brigadier Orrin y a otros dos soldados que arrastraran a Zeus al palacio.

—¿Quién es ese, Padre? —susurró Cleora.

—Pues es tu hermano menor —respondió Cronos.

Teo trajo un barril de vino y lo dejó en el suelo.

—Un regalo, Su Excelencia, de la colección privada de Helios. Los soldados se dejaron este.

—Un gesto muy amable —respondió Cronos— de un traidor.

Décimo se acercó a Teo.

—Tu espada —dijo el general.

Teo se la entregó.

—Tráelo dentro junto con el vino. —Cronos lanzó una sonrisa de complicidad al sol—. A Helios no le gustará saber que lo tengo.

Cronos dirigió el camino hacia la sala del trono. Bronte enlazó su brazo con el de Cleora y las dos caminaron delante de mí. Terminé junto a Teo.

—Altea, yo...

—No. —Apreté el paso para alcanzar a mis hermanas.

La sala del trono de la planta principal era menos grandiosa que la aislada de Cronos en la torre del cielo, pero los arcos redondeados y las vigas seguían eclipsando la grandeza de la mansión de Helios. El inmenso trono del Todopoderoso estaba situado en una tarima contra la pared más lejana y podría haber acogido a alguien diez veces más grande.

Zeus se encontraba sobre un altar en el centro de la sala.

—Hijas —dijo Cronos—, vigilad desde allí.

Cleora y Bronte se alejaron. Yo me quedé cerca de Zeus. Si mi desobediencia molestaba a Cronos, este no hizo ningún comentario.

Cronos se situó frente al altar, por encima del cuerpo inconsciente de Zeus. Lo estudió detenidamente, sin mostrar

267

expresión alguna, y luego dirigió su atención hacia el resto de la sala.

—Hace décadas, un oráculo predijo que caería a manos de mi hijo menor al igual que mi padre cayó por mi mano. Muchos titanes comenzaron a cuestionar la longevidad de mi reinado. La sed de poder ya había dividido a mi familia. Muy a mi pesar, han pasado siglos desde que mi hermano Oceanus y yo hablamos por última vez. Quería algo mejor para mi progenie.

Cronos hizo una señal y un soldado trajo una bandeja envuelta en terciopelo rojo. Quitó la tela, revelando una hoz dentada. Tal vez fuera mi imaginación, pero sentí una punzada en la pequeña marca en la parte inferior de mi talón derecho.

—El adamante solo puede extraerse de las fosas más profundas del Inframundo —continuó Cronos—. Cuando se incrusta en una hoja, este material bruto e indestructible tiene la capacidad única de abrir un alma. Para absolver a mis hijos del anhelo de mi trono y aliviar cualquier impulso que pudieran tener de competir entre ellos por el poder, los despojé de su fuerza de titán. Estos hijos son afortunados; viven sin la carga de la competencia por el poder. Entre estos seis se encuentran mis tres hijas. Cleora, por favor, acércate.

Ella se aproximó.

—Antes de que nuestras hijas fueran entregadas a los mortales para que las criaran, Rea y yo le dimos a la mayor otro nombre, un nombre por el que será conocida de nuevo, ahora y siempre. —Cronos hizo una pausa y señaló a Cleora—. Ese nombre es Hestia.

Cleora inclinó la cabeza y dio un paso atrás.

—Bronte, acércate.

Así lo hizo.

—Su nombre —continuó Cronos—, es Deméter, elegido por Rea y por mí el día de su nacimiento. Bienvenida a casa, hija.

Bronte dio un paso atrás y volvió junto a Cleora. Se me revolvió el estómago. Ambas tenían una expresión imperturbable. Ninguna parecía afligida por esa improvisada ceremonia de cambio de identidad.

—Y, por último, nuestra hija menor también recibió un nombre eterno. ¿Altea?

Incliné la cabeza.

—Yo mismo te puse el nombre —continuó Cronos, con la voz llena de orgullo—. Tú, mi hija leona, eres Hera.

Hestia, Deméter y Hera… Nunca antes había escuchado estos nombres, sin embargo, al mencionar «Hera», una fuerza comenzó a desplegarse dentro de mí, como unas alas que batían dentro de mi pecho golpeando contra mi caja torácica.

—Rea y yo también fuimos bendecidos con tres hijos —dijo Cronos, repentinamente cabizbajo—. Pero el más joven se me ocultó. Rea no compartía mi visión de nuestra familia, así que lo escondió. Ahora, lo que temía ha sucedido por fin. Este chico, mi hijo, se ha vuelto en mi contra. Se le dijo que su destino era derrocar a su padre, no obstante, esta hostilidad entre parientes debe terminar. Solo entonces mi familia podrá estar unida. —Cronos bajó la hoz hacia Zeus y, con la punta, cortó el anillo de cuerda de su mano—. La familia no abandona a la familia.

La familiaridad de su discurso me sorprendió; era como si lo hubiera repetido muchas veces. Todo el tiempo, había pensado que esas palabras eran de mi madre, pero eran suyas.

Sentí que mi mundo se ponía patas arriba; mi mente trataba de aferrarse a mi realidad. Cronos no podía ser nuestro padre. Mis hermanas y yo éramos mortales. Yo apenas lograba permanecer quieta. Bronte tenía una lengua mordaz. Cleora nos perseguía cuando no hacíamos la cama. Éramos dolorosamente mortales.

Y sin embargo…

Dentro de mí había algo salvaje, lo sentía en mis huesos, algo que siempre me había intimidado. Una parte de mí misma era tan grande, tan monumental, que temía lo que podría pasar si lo dejaba salir.

Cronos giró el brazo de Zeus de manera que su muñeca quedara hacia arriba. Cuando bajó la hoz, me di cuenta de que tenía cinco pares de alas en el antebrazo, las mismas que había visto en la cueva de Zeus.

—¿Qué estás haciendo? —pregunté.

—Un pinchazo en el pie no será suficiente como el que os di a ti y a tus hermanas cuando erais bebés. Como hombre adulto, abrir su alma requiere una incisión más grande.

—¡No le hagas daño! —Fui a abalanzarme sobre él, pero Décimo y Orrin me agarraron y me retuvieron—. Cronos, no lo hagas.

Cronos se detuvo con la hoz casi rozando la piel de Zeus.

—¿Aún conservas tus recuerdos, Hera?

—Los suficientes como para saber que Danica no es de mi sangre. ¿Qué le hiciste a nuestra verdadera hermana?

—Se la vendí a Hiperión, está con el resto de bastardos medio titanes viajando por el mundo con los nómadas del este. Es lo último que me dijeron.

Respiré hondo para contener las lágrimas.

—¿Algo de lo que nos dijiste sobre ella era cierto? ¿Al menos su nombre?

—Danica es la hija de un esclavo. No sé cómo pretendía llamarla Stavra. —Cronos inclinó la cabeza hacia un lado, fingiendo tristeza—. Los niños bastardos no pertenecen a este lugar. Hago lo que hay que hacer por el bien de mi familia, igual que tú, Hera.

—Me llamo Altea y no soy como tú.

—Sí lo eres. Aunque tuviste la oportunidad, no te entregaste para salvar a Hestia. Tampoco te ofreciste en lugar de Deméter. Permitiste que se las llevaran. Tomas decisiones difíciles que nadie más toma, por el bien de todos. ¿De qué me suena eso?

No tenía idea de por qué había hecho aquello. Durante toda mi vida, me habían dicho que era como mi madre. No lo había creído hasta ahora. Stavra nunca dejó que nadie supiera lo mucho que estaba dispuesta a sacrificar por los que amaba.

—Tómame a mí en su lugar —dije.

—A ti ya te despojé de tu fuerza. —Cronos me miró con lástima—. Sabes lo que hay que hacer. Ten fe. Cuando esto termine, tu hermano será como tú.

Pero yo no era yo. No era quien Cronos me había dicho que fuera. El «yo» que estaba destinada a ser me había sido arrebatado, extraído por un pinchazo en el talón.

Volvió a bajar la hoz y se detuvo cuando se oyeron unos ruidos de alas en las alturas y unas sombras se proyectaron en el suelo. Todas las miradas se dirigieron a las ventanas abiertas en lo alto de la sala del trono. Allí, se encaramaban las erinias, con los flagelos en la mano, mirándome con desprecio.

Se me había acabado el tiempo.

# 25

Cronos desvió la atención de las erinias a los que estábamos a su alrededor, con el arma sobre el brazo de Zeus.

—¿Qué están haciendo aquí? —preguntó.

—Han venido a por mí —anunció Teo.

—¿A por ti? —respondí—. Pero si ya has completado tu tarea expiatoria.

—Nunca llegaron a encomendarme una tarea expiatoria. —Me miró intensamente—. Me estaba haciendo el muerto.

Mi mente daba vueltas. Nada de esto tenía sentido. Teo dijo que las erinias habían prometido la libertad de su madre a cambio de entregar a Zeus a Cronos. Y él había hecho precisamente eso. ¿Por qué contar una historia diferente ahora?

A menos que Zeus no estuviera realmente inconsciente...

A menos que se estuviera haciendo el muerto.

—Su Excelencia —dijo Teo—. ¿Puedo tomar un último trago antes de irme? Llevé ese barril de vino todo el camino desde la Mansión de Medianoche. No encontraré un vino así en el Tártaro.

—Me vendría bien un trago —dijo Bronte, sonando tan como ella misma que me pregunté si ella también había engañado a Mnemósine. Bueno, que yo supiera nunca rechazaba una copa de vino.

—¡Sí, padre! —Cleora se unió a la conversación—. Podríamos brindar por la reunión de nuestra familia.

—Permitir al coronel un último trago sería lo más misericordioso —añadí.

—Padre siempre es misericordioso —respondió Cleora.

La sonrisa de Cronos parecía más bien una mueca de dolor.

—Está bien —aceptó—. Un brindis de celebración, por mis hijas Hestia, Deméter y Hera, por el regreso de mi hijo Zeus y por los años de servicio del coronel a la Primera Casa.

Los esclavos trajeron cálices y abrieron el barril. Cogieron una barrica con vino y la aguaron un poco, luego llenaron las copas hasta la mitad. Mis hermanas, Teo, Cronos y yo también nos servimos. Yo diluí más mi cáliz utilizando mi propia bota, en la que había vaciado lo que quedaba del brebaje mágico que Metis había preparado.

—¿Por qué estropeas el vino, Hera? —preguntó Cronos, con su sagaz mirada puesta en mi cáliz.

—Ella prefiere el suyo más aguado —explicó Bronte. Su respuesta fue tan rápida y suave que volví a cuestionar si su memoria estaba realmente intacta.

Cronos emitió un escéptico «Mmm».

Bronte le sonrió, despreocupada por su sospecha, y en el momento en que él apartó la mirada, me guiñó un ojo.

¡Estrellas!, era ella misma.

Todo el mundo levantó sus copas, y yo fijé mi mirada en Teo. No sabía qué me haría el trago mágico si lo ingería. Solo podía esperar que hubiera adivinado correctamente su indirecta sobre hacerse el muerto.

—Por la familia —dijo Cronos.

Mientras inclinaba la cabeza hacia atrás para beber, Zeus se lanzó desde el altar y lo agarró por la garganta.

—¡Altea, ahora! —gritó Zeus.

Le tapé la nariz y le arrojé el contenido de mi copa a la cara. Escupió y se echó hacia atrás. Pero ya era demasiado tarde. Una parte de la bebida mágica le había entrado en la garganta.

Zeus lo soltó. Cronos se encorvó hacia adelante, se apoyó en el altar y empezó a tener arcadas. Décimo corrió en su ayuda, pero Zeus lo agarró por el cuello y lo levantó del suelo sin esfuerzo. Décimo colgaba en el aire, con las manos agarrando los antebrazos de Zeus.

Cronos cayó al suelo, tosiendo y sujetándose la garganta.

Recogí la hoz adamantina.

—Dices que lo hacías todo por tu familia, pero nos debilitaste para protegerte. Eso no es sacrificio, es egoísmo.

Cronos yacía tumbado boca abajo, jadeando, con la mejilla apoyada en el suelo. Tenía la cara y el cuello bañados en sudor. Las alas de su antebrazo empezaron a agitarse como si fueran polillas en un frasco tratando de escapar. Las toqué con la punta de la hoz y aletearon con más fuerza.

Bronte se puso a mi lado, de pie junto a Cronos, mientras este se retorcía en el suelo. Me dedicó una sonrisa socarrona.

—¿El lavado de cerebro de Mnemósine tampoco funcionó contigo?

—Nunca tuve la oportunidad de averiguarlo —Mnemósine dijo que su poder no funcionaba con algunas personas, no obstante, no esperaba que mis hermanas estuvieran entre ellas. Miré las alas que se agitaban en el brazo de Cronos—. Tal vez el rumor de que se comía a sus hijos no era del todo mentira. Tal vez consumía su fuerza de titán.

Bronte enarcó una ceja.

—¿Podría ser así de sencillo?

Cronos gimió. Bronte le pisó la mano, inmovilizándole el brazo contra el suelo. Bajé el extremo puntiagudo de la hoz y pinché el primer par de alas. Estas se agitaron con más fuerza, como un pájaro atrapado en las garras de un gato. Arrastré la hoja por su brazo, cortando los otros cuatro pares. Las alas aletearon con tanta fuerza que empezaron a despegarse de su piel y a elevarse. Las dos primeras salieron del palacio. La tercera se dirigió a Cleora y se clavó en su pecho. Se sacudió mientras una iluminación dorada emanaba de su cuerpo y, después, la luz se atenuó; entonces ella se desplomó. Teo la cogió antes de que cayera y la dejó con cuidado en el suelo.

Otro par de alas flotó hacia Bronte. Al apagarse su destello de luz dorada, ella también se desplomó. Alargué la mano para atraparla, pero el último par de alas vino hacia mí.

Una intensa luz nubló mi visión. Caí al suelo. El dolor pasó a un segundo plano; mis sentidos quedaron envueltos por el hormigueo de la luz que irradiaba de mí. A través de la niebla resplandeciente y paralizante, vi que los soldados entraban en la sala del trono y apuntaban a Zeus con sus espadas. Este bajó al general y retrocedió. Zeus y Teo se encontraban rodeados, y mis hermanas desmayadas. Las erinias aguardaban arriba, esperando el momento oportuno para bajar e ir a por Teo.

Cronos se dirigió a Zeus hoz en mano. Le lanzó la hoja y Zeus la esquivó. Cronos le dio un puñetazo y Zeus se estrelló contra la pared, donde Cronos lo inmovilizó. Un trueno retumbó en lo alto.

—De eso nada, hijo.

Observé, aún aturdida, cómo Cronos levantaba a Zeus y lo lanzaba a través de la habitación. Se estrelló contra la pared exterior y aterrizó fuera, en los jardines. Intentó levantarse, pero volvió a desplomarse. El cielo comenzó a despejarse y Cronos, todavía armado con la hoz, iba a acabar con él.

Una erinia se abalanzó sobre Teo y lo golpeó con sus flagelos. Se agachó sobre el cuerpo inconsciente de Cleora. La erinia falló y comenzó a dar vueltas.

Necesitaba levantarme, sin embargo, el agotamiento me arrastraba hacia una luz lejana. Recuperar mi fuerza de titán de golpe era como intentar beber de una cascada. Los ojos se me cerraban y me precipitaba hacia el brillo dorado. Un zumbido me llenó la cabeza y de él surgió un leve susurro.

«Levántate».

La voz me atravesó.

«Levántate».

Esa vez la voz fue más fuerte y dispersó mi aturdimiento. Mi visión se aclaró y me levanté. Cronos se dirigía a la abertura de la pared, acercándose a Zeus, que aún no se había levantado.

Me puse en pie, mareada y sin aliento.

—¡Cronos!

Se giró hacia mí con asombro.

—Todavía no deberías tener fuerzas para levantarte.

—No tendrás esa suerte.

El Dios de Dioses se dirigió hacia mí, con la sangre manando del tajo del antebrazo. Estaba rodeado por un halo de oscuridad, una especie de vapor, la forma de su alma. No pude distinguirla. Mi visión seguía siendo borrosa, como si hubiera mirado al sol demasiado tiempo.

—Perra —gruñó Cronos—. ¿Cómo has descubierto que la hoz liberaría tu fuerza?

—El adamante no destruye a los dioses; solo los debilita.

—En cierto sentido, todos los mortales se parecían a los dioses: sus almas podían ser desplazadas pero no destruidas. La muerte era circunstancial. El alma, eterna.

Al otro lado de la sala del trono, las erinias se abalanzaron sobre Teo. Él se puso delante de Cleora y la protegió con su espada.

Cronos me atacó con la hoz. Lo esquivé y le di un puñetazo en el pecho. Fue algo instintivo, como un viejo sueño cumplido. Salió volando por la habitación y aterrizó en los escalones de la tarima.

Me miré las manos. Tenía fuerza.

Los soldados se acobardaron. Ninguno de ellos, ni siquiera Décimo, se atrevió a acercarse para probar mis nuevas habilidades.

Una erinia levantó a Teo del suelo y se dispuso a llevárselo fuera del palacio. Salté más alto de lo que jamás pensé que sería capaz y nos estrellamos todos contra la pared. La erinia soltó a Teo y caímos al suelo.

Gimió, sin aliento pero lúcido.

Me puse en pie mientras Cronos también se levantaba. Pero… estaba creciendo, y la hoz se agrandaba con él. La cabeza de Cronos casi tocaba el techo, si bien, a pesar de su inmenso tamaño, flotaba sobre el suelo. El Dios de Dioses rugió, por lo que las erinias se dispersaron.

—¿Conoces las ventajas de ser un titán de primera generación? —preguntó, sonriendo con sus afilados dientes—. Fuerza invencible.

Voló hacia mí y me cogió del cuello con la mano que le quedaba libre. Atravesamos la pared y nos elevamos abruptamente hacia el cielo. El paisaje pasó ante nuestros ojos como un borrón. El suelo dio paso al mar y luego nos elevamos hacia el firmamento. Pasamos las nubes y atravesamos el cielo medio hasta que la atmósfera se convirtió en un abismo de color azul tinta tachonado de estrellas de diamante.

—Soy el primer y último gobernante de los titanes —gruñó Cronos, estrangulándome con una de sus enormes manos—. Yo gobierno los cielos y la tierra. Mi dominio no tiene límites.

—No. Eres. Mi. Dios —dije con voz ronca—. No. Eres. Mi. Gobernante.

Me zafé de su agarre y le mordí el antebrazo. Aulló y soltó la hoz. La cogí y la lancé al espacio. En un abrir y cerrar de ojos salió disparada hacia la lejana luna y desapareció.

—¡Desgraciada! —Cronos me agarró por los hombros—. ¡Esa hoz vale más que tu alma!

—¿Más que doscientas monedas de plata?

Cronos me sacudió con fuerza.

Fue entonces cuando las vi: sus alas.

No eran físicas. Eran extensiones humeantes de su alma sombría. Negras y ligeras, sobresalían de su espalda y expandían al doble su forma de titán.

—Puedo ver la forma de tu alma —dije, casi sin poder creerlo—. Eres como un buitre negro, despiadado y vengativo. Amenazante y cruel.

—Cuidado, Hera. Te estás describiendo a ti misma. Así como la mitad de mi alma vino de mi padre, la mitad de tu alma vino de mí.

Según Cronos, mi propia alma era un león alado, parte de él y parte de Rea.

Pero yo era totalmente yo.

Cronos se burló.

—¿Te crees una diosa? Pues tráeme las estrellas.

Me arrojó lejos, desplegó sus horribles alas y partió hacia la tierra.

Giré, buscando cualquier cosa a la que aferrarme, sin embargo, no había nada sólido en el abismo estrellado. No disminuí ni aumenté la velocidad, sino que me precipité al vacío. La Tierra se alejó y me adentré en un bosque de estrellas. Su brillo dejaba estelas de polvo brillante a su paso. Urano me prometió que podría dominar los cielos… Alcancé una única estrella blanca y la arranqué de la noche infinita.

La acuné en la palma de la mano y su resplandor me hizo estremecer.

Desplazándome hacia ninguna parte, cerré los ojos.

«Respira».

No quería ser mi madre, ni mi padre, ni nada de lo que me decían que tenía que ser. Solo quería ser yo.

Una sensación de calidez recorrió mi interior. La luz que me había atraído antes volvió; su brillo superaba al del sol. Una presión en mi interior se liberó, se extendió detrás de mí y me elevó. La velocidad de la caída libre disminuyó y mi cuerpo se irguió.

Al abrir los ojos, me encontré flotando entre una constelación de cuatro estrellas, suspendida por unas alas doradas, extensiones de mi alma, rubias como el pelaje de un león, aunque cubiertas de plumas. Nunca había visto nada más parecido a mí.

Agité las alas por instinto y me impulsé hacia adelante. Entonces volé hacia la tierra. Agarré la estrella contra mi pecho, caí en picado con las alas recogidas a través de un cielo azul claro. Antes de llegar al mar, las abrí y me elevé por encima de las olas, remontando la escarpada ladera de la montaña hasta la ciudad.

Al acercarme al palacio, divisé a las guerreras cretenses que luchaban contra los soldados en el exterior. Ver a la tribu huir de los traficantes de esclavos y luchar por su Niño Dios me llenó de orgullo. Eubea gritó unas órdenes a sus tropas y las guerreras se mantuvieron firmes con los velos de oro brillando bajo la luz del sol como si fueran llamas.

Teo luchaba contra Décimo, espada contra espada. No había rastro de las erinias.

Me elevé sobre la batalla hasta la sala del trono. Zeus estaba en el suelo con Cronos encima aplastándole la tráquea. Me lancé hacia abajo y me estrellé contra el Todopoderoso, lanzándolo a través de la sala. Aterricé en la tarima con las alas extendidas.

Las paredes y el suelo estaban llenos de quemaduras. Los fuegos ardían aquí y allá en las esquinas entre montones de escombros, y el humo escapaba por nuevos agujeros en el techo. Bronte y Cleora seguían desmayadas. Zeus no se levantó, pero Cronos se puso en pie tambaleándose.

—Veo que has aceptado tus alas, Hera.

—Eso parece. —Levanté la luz ardiente que llevaba en la mano—. Aquí está tu estrella.

Se la lancé. La estrella chocó contra el techo por encima de él y explotó en una brillante majestuosidad de partículas rojas, rosas, azules y violetas. Una lluvia de piedra se precipitó sobre Cronos mientras yo recogía a mis hermanas, echándomelas sobre los hombros. Atrapó un gran trozo del techo que caía y lo lanzó hacia nosotras. Salí despedida hacia atrás, dejando caer a Bronte y Cleora por el camino, y me estrellé contra su trono. Levantó una columna caída y me la puso en la garganta inmovilizándome.

—Stavra dijo que serías mi perdición. Ella tenía un concepto demasiado alto de ti, de todas las mujeres. Sois débiles, todas vosotras. Pensáis con el corazón.

—Nosotras amamos, el amor no es signo de debilidad —resoplé—. Ella sabía que eras indigno.

—Stavra era una puta. No lloraba. Hicieron falta veintitrés días de acostarme con ella mañana y noche para que se rompiera. Sus lágrimas fueron más dulces que el néctar.

Empujé la columna con toda la fuerza que pude, pero me quedé sin aliento, me fallaban las fuerzas.

—Tan débil —dijo Cronos.

La oscuridad se extendió. Volví a ver las estrellas, pero no me sirvieron de nada.

Una nube de tormenta se agitó en lo alto. Cronos levantó la vista justo cuando un rayo golpeó la columna que cubría mi garganta, rompiéndola y arrojando a Cronos lejos de mí.

De entre el polvo y los escombros, apareció Zeus y me ayudó a incorporarme.

—¿Puedes volar, Altea? ¿O es Hera? No sé cómo llamarte ahora.

—Eso es fácil. Simplemente llámame «diosa».

Recogió un velo que se le había caído a una de las guerreras y me lo ofreció. Me lo puse y me levanté. Juntos, nos volvimos hacia el Dios de Dioses.

Cronos se elevó con las alas completamente extendidas. Levantó otra columna y la apoyó sobre su hombro preparándose para el golpe.

Zeus abrió la mano y un rayo se precipitó hacia él desde la nube tormentosa. Lo lanzó hacia Cronos como una lanza. El Todopoderoso bloqueó el rayo con la columna, de modo que la redirigió hacia nosotros y nos obligó a apartarnos. Zeus y yo nos estrellamos contra esta y aterrizamos en lados opuestos de la sala.

Cronos se rio, y su risa fue sonido de oscuro regocijo.

—¿Eso es lo mejor que pueden ofrecer mis hijos? Ninguno de vosotros es digno de mi trono.

Empecé a levantarme, pero me golpeó con la columna en la espalda. A mi alrededor chisporrotearon fragmentos irregulares de rayos. Intenté alcanzar uno, pero no me alcanzaron las manos.

Entonces escuché otra voz:

—¿Padre?

Cleora estaba a su lado, con los puños en alto. Unas finas alas de insecto se desplegaban desde su espalda, con un brillo iridiscente recorrido por un laberinto de intrincadas vetas. Se levantó del suelo de un poderoso salto y golpeó a Cronos en la barbilla.

—Eso por golpear a Altea.

El Todopoderoso giró por la inercia del impacto, para descubrir a Bronte esperando a su otro lado. Sus alas eran reptilianas, de piel curtida, vetas bien definidas y garras en las puntas. Eran alas de dragón. Golpeó a Cronos en la cara con el extremo afilado de una de ellas, produciendo un estrepitoso chasquido.

—Eso por hacer que Cleora se vista de amarillo —dijo.

Cronos se tambaleó hacia un lado, apretando la mandíbula.

—El amarillo es mi peor color —convino Cleora.

Cronos la fulminó con la mirada.

—Tu lealtad es inconstante, Hestia. —Cogió una afilada viruta de rayo y se la clavó en el pecho. Cleora se desplomó, con el pico de luz sobresaliendo de su torso. Bronte cayó de rodillas junto a ella, horrorizada.

Me abalancé furiosa sobre Cronos y me lo llevé por delante, lanzándonos a través del ventanal. Lo agarré y salimos disparados hacia arriba, muy por encima de la ciudad y el mar, cada vez más alto, más allá del cielo medio, hasta que volvimos a estar en la bóveda de estrellas. Él luchó por tomar el control del vuelo mientras los dos girábamos y yo empujaba hacia atrás, en dirección al sol. El creciente calor comenzó a chamuscar mis alas a la vez que nos impulsaba más cerca, tanto como me fuera posible.

Cronos se giró, empujando mi espalda hacia las llamaradas solares.

—¿De verdad crees que puedes dominarme, Hera? El mundo entero tiembla ante mi nombre. Solo serás conocida por los dioses con los que te alíes y los titanes que te lleven a su cama.

—Hay otra cosa por la que seré conocida. —Arranqué una estrella del firmamento; su resplandor encajaba perfectamente en mi palma—. Nunca te pongas en mi camino.

Introduje la estrella en la boca de Cronos, luego lo empujé con todas mis fuerzas. Se precipitó hacia atrás, hacia el sol, cayendo en picado en su luz cegadora.

Corrí de vuelta al palacio lo más rápido posible. La sala del trono era un desastre, la estructura se desmoronaba. La torre más alta, la que albergaba el gran salón, se tambaleaba. Las guerreras y los soldados se detuvieron a mi llegada. Al no ver regresar a Cronos, Eubea pidió la rendición de los soldados.

Teo tenía a Décimo desarmado a punta de espada. Aterricé, me quité el velo y agarré a Décimo por la parte delantera de la camiseta.

—Deshaz la maldición —gruñí.

Décimo trató de liberarse, pero lo agarré con más fuerza y lo levanté del suelo, inmovilizándolo de la misma manera que él había hecho con mi madre tantos atrás.

—Deshazla —repetí—. O abandonaré tu inútil pellejo en la luna y morirás solo lenta y agónicamente.

—Retiro la maldición —espetó.

La cicatriz de la nuca me ardió con tal intensidad que se volvió gélida. Después, esa sensación comenzó a remitir. La toqué. La piel se había vuelto suave: la marca había desaparecido.

Lo solté. Décimo cayó al suelo entre toses y el ruido de su armadura. La sangre brotaba de sus labios y se deslizaba por su barbilla. Cuanto más intentaba respirar, más se ahogaba. Rodó sobre su costado, borboteando, y me miró fijamente. De sus ojos vacíos caían lágrimas de sangre. La maldición había reclamado su alma.

El palacio inferior se desmoronaba y la torre se tambaleó precariamente. Todo el mundo corría en busca de refugio. Bronte y Cleora salieron dando traspiés y volando de la sala del trono; Cleora se encontraba herida pero en pie.

Bronte me gritó mientras huían.

—¡Zeus sigue dentro!

La base de la torre se agrietó y comenzó a derrumbarse sobre los pisos inferiores. Volé dentro y encontré a Zeus atrapado bajo una pared. Se la quitamos de encima, acto seguido, lo agarré y salimos disparados entre los desechos que caían y, finalmente, aterrizamos en la calle, frente a las puertas del palacio. La lluvia de escombros se extendía por la ciudad en nubes de piedra y polvo.

—Creo… —jadeó Zeus— creo que he dado más golpes que tú.

—Esta vez no, Niño Dios.

El buitre negro de Cronos aterrizó cerca y saltó al cuerpo de Décimo.

Busqué en el cielo al Todopoderoso, pero en su lugar divisé a las erinias, que huían con Teo atrapado en sus flagelos. Volé en su busca y me interpuse en su camino.

—Bajadlo, parásitos sombríos —ordené.

Las erinias me sisearon a coro.

El cielo que nos rodeaba se oscureció. Las nubes de tormenta retumbaron. En el suelo, Zeus invocó un rayo con un estruendo colosal.

—Teo Angelos honró su juramento al trono —dije—. A nuestros tronos. Liberadlo.

Las erinias sisearon más fuerte.

Zeus levantó amenazante su puntiaguda lanza de rayos. Las erinias bajaron a Teo al suelo y guardaron los flagelos, siseando sin parar. Teo cayó de rodillas, respiraba con dificultad. Lo ayudé a levantarse mientras ellas despegaban.

Al otro lado del camino, las guerreras reunieron a los soldados, y Eubea dictó los términos de la rendición al brigadier Orrin.

Bronte y Cleora se apoyaron la una en la otra, de pie entre los escombros. La herida del pecho de Cleora era un baño de sangre, pero se curaría. Con las dos a salvo, me apoyé en Teo y él me rodeó con un brazo. Ante nosotros se encontraba la puerta del palacio destrozada, la sección con los símbolos alfa y omega.

—Esto no ha terminado —dije con recelo, apoyando la cabeza en su hombro—. Cronos volverá.

—Entonces tendrá que enfrentarse a ti.

—A nosotros —corregí, mi mirada saltó de mis hermanas a Zeus y luego a Teo.

Me rodeó con el otro brazo y me abrazó con fuerza.

—Sí, a nosotros.

# 26

El sol del final del día se escondió detrás de las lejanas colinas proyectando su resplandor sobre los ondulados campos de trigo y transformando la tierra en un mar de oro. Me elevé por encima de los campos de cizaña, agitando el trigo debajo de mí. Más adelante, aparecieron motas oscuras en la extensión de paja dorada. Bronte bajó en picado hasta situarse a mi altura y adaptarse a mi velocidad.

—¿Crees que son ellos? —preguntó.

Cleora giró y se unió a nosotras.

—Helios nos espera pronto para cenar. Creo que vienen Eos y Selene.

Entorné los ojos para ver el sol que se ocultaba en el oeste.

—Tenemos tiempo de interrogar a un grupo más antes del ocaso.

Bronte canturreó para sí misma, se lanzó en picado y rozó con las yemas de los dedos las sedosas espigas de trigo. Agité mis plumosas alas con más fuerza y volví a ponerme en cabeza. Mis hermanas se quedaron atrás, nuestra formación en «V» mejoraba cada vez que volábamos. Aunque estábamos progresando con nuestros poderes de titán, seguíamos sin acostumbrarnos a nuestros nuevos nombres. Nos resistíamos a aceptar cualquier cosa que Cronos nos hubiera dado, pero eso podía cambiar. Aunque teníamos mucho que aprender, todavía éramos titánides recientes, optimistas ante el futuro.

Dos caballos de alas blancas bajaron planeando para unirse a nosotras. Teo nos saludó, iba montado en el corcel que le había prestado Helios. Zeus hizo lo mismo desde el otro caballo, que era un regalo de boda adelantado de Metis.

—¡Os echo una carrera! —grité.

Avancé a toda velocidad, con el pelo y la ropa alborotados y la cara cortada por el viento. Teo y Zeus no tardaron en quedarse atrás, pero Bronte y Cleora me habían alcanzado. Pronto rodeamos a un grupo de trabajadores que cosechaban los campos de trigo.

Reduje la velocidad, bajé al suelo y troté hasta detenerme. Recogí las alas con orgullo. Mis hermanas aterrizaron y también plegaron sus alas. Los jornaleros se asustaron, se arrimaron unos a otros y sujetaron sus hoces a la defensiva. Eran nómadas, viajaban con sus familias y llevaban a sus hijos al campo en cuanto podían caminar. Sus largas túnicas, cuellos altos y sombreros de ala ancha los protegían del sol abrasador, aunque dificultaban su identificación individual.

—No queremos entreteneros —dije—. Estamos buscando a alguien. Una niña, no mayor de siete años. Podría ser de pelo oscuro.

—O pelirroja —añadió Cleora.

—O rubia —dijo Bronte. Me señaló a mí—. Pero definitivamente con una nariz grande, como la de ella. ¿Alguien la ha visto?

Igual que con las personas que habíamos interrogado las semanas anteriores, los niños de ese grupo eran demasiado grandes. Los adultos se sentían claramente intimidados y estarían deseando terminar la jornada de trabajo. Decidí despedirme de ellos justo cuando Zeus y Teo nos alcanzaron.

Y entonces la vi.

Una niña que jugaba con una muñeca rellena de paja, sola y medio escondida en el alto trigo. Su pelo oscuro y rizado enmarcaba un rostro bronceado. Me acerqué y vi que acunaba a la muñeca y le cantaba una nana que yo oía cada vez que me despertaba de una pesadilla y Teo me cantaba para volver a dormir.

Me acerqué a la niña y me agaché. Una mujer que supuse que era su madre por su mirada de preocupación la observaba mientras trabajaba. La niña levantó la vista. Salvo por los dos dientes delanteros que le faltaban, se ajustaba a nuestra descripción, con nariz grande y todo.

—Divino día —dije—. Me gusta tu muñeca. ¿Cómo se llama?

—Ismena.

—Ismena es un nombre bonito. Yo soy Altea. Algunos me llaman Hera. ¿Tú cómo te llamas?

—Delfina.

Mantuve un tono de voz neutro, incluso cuando se me cerró la garganta. Era otro nombre bonito. Un nombre que mi madre podría haber elegido para ella.

—Delfina, ¿alguien te ha dicho alguna vez que tienes una hermosa voz para cantar?

—Mi madre.

—Tu madre tiene razón. —Miré a la mujer que la había adoptado y sonreí, luego volví a centrar mi atención en la niña—. ¿Puedo mostrarte un secreto, Delfina? Podría asustarte.

—No, no me asustaré —dijo ella, levantando la barbilla.

—Incluso a los adultos les da miedo a veces. ¿Me prometes que no te vas a asustar?

Delfina lo pensó detenidamente y asintió. Me había equivocado. Se parecía más a mí que a mis hermanas, pero, sobre todo, a Stavra.

—Muy bien, Delfina. Recuerda que no debes tener miedo. —Erguí la espalda y extendí las alas al máximo. Los ojos de Delfina se agrandaron y se abrazó más fuerte a su muñeca, tapándose la cara—. ¿Te estoy asustando?

—No.

—¿Tiene miedo Ismena?

Delfina apartó la muñeca de su pecho y miró su cara pintada. Sus labios, ligeramente temblorosos, dibujaron una sonrisa.

—Ismena cree que tus alas son bonitas.

Los ojos se me anegaron en lágrimas. Pude sentir el alma de Stavra susurrando a través de las ondulantes hileras de trigo y calentando mi espalda bajo el sol de la tarde.

—¿Puedo presentarte a mis hermanas? —pregunté, añadiendo un susurro reservado—. Y, si tu mamá te deja, tal vez quieras dar un paseo en uno de los caballos alados.

—¿Mamá? —preguntó Delfina.

La mujer, que seguía observando y escuchando, asintió brevemente.

—¿Puede venir también Ismena? —preguntó Delfina.

—¿Prometes cuidar de ella?

Ella asintió solemnemente.

—Lo juro.

Se me escapó una sola lágrima y la enjugué. Tenía tanto que decirle, preguntarle y advertirle. Su pequeña mano se deslizó en la mía, segura de su lugar, y un hilo cálido se enroscó en nuestras manos, un vínculo invisible e invencible, más fuerte que la seda de una araña. Se ramificó hacia Cleora y, luego, hacia Bronte, de forma que nos tejió juntas en un tapiz unificado que me dejó sin aliento e hizo que mi corazón se elevara. Tal vez siempre había estado ahí, tejido por mi juramento a Stavra. Pero entonces supe sin lugar a dudas que esa constelación de hermanas nunca había estado compuesta solo por tres estrellas. Siempre había tenido una más.

Apreté la manita de Delfina, segura de que, juntas, mis hermanas y yo podríamos afrontar cualquier reto. Entonces abrí las alas de par en par.

—Vamos a volar.

# AGRADECIMIENTOS

Mi más sincero agradecimiento a:

Adrienne Procaccini, el perspicaz editor que contrató mi libro, por confiar en mí e invitarme a formar parte de la familia de la editorial 47North. No solo tienes los colores de pelo más guays, sino que también eres la heroína friki que siempre he querido tener junto a mí. Estoy deseando seguir trabajando contigo los próximos años.

Jason Kirk, el editor de desarrollo de mis sueños. Creo que no tienes ni idea de hasta qué punto has cambiado mi vida para mejor. Espero poder devolverte el favor algún día. Hasta entonces, sigue embruteciendo mis manuscritos, y yo seguiré dándoles vida. Gracias por creer en mí.

Marlene Stringer, mi extraordinaria agente. Nadie más puede entender por lo que esta madre de cuatro hijos está pasando. Tú sabes de qué hablo, compañera madre guerrera.

Clarence Haynes, mi más leal consejero. Las cenas en Nueva York y las conversaciones por correo electrónico son solo la superficie de lo mucho que agradezco tu consejo e indicaciones. Siempre estaré en deuda con este brillante e increíble hombre.

Brittany Russell, Kristin King, Michael Jantze y el resto del equipo de Amazon Publishing, gracias por trabajar de forma incansable para representarme. Vuestro entusiasmo por mis historias ha iluminado mi camino.

Michael Makara, por las tortitas, las flores y los escritorios con monitores. Pero sobre todo por ser mi musa.

Joseph, Julian, Danielle y Ryan: ¡mamá ha escrito otro libro! Todos sabemos lo que eso significa. ¡Fiesta de baile en la cocina! Y John, por seguir animándome y por poner de tu parte.

Mamá y papá, por las interminables horas de conversaciones, cenas y abrazos. Os quiero mucho a los dos.

Mis queridas hermanas Stacey, Sarah e Eve. Gracias por proporcionarme material para esta historia. ¿Adivináis qué hermana de Lambros está basada en cada una? Es broma. ¿O puede que no...?

Mi grupo de amigos: Kate Coursey, Veeda Bybee, Kathryn Purdie, Sara B. Larson, Tricia Levenseller, Jessie Farr, Natalie Barnum, Marion Jensen, Chris Todd Miller y Lauri Schoenfeld. Vuestros mensajes, llamadas y memes me han mantenido cuerda. Relativamente.

Sigue a Wonderbooks
en www.wonderbooks.es
en nuestras redes sociales
y suscríbete a nuestra *newsletter*.

Acerca tu teléfono móvil a los códigos QR
y empieza a disfrutar de información anti-
cipada sobre nuestras novedades, conteni-
dos y ofertas exclusivas.